对外汉语研究

第七期

上海师范大学
《对外汉语研究》编委会 编

商務印書館
2011年·北京

上海市普通高校人文社会科学重点研究基地基金资助，基地编号：SJ0705

《对外汉语研究》编委会

目　　录

对外汉语研究

汉语本体研究

动结式中动作 V1 和结果 V2 隐现的句法和语义条件

沈　阳　魏　航

摘　要:动结式作为汉语双动词(CAUSE 系统)结构的基础 VP 结构,必须在语义上包含两个事件(致使+结果),在句法上包含两个动词(动作 V1+结果 V2),而且都可以添加“给、把”等双动词结构的句法结构标记。本文试图证明,有些单动词结构实际上是隐含了一个动词的动结式的变体结构,而且这种动词隐含只能发生于结果 V2,不会发生于动作 V1。本文还对有关动结式中可能省略动作 V1 的一些解释提出了质疑和分析,并认为只有在汉语史上曾有使动用法和表达使动意义的动词,才有可能在现代汉语中构成看似省略动作 V1 的单动词动结式。本文的研究不但有利于对汉语双动词系统结构的认识和分析,对作格结构(动结式)、中动结构(“给”字句)、致使结构(“把”字句)等汉语的双动词系统结构的教学也有一定的参考作用。

关键词:双动词(CAUSE 系统)结构;动结式;补语动词(结果 V2)隐含

一　关于汉语动结式中动词的隐现现象

汉语动结式“VV(动作 V1+结果 V2)”中有时可能只出现其中一个动词,结构和意义仍大致等于原动结式。但动词的隐现(即出现或隐含哪个动词)却可能有所不同。如下面例句 a 只出现表示动作行为的述语动词(以下简称“动作 V1”),未出现表示终点结果的补语动词(以下简称“结果 V2”);(1)b 则相反,只出现结果 V2,未出现动作 V1。而这两个句法片段在结构和意义上似乎都仍然相当于原来由两个动词(VV)构成的动结式。比较:

(1)a. 脖子扭伤了≠*脖子(扭)伤了=脖子扭(伤)了

b. 肚子吃饱了≠*肚子吃(饱)了=肚子(吃)饱了

对这种现象有一种分析意见认为:现代汉语动结式中的结果 V2 比动作 V1 可能更重要,即动结式有时可以只保留结果 V2 而毋须出现动作 V1,或者说汉语中至少存在省略动作 V1 的动结式。如李临定(1984、1992)就从动结式与偏正结构的类比中得出结论说,述补结构中补语才是句法和语义上的中心,而述语动词则处于修饰和从属地位,因此经常可以省略而并不改变动结式的基本意义,他的例子如"病(治)好了"、"火(扑)灭了"、"衣服(淋)湿了"等。张伯江(2007)讨论"把"字句中施事和受事的语义语用特征时,也认为至少有一部分动结式存在动作 V1 脱落而结果 V2 保留的现象,比如"楼倒了"就等于"楼(震)倒了","钱丢了"就等于"钱(弄)丢了"等。郭锐(2003)在分析"把"字句的形成机制时,同样认为有时单个动词结构可相当于动结式,他用"语义缺省推理"来分析这种现象,认为句法成分的缺失可以靠语义缺省推理机制来补足,比如由于 V2"饱"必然是 V1"吃"的结果,因此"肚子饱了"中一定是省略了 V1"吃"。

那么是不是动结式中隐含的成分就只是或更多是"动作 V1"呢?我们的看法与此不同:一方面,如果一个单动词结构确实在结构和意义上相当于动结式(即有动结式原型),那么只能是其中的结果 V2 经过虚化而隐含,或者说是动作 V1 吸收、合并了补语动词的词义和词形从而导致结果 V2 的弱化和脱落,而不大会是动作 V1 的省略;另一方面,即使有些结构看上去很像是动结式中省略了动作 V1,那也应该仅仅只是具有特定条件的极个别的例子,并且缺少动作 V1 的结构也肯定改变了动结式的结构和意义,不再属于"动作 V1+结果 V2"的双动词结构,也不再具有"致使+结果"的双事件意义。

二 双动词(CAUSE 系统)结构中"结果 V2"隐含的句法条件

如果说有些单动词结构相当于动结式而省略或隐含了其中一个动词,当然就先要证明这些单动词结构的基础形式是"双动词结构"。据沈阳、司马翎(2010)的分析,现代汉语的"NP_X VP"结构(如"小 S 唱哭了"、"米饭煮煳了")、"NP_X给 VP"结构(如"小 S 给唱哭了"、"米饭给煮煳了")和"NP_Y把 NP_X给 VP"结构(如"这首歌把小 S 给唱哭了"、"妈妈把米饭给煮煳了")分别是汉语的"作格结构"、"中动结构"和"致使结构"。这三种结构逐层扩展或彼此包含,层次严整地构成汉语的"双动词系统(CAUSE 系统)结构"。这几类双动词系统(CAUSE 系统)结构的主要特点就是:述语动词只带有结果内论元(补语小句),不带有施事外论元(即使出现外论元也只能是致使性或伴随性论元),而且整个结构在语义上必须包含"致使动作"和"终点结果"两个事件,在句法上必须由一个动作行为动词 V1 和一个结果状态动词 V2 共同构成。例如"小 S 唱哭了"、"米饭煮煳了",尽管对这类结构有不同的分析,但无论是分析成"[小 S 唱[PRO 哭]]"、"[米饭煮[PRO 煳]]",还是分析成"[唱[小 S 哭]]"、"[煮[米饭煳]]",都必须承认在这种结构中包括了由述语动词 V1(如“唱、煮”)所表示的“致使动作事件”和由补语动词 V2(如“哭、煳”)所表示的“终点结果事件”。由于这些结构中的“VP(唱哭了、煮煳了)”都是动结式,因此也就可以说汉语中的动结式其实就是一种最基础的“双动词结构”或“双事件结构”。

不过,同样根据沈阳、司马翎(2010)的分析,判断一个动词结构是否属于“双动词和双事件结构”,其依据并不在于结构中是否能看到有两个动词(即显性的动结式),而应当看该结构能否添加属于双动词系统结构的一些句法结构标记,从而使该结构衍生为该系统的其他结构。汉语双动词系统(CAUSE 系统)结构有两个主要句法标记:一是可添加中动标记“给”,即在作格结构(如“小 S 唱哭了”、“米饭煮煳了”)前面加上“给”而使得该结构升级为中动结构(“给”字句),如“小 S 给唱哭了”、“米饭给煮煳了”;二是可添加“致使者(causer)”和致使标记“把(小 v)”,即在中动结构中添加致使者和致使标记而使该结构再进一步升级为致使结构(“把”字句),例如“这首歌把小 S(给)唱哭了”、“妈妈把米饭(给)煮煳了”。因此反过来说,任何动词结构只要能够通过这两种句法标记测试,那么无论表面上是什么样的动词结构,包括单个动词的结构,就都可以肯定是属于“双动词系统(CAUSE 系统)结构”的子结构。换句话说,这些结构中 VP 的原型形式就都应该是动结式。

一般的单动词结构中只包含一个动作事件,仅由一个动词构成,这类动词结构(也就是一般说的“不及物 Vi 结构”和“及物 Vt 结构”)属于“单动词和单事件系统(DO 系统)结构”的子结构,当然肯定无法通过双动词结构的句法标记测试。例如:

(2)a.(*NP 把)她(*给)哭了　　b.(*NP 把)她(*给)休息了

c.(*NP 把)她(*给)唱了　　d.(*NP 把)她(*给)参观了

但不难发现,很多表面上只出现一个动词的结构也能通过这两种句法标记测试,即在单个动词结构中也可以加上中动标记“给”,以及“致使者”和致使标记“把”。例如:

(3)a.(爸爸把)房子(给)卖了　　b.(弟弟把)苹果(给)吃了

(4)a.(看守把)犯人(给)跑了　　b.(保姆把)小鸟(给)飞了

既然这些表面上的单个动词结构都能够通过双动词系统结构的句法标记测试,那么根据前述的判断标准,应当认为这些结构也就是“双动词系统(CAUSE 系统)结构”的子结构,其 VP 原型形式就应该是动结式,而且其中必然有一个动词由于某种特定的句法和语义条件隐含了而无法直接观察到。而我们想进一步证明的是:这些结构中隐含而致“看不见”的动词都只能是动结式中的补语动词,即表示终点结果的“结果 V2”。

从一方面看,大家其实都公认汉语动结式中存在“虚化”现象,而现有许多研究(如吴福祥,1998;刘子瑜,2004;玄玥,2008)也证明,动结式中的虚化成分无一例外都是补语动词(即“结果V2”)。动结式中的补语动词在虚化后往往趋同于表示“完成”的意义，从而形成一个封闭的小类，包括“完、好、掉、住、成、了(liǎo)、着(zháo)、过(guò)”等。这种虚化后的结果V2其实并不影响动结式的句法形式和基本语义，也就是说带虚化补语的动结式与带实义补语的动结式可以做同样的句法和语义分析。例如：

(5)a.(把)河面(给)冻硬/住了

←河面[$_{VP}$冻硬/住了[$_{SC}$tt]]　　←[$_{VP}$冻[$_{SC}$河面硬/住了]]

b.(把)衣服(给)擦干净/好了

←桌子[$_{VP}$擦干净/好了[$_{SC}$tt]]　　←[$_{VP}$擦[$_{SC}$桌子干净/好了]]

而从另一方面看，既然补语动词能够虚化，也就完全有可能弱化脱落而最终隐含，从而使原本的动结式在句法上只表现为单个动词。或者就可以由此来推断，由于动结式中虚化的成分一定是结果V2，因此动结式的隐含形式也就一定是保留动作V1而隐含结果V2。不过仔细分析，动结式中结果V2的隐含又包括两种情况：

动结式中结果V2隐含的一种类型是，动结式中的动作V1是一般动作动词。这种动结式的隐含形式其实也就是前面说的虚化结果补语V2进一步弱化和脱落而形成的。即在动结式语法化的过程中，动作V1“吸收”了结果V2的词义，或者说是动结式中动作V1和结果V2进行了“合并(merge)”，这才最终形成了隐含结果V2的单个动词结构。例如：

(6)a.(妈妈把)衣服(给)洗(好)了　　b.(弟弟把)苹果(给)吃(完)了

c.(他把)这房子(给)卖(掉)了　　d.(他把)那件事(给)忘(掉)了

说这种类型的单动词结构中一定隐含了结果V2，是因为整个结构在语义上其实仍然包含着一个表示“完成、达成”的结果补语，而且这个结果V2也都可以很自然地补出来。这一点还可以用下面例子来证明：比如(7)“别吃了”这句话有两个意思，但只有其中表示动作完成的意思，即包含两个动词词义的结构，或者说可以补出结果V2的结构，才能构成“给”字句和“把”字句；另一种表示动作正在进行的意思，即不包含两个动词词义的结构，或者说不可以补出结果V2的结构，则并不能构成“给”字句和“把”字句。比较：

(7)a1.别吃了(给弟弟留着)(吃=动作V1“吃”+结果V2“掉”)

→ a2.别把蛋糕给吃(掉)了

b1.别吃了(先去洗洗手)(吃=单纯动作V1“吃”)

→ b2.*别把蛋糕给吃(掉)了

由于虚化结果补语与述语动词有比较广泛的搭配，具有很强的能产性，因此能够构成这一类隐含结果V2的动结式的动作V1相当多。吕叔湘主编(1981)《现代汉语八百词》提到，汉语有一类动词如“忘、丢、关、喝、吃、咽、吞、泼、洒、扔、放、涂、抹、擦、碰、砸、摔、磕、撞、踩、伤、杀、宰、切、冲、卖、还、毁”，后面的“了 1”表示动作有了结果，相当于补语“掉”。其实这也就是说这些动词后面都应该有一个看不见的结果 V2“掉”，或者说这种单动词结构就相当于隐含结果 V2“掉”的动结式。例如：

(8) a.（把）水（给）洒$_{\text{(掉)}}$了　←水[$_{VP}$洒$_{\text{(掉)}}$了[$_{SC}$tt]]　←[$_{VP}$洒[$_{SC}$水$_{\text{(掉)}}$了]]

b.（把）烟（给）戒$_{\text{(掉)}}$了　←烟[$_{VP}$戒$_{\text{(掉)}}$了[$_{SC}$tt]]　←[$_{VP}$戒[$_{SC}$烟$_{\text{(掉)}}$了]]

c.（把）书（给）扔$_{\text{(掉)}}$了　←书[$_{VP}$扔$_{\text{(掉)}}$了[$_{SC}$tt]]　←[$_{VP}$扔[$_{SC}$书$_{\text{(掉)}}$了]]

动结式中结果 V2 隐含的另一种类型是，述语动词 V1 本身是典型“作格动词（uncausative verb）”。典型作格动词当然都是单个动词，如“死、病、跑、飞、犯、沉、塌、融化、暴露”等。但不难发现，这些动词结构前都可以加上“给”构成中动结构（“给”字句），也可以加上“致使者”和“把”构成致使结构（“把”字句）。例如：

(9) a.（那看守把）犯人（给）跑了　　b.（保姆把）小鸟（给）飞了

c.（你怎么把）孩子（给）病了　　d.（他把）心脏病（给）犯了

那么(9)这类典型作格动词结构是不是也属于双动词（CAUSE）系统结构呢？虽然典型作格动词本身的原型就是单个动词，但其最主要的特点就是其本身的语义都包括一定的结果或终点，即具有有界性（telic）。因此也就不妨说单个的作格动词一定内在地包含着结果 V2，如“犯人（给）跑了”就不是“跑步”的意思，而是“跑掉”的意思。因此典型单动词作格结构也就完全可以进行上述相同的分析，即这种典型单动词结构仍然只能看作是表示终点结果意义的结果 V2 隐含了（即被包含在作格动词本身的词形和词义之中）。这方面的一个明显证据就是，与一般的动结式中由虚化而最终隐含的结果 V2 均能够“还原”而构成完整的动结式并且保持整个结构的意义不变一样，典型作格动词结构中内在被隐含的结果 V2 也可以“添加”而构成完整的动结式，而且保持整个结构的意义不变。例如：

(10) a.（把）犯人（给）跑$_{\text{(掉)}}$了

←犯人[$_{VP}$跑$_{\text{(掉)}}$了[$_{SC}$tt]]　←[$_{VP}$跑[$_{SC}$犯人$_{\text{(掉)}}$了]]

b.（把）孩子（给）病$_{\text{(倒)}}$了

←孩子[$_{VP}$病$_{\text{(倒)}}$了[$_{SC}$tt]]　←[$_{VP}$病[$_{SC}$孩子$_{\text{(倒)}}$了]]

c.（把）冰块（给）化$_{\text{(开)}}$了

←冰块[$_{VP}$化$_{\text{(开)}}$了[$_{SC}$tt]]　←[$_{VP}$化[$_{SC}$冰块$_{\text{(开)}}$了]]

由上面的分析我们就可以得出初步的结论：所有双动词系统（CAUSE 系统）结构的子结构，尤其是作为双动词结构基础结构的动结式，都必须在语义上包含两个事件（致使动作＋结果状态），都必须在句法上包含两个动词（动作 V1＋结果 V2）。而如果符合双动词结构条件的表层结构中只出现一个动词，那就必定是隐含了另一个动词，而这个隐含的动词只能是结果V2，而不是动作V1。上述两类被隐含了的结果V2，无论是被动作V1“吸收合并”还是由动作V1“内在包含”，都不但在句法上可以自由地“还原”或“添加”构成“动作V1+结果V2”完整的动结式结构，而且在语义上也都可以表达相同的“致使动作+终点结果”完整的动结式意义。

三　对动结式中“动作V1”省略的几种可能解释的质疑和分析

上节我们试图证明，如果一个表面上看到的单动词结构确实在结构或意义上都相当于动结式，那只可能是其中的结果V2隐含，而不会是动作V1省略。但目前也有些研究想证明汉语中有一些单动词结构相当于省略了动作V1的动结式。那么是否也存在动结式省略动作V1的情况呢？我们所做的一定规模的语料调查和分析可以证明，事实上汉语中几乎没有省略动作V1的动结式与出现动作V1的动结式的真实比较性用例；而且我们认为，现有的几种对省略动作V1的动结式的分析和解释，也都不足以证明动结式中可以省略动作V1。

比如第一种主张动作V1省略的分析可以叫作“语义等同说”。即认为某些单动词结构在添加动作V1构成动结式后其语义与单动词结构基本等值，并不改变结构的基本意义或意义上差别很小，因此至少有些单动词结构可看作是动结式省略动作V1的变体结构。

如在分析“把”字句的语义构造时，郭锐(2003)曾认为单动词结构有时相当于动结式，他运用语义缺省推理对“把”字句语义构造做出了致使性分析，并举出了隐含致使事件谓词(动作V1)的一些例子。但我们觉得，郭文中举出的隐含致使事件谓词的例子其实并非动结式省略动作V1的情况，最多可看作存在一个造成整个致使-结果事件的“原因”。也就是说，这些例子中虽然可能确实在语义上隐含着一个“原因”，但这个原因却无法在句法上作为动结式的动作V1补出来，而且添加上表示原因的谓词后，与原结构的意义也有明显差别。而如果分析为结果V2的隐含则至少在结构和意义上跟动结式的原结构更加对应。比较：

(11)a. 你怎么把特务跑了

a1. 你怎么(疏忽)把特务跑了　　a2. 你怎么把特务跑(掉)了

b. 我把钱包丢了

b1. 我(不小心)把钱包丢了　　b2. 我把钱包丢(掉)了

李临定(1984、1992)从动结式与偏正结构的类比中得出结论,认为述补结构中补语为句法和语义的中心,而述语动词处于修饰和从属地位,因此经常可以省略而不改变结构的基本意义。但仔细分析李文中举出的省略述语动词 V1 的例子,其实大多并不符合"隐含述语动词 V1 后不改变动结式基本意义"的标准。例如李举出的下面(12)的例子,在一般人的语感中,添加或省略括号内动词 V1 的两种结构在语义上并不等值,甚至差别很大。比较:

(12)a. 我(跑)累了　　b. 他(累)病了
　　c. 病(治)好了　　d. 水(倒)洒了
　　e. 裤子(磨)破了　　f. 衣服(淋)湿了
　　g. 他(跑)丢了一只鞋　　h. 小孩子(吓)哭了
　　i. 我(听)懂了你的意思　　j. 生产队(病)死了一头牛

再如第二种主张动作 V1 省略的分析可以叫作"事件强迫说"。即认为某些结构中可能会强制性地隐含一个动作事件,或者说某些结构中允许补出一个动作动词,而且补充这个动词之后的结构所表达的意义更为准确。这样说来似乎动结式中也就应该可以有这种因为"事件强迫"而省略了表示动作事件的动作 V1 的现象。

所谓"事件强迫"又称为"逻辑转喻",是指动词在语义上要求选择一个事件类型(event type)论元,而实际出现的论元名词并不指事件,这个事件的解读就可以从名词的语义获得。比如英语中"begin"和"enjoy"都要求带动作事件类型的论元,而"began the book"和"enjoyed the book"中表事物的"book"却不符合这两个动词的语义选择(S-selection),但之所以结构仍然合语法,就是因为句子可以严格解读为"began (to write/to read) the book"和"enjoyed (reading) the book"。宋作艳(2009)提到汉语中也存在不少"事件强迫"结构。例如:

(13)a. 她从小学习(弹)钢琴　　b. 他特别喜欢(听)音乐
　　c. (看)这场电影不花钱　　d. 学校推迟(召开)会议
　　e. (坐起来)舒服的椅子

不过汉语中由"事件强迫"造成谓词隐含必须满足以下几个条件:其一,结构中必须有一个"触发成分(trigger)"去激活隐含的谓词。汉语的谓宾动词,如"学习、喜欢、推迟",就是最常见的触发宾语中隐含谓词的成分。其二,由事件强迫而隐含的谓词往往能够在语义上被自然激活,即补充出来的谓词具有唯一相关性。如"舒服的椅子"就会自然激活谓词"坐"。其三,事件强迫结构在补出隐含谓词后不改变原来结构的基本意义。例如(13)各例括号外的语义压缩形式和加入括号的语义解读形式在意义上基本相等,只是在语义表达的精度上有差别。但反观前述所谓省略了动作 V1 的动结式,却基本上都不能满足“事件强迫”的三个条件，很难说存在触发成分，也不能保证谓词唯一相关，更不符合语义等值条件。

不过汉语中似乎也有“肚子(吃)饱了”这类很像是由“事件强迫”造成动作 V1 省略的动结式的例子。而且看上去也符合“语义唯一相关性”的条件，即在动结式构成的“动作－结果”事件中，结果 V2“饱”只能由唯一的动作 V1“吃”导致，或者说从结果“饱”可以“缺省推理”出动作“吃”。这类例子虽然并不多，但下面几例好像就可以归为这种情况：

(14)a. 我(吃)饱了　　b. 孩子(睡)醒了
c. 他(喝)醉了　　d. 衣服(晾)干了
e. 水(烧)开了　　f. 米饭(煮)熟了
g. 菜(炒)煳了　　h. 足球(踢)进了
i. 他(长)高了　　j. 栅栏(生)锈了

但姑且不说(14)中添加谓词与否的结构是否等值(即未添加括号中谓词的结构实际上只是简单状态句)，而且严格说起来(14)的例子其实都不能真正保证满足“某个结果状态只能由某个唯一动作行为导致”这个条件。例如“饱了”虽然一般理解一定是“吃饱”，但也可能是“气饱”；“醒了”通常是“睡醒”，但也可能“咳嗽醒”；“醉了”通常“喝醉”，但也会“灌醉”；更不用说“衣服”可以“晾干”也可能“烘干”，“足球”可以“踢进”也可能“顶进”等。这样看来，其实(14)中的例子也就都很难说只能“激活”括号中的动作 V1；而既然不能激活特定的动作 V1，当然也就不符合“事件强迫”的基本定义。而且换个角度看，如果一个动结式的述语和补语之间真的能够满足“动作－结果”唯一相关的条件，这种语义缺省推理也就应该不仅限于从结果推出动作，也应该可以从动作推出结果。比如说假定“吃”与“饱”确实“唯一相关”，那么照理说不但“饱了”可以推出“吃饱了”，“吃了”也就应可以激活“吃饱了”，可实际上却不可能有这样的反向“事件强迫”，(14)中其他的例子也都是如此。可见至少在动结式中要找到“动作 V1－结果 V2”的唯一相关性几乎不可能，也就是说，即使认定动结式中的动作 V1 可能发生了省略，也最多只是一种百科性知识性质的倾向性选择，并非严格的句法操作。

又如第三种主张动作 V1 省略的分析可以叫作“动词泛化说”。即认为类似于结果补语 V2 由于虚化而逐渐弱化并最终隐含一样，动作 V1 也同样可能因泛化而逐渐弱化并最终省略。而且如果说前面“事件强迫”不成立的理由是因为很难找到唯一相关的动词，那么说存在“泛化动词”也就恰恰不需要再找出动作 V1 的具体词语了。

一般认为汉语泛化动词有“弄、打、做、搞、闹”等，这些动词在使用过程中意义逐渐模糊，不再表达具体动作行为，因此使用范围也不断扩大，可与很多不同意义补语动词搭配构成动结式。例如“打”可以说“杯子(打)碎了”、“门(打)开了”、“球(打)进了”等;“弄”可以说“钱包(弄)丢了”、“电脑(弄)坏了”等。在文献中还可以发现近代汉语中有下面(15)这种似乎单个动词结构与泛化动词动结式相对应的例句。例如:

(15)a.要眼睁睁儿的把只煮熟了的鸭子给闹飞了。(《儿女英雄传》第 40 回)

b.把只煮熟的鸭子飞了。(《儿女英雄传》第 75 回)

按照蒋绍愚(1997、1999)的分析,如果人们主要想表达动作造成的结果而不关注是什么具体动作,也就可以在动结式中用“弄、闹、搞”之类的泛化动词,如“弄坏了我的大事”和“坏了我的大事”的意思就差不多。按这种分析,似乎也就不妨说像(15)b 中的“飞了”就是(15)a 中的“闹飞”省略了泛化的动作 V1“闹”的结构。跟(15)类似,像《红楼梦》中“偏又把凤丫头病了”的原型也就应该可以看作是“偏又把凤丫头(弄/闹)病了”。虽然这种“动词泛化”的分析好像也有道理,但我们还是觉得采用这种分析仍然无法证明像(15)b 这样的结构就是动结式中省略了动作 V1 的结构。至少有两个理由:

首先,把单动词结构分别分析成省略了泛化动词 V1 的动结式或隐含了虚化结果 V2 的动结式,其与各自原型结构的等值度有明显差异。至少看作隐含结果 V2 的单动词结构与原型动结式结构所表达的意义基本一致,甚至完全同义;但看作省略了泛化动词 V1 之后的单动词结构却与原型动结式结构非严格同义,甚至差别很大。例如按一般语感,“病了”所表达的意义肯定并不等于“弄病了”,而应当与“病倒了”同义,“飞了”也肯定不等于“闹飞了”,而应当与“飞走了”同义。因此即使有“闹飞了”这样的真实用例,也不能证明就是“飞了”的原型结构。同样的情况,比较前面提到的那些可带泛化动词的单动词结构,其实也都是分析为“杯子碎(掉)了”、“门开(开)了”、“球进(去)了”、“钱包丢(掉)了”、“电脑坏(掉)了”等隐含结果 V2 的形式,才更符合句子的原义。

其次,根据语义缺省推理机制,仅仅从结果 V2 也是很难推出泛化的动作 V1 的,至少还要补出“致使者”和“把”(甚至“给”)这样的成分才行。比如从“凤丫头病了”、“小鸟飞了”、“犯人跑了”这种单动词句子,似乎无论如何也无法推出一定有“凤丫头弄病了”、“小鸟闹飞了”、“犯人弄跑了”这样的原型结构的,至少得说成“什么人或什么事把凤丫头(给)病了”、“什么人把小鸟(给)飞了”、“什么人把犯人(给)跑了”,才有可能推出结构中存在一个泛化的动作行为。但其实像“病、飞、跑”这样的典型作格动词都在本身内在地隐含着终点结果,完全可以仅从动作 V1 就很自然地推导出隐含的结果 V2。如“凤丫头病了”可以很自然地推导出“凤丫头病(倒)了”,“小鸟飞了”可以很自然地推导出“小鸟飞(走/掉)了”,“犯人跑了”也可以很自然地推导出“犯人跑掉了”。退一步说,即使在添加了“致使者”和“把、给”之类的成分之后,也还是推导出隐含的结果 V2 比推导出省略的动作 V1 更加容易和更加合理,比如“看守把犯人给跑了”,仍可以很自然地推出“看守把犯人给跑(掉)了”,却很难推出“看守把犯人给(弄)跑了”。可见就算“弄跑了”可以说,其中的泛化动词“弄”也不是从“跑了”推出来的,而是硬加上去的。由此看来,泛化动词最多只是能够在一些结果 V2 之前被“添加上”,而其自身的意义和词形是无法被结果 V2 吸收和合并的,因此就不可能在结果 V2 前被“省略掉”。

最后还有一种对于省略动作 V1 的动结式的可能解释可以叫做“结构不变说”。即认为隐含结果 V2 的单动词结构和省略动作 V1 的单动词结构是共存的,二者的原型结构都是动结式,或者都是动结式的变体结构,二者的结构性质完全相同。

但据前面的分析,动结式属于汉语的“双动词系统(CAUSE 系统)结构”,且确定一个结构是否属于双动词系统结构的依据并不在于结构中是否能看到有两个动词(即显性的动结式),而应当看该结构能否添加属于双动词系统结构的一些句法结构标记,如“致使者”和中动结构标记“给”、致使结构标记“把”等。而上文提到的很多看上去类似于省略动作 V1 的动结式的结构,例如“肚子饱了”、“爸爸醉了”、“衣服湿了”、“孩子胖了”、“水开了”之类的单动词结构却根本不能加上“致使者”,也不能添加“给”和“把”,如不能说“＊把肚子给饱了”、“＊把爸爸给醉了”、“＊把衣服给湿了”等。因此这类结构本身也就不属于双动词系统的结构,其原型也就根本不可能是动结式。换句话说,这些结构的原型就是表状态的单动词结构,“肚子饱了”的谓语就是“饱了”,“衣服湿了”的谓语就是“湿了”,这些结构中都不具有“致使 + 结果”两个事件,当然也就根本不存在“动作 V1 + 结果 V2”两个动词,或者说这样的动词结构只是属于单动词和单事件系统(DO 系统)结构的子结构,它们都没有有动结式的原型。

同样根据前面的分析,如果一个单动词结构能够通过双动词系统(CAUSE 系统)结构的句法标记测试,那么就一定属于双动词结构,或者说其 VP 的原型一定是动结式。例如“凤丫头病了”、“小鸟飞了”、“犯人跑了”这一类单动词结构,就都可以通过双动词系统的句法标记测试,即很自然地添加“给”和“把”一类成分,如“一大家子事把凤丫头给病了”、“保姆(不小心)把小鸟给飞了”等。因此这类单动词结构才属于双动词系统的结构,或者说是动结式的变体结构。如果承认这一点,那么也就必须承认这些单动词结构与一般的单动词结构不同,其原型不但一定是动结式,而且一定是隐含了结果 V2,即其动结式原型只能是“病(倒)了”、“飞(走)了”、“跑(掉)了”。

四 动结式中谓词隐含的历时发展和“单动致使结构”的类型归属

值得注意的是,近代汉语中的确存在一种表示致使事件谓词(V1)隐含的“把”字句，而分析这种结构的产生和历时发展过程，也能进一步理解动结式隐含的句法条件。郭锐(2003)在文末附注中提到，表示致使事件谓词(V1)隐含的"把"字句虽然在现代汉语中不多见，但在近代汉语中却有不少这样的例子。例如：

(16)a. 徐宁道："你这厮把我这副甲哪里去了？"(《水浒传》百回本第56回)

b. 妇人听得此言，便把脸通红了……(《金瓶梅》崇祯本第4回)

c. 把众人都笑了。(《金瓶梅》崇祯本第15回)

d. 李纨笑道："……你只把我的事完了我好歇着去……"(《红楼梦》第45回)

e. 那鼻涕眼泪把一个砌花锦边的褥子已湿了碗大的一片。(《红楼梦》第97回)

汉语史的研究者将这一类特殊的"把"字句称为致使性处置式，属于汉语处置式的一种，并认为这类格式并不是述补结构的省略，而是一种有着独立来源的结构，是在典型处置式的功能类推作用下产生的。这种格式是后起的，宋元以后较为多见，但仅在近代汉语中活跃，现代汉语中已基本消失了。据蒋绍愚(1997、1999)的研究，从历史上看，最初的"把"字句动词都比较简单，大都能和动宾句互相转换。但当"把"字句形成以后，人们一般都把它作为一种独立的句式来使用，"把"字句也就按着它自身的规律发展。这种"致使性处置式"的特点是介词"把"之后的名词性成分都是谓语动词的施事或当事，去掉介词"把"之后剩余部分可以是独立的一般施事/当事主语句，且句子表达的通常是一种致使义。而从来源上看，这类致使性处置式基本上都是由带使动意义的动宾结构转化而来的。例如：

(17)a1. 林黛玉只是禁不住把脸红涨了。(《石头记》第25回)

←a2. 宝玉红涨了脸。(《石头记》第6回)

b1. 把我的新裙子也脏了。(《石头记》第62回)

←b2. 可惜污了他的新裙子了。(《石头记》第62回)

c1. 竟越发把眼花了。(《石头记》第41回)

←c2. 花了眼。

d1. 早又把眼睛圈儿红了。(《石头记》第23回)

←d2. 红了眼睛圈儿。

另外，汉语史上还有另一类把字句："把"后是施事主语句，"把"可用"使、让、弄得"代替，但句中的动词不带使动意义，而是一般动词。但这类把字句也显然有表致使的功能，可以认为是由(17)类结构的功能扩展而来，如下面(18)。《元曲选》中也有相应的例子，如(19)。例如：

(18)a.怎么忽然把个晴雯姐姐也没了。(《石头记》第79回)

b.也等把这气下去了。(《石头记》第31回)

c.把林四娘等一个不曾留下。(《石头记》第78回)

d.既把身子落在这等地方。(《儿女英雄传》第7回)

e.把张一团青白煞气的脸渐渐的红晕过来。(《儿女英雄传》第18回)

(19)a1.把那毡帘来低簌。(《渔樵记》,一,曲)

←a2.看这等凛冽寒天,低簌毡帘。(《渔樵记》,一,白)

b.他把这粉颈舒长。(《魔合罗》,三,曲)

c.乱蓬蓬把鬓发婆娑。(《赚蒯通》,三,曲)

观察这些致使性处置式的例子可以看出,这些由单个动词或形容词(但均非作格动词)充当"把"字结构谓语的格式,基本上在现代汉语中是不成立的。因此我们同意蒋绍愚(1997、1999)对这一类致使性处置式来源的分析,即它们只是近代汉语中产生的一种特殊格式,而且这种特殊格式的形成与使动动词结构密切相关,或者说都是由使动动词结构变化扩展而来。由于这类致使性处置式在现代汉语中已大多都不能成立,并且被认为是一种具有独立来源和独立发展轨迹的特殊格式,因此就不能认为我们这里讨论的动结式隐含动作V1的现象来源于这种结构或与这种结构相关。实际上这两种格式是各自独立的:至少近代汉语中致使性处置式均为"把"字句形式,而如上文分析和举例所示,那些所谓省略动作V1的单动词结构则都不能进入"把"字句,已不属于现代汉语的双动词(CAUSE系统)结构。

不过仔细分析,汉语史上动词或形容词的使动用法的发展与现代汉语中类似省略动作V1的单动词结构之间也可能具有一定的联系,或者说如果确实存在省略动作V1的动结式,大概与古代汉语使动动词的意义和作用大致相同。根据很多学者的研究(如王力,1943、1958、1980),汉语动结式(使成式)的产生与使动形态的衰落相关。动结式所表示的语法意义在上古本是由使动词来表达的,但伴随着上古使动形态的衰落与消亡而逐渐产生动结式。动结式是以句法形式代替词汇形式来表示动作行为及其结果状态(洪波,2003)。上古汉语中往往以单个动词或形容词活用作使动动词,表示通过某种动作行为而使某个对象处于的结果状态。这种用法之所以后来不断衰落,原因就在于单个的使动词只能表达动作行为造成的结果状态,而不能指明是哪一种具体的动作行为,因此语言表达的精确性促使采用双动词构成的动结式来代替单个使动词表达使成含义。而如果人们主要想表达动作造成的结果,而不在意是什么具体动作,就可以使用表达结果状态的单动词结构,而这种类似省略动作V1的单动词结构实际上和使动动词的作用是一样的。换言之,那些真的很像是省略V1的单动词结构,或者肯定是表示结果的动词，往往本身就带有使动意义。例如现代汉语中典型的只能用作补语的动词“饱”(我(吃)饱了)、“醉”(爸爸(喝)醉了)、“高”(孩子(长)高了)等，都在古代汉语的文献中有使动用法的用例。例如：

(20)a. 饱——其达士，洁其居，美其服，饱其食，而摩厉之于义。(《国语·越语上》)

[使其食饱，使他们吃饱]

b. 醉——乃与赵衰等谋醉重耳，载以行。(《史记·晋世家》)

[使重耳醉，把重耳灌醉]

c. 高——上九，不事王侯，高尚其事。(《易经》)

[使其事高，使其事尚]

因此可以认为，只有那些在汉语史上曾具有使动用法和表达使动意义的动词，才有可能在现代汉语中构成看上去类似于省略了动作 V1 的单动词动结式结构。只不过在现代汉语中这些动词构成的单动词结构，不再属于“动作 V1 + 结果 V2”的双动词结构，也不再具有“致使 + 结果”的双事件意义。

参考文献

郭　锐 (1993) 汉语动词的过程结构，《中国语文》第 6 期。
郭　锐 (2003) 把字句的语义构造和论元结构，《语言学论丛》第二十八辑，商务印书馆。
洪　波 (2003) 使动形态的消亡与动结式的语法化，《语法化与语法研究》，商务印书馆。
黄正德 (2008) 题元理论与汉语动词题元结构研究，《当代语言学理论和汉语研究》，商务印书馆。
蒋绍愚 (1994/2005)《近代汉语研究概况》，北京大学出版社。
蒋绍愚 (1997) 把字句略论——兼论功能扩展，《中国语文》第 4 期。
蒋绍愚 (1999) 汉语动结式产生的时代，《国学研究》第六卷。
蒋绍愚 (1999)《元曲选》中的把字句——把字句再论，《语言研究》第 1 期。
李锦姬 (2003)《现代汉语补语研究》，复旦大学博士学位论文。
李临定 (1984) 究竟哪个补哪个——动补格关系再议，《汉语学习》第 4 期。
李临定 (1992) 从简单到复杂的分析方法——结果补语句构造分析，《世界汉语教学》第 3 期。
刘丹青 (1994)“唯补词”初探，《汉语学习》第 3 期。
刘子瑜 (2004) 汉语动结式述补结构的历史发展，《语言学论丛》第三十辑，商务印书馆。
陆俭明 (1990) 述补结构的复杂性，《语言教学与研究》第 1 期。
吕叔湘 (1980/2006)《现代汉语八百词》，商务印书馆。
吕叔湘 (1987) 说“胜”和“败”，《中国语文》第 1 期。
马庆株 (1988) 自主动词和非自主动词，《中国语言学报》第 3 期，商务印书馆。
沈　阳 (1997) 名词短语的多重移位形式及把字句的构造过程与语义解释，《中国语文》第 6 期。
沈　阳 (2003) 动结式补语动词的虚化和弱化形式，《纪念王力先生诞辰 100 周年学术论文集》，商务印书馆。

沈　阳（2009）“词义吸收”、“词形合并”与汉语双宾结构的句法构造，《世界汉语教学》第2期。

沈　阳、司马翎（2010）句法结构标记“给”和动词结构的衍生关系，《中国语文》第3期。

司马翎、沈　阳（2006）结果补语小句分析和小句的内部结构，《华中科技大学学报》第4期。

太田辰夫（1958）《中国语历史文法》，蒋绍愚、徐昌华译，北京大学出版社（1987）。

汤廷池（1991）汉语述补式复合动词的结构、功能与起源，载《汉语词法句法四集》，中国台湾：学生书局。

王　力（1944）《中国语法理论》，收入《王力文集》第1卷，山东教育出版社（1984）。

王　力（1958）《汉语史稿》（合订本），商务印书馆（1980）。

吴福祥（1998）重谈“动＋了＋宾”格式的来源和完成体助词“了”的产生，《中国语文》第6期。

玄　玥（2005）论汉语结果补语小句与完成体标记——从三种“V成”式动词短语说起，第13届江南语言学研讨会（SoY－13）（荷兰：莱顿大学）。

玄　玥（2008）《完结短语假设和汉语虚化结果补语研究——兼论汉语结果补语、体标记和趋向补语的句法问题》，北京大学博士学位论文。

薛凤生（1987）试论“把”字句的语义特性，《语言教学与研究》第1期。

薛　红（1985）后项虚化的动补格，《汉语学习》第4期。

张伯江（2001）被动句和把字句的对称与不对称，《中国语文》第6期。

张伯江（2007）《施事和受事的语义语用特征及其在句式中的实现》，复旦大学博士学位论文。

曾立英（2006）《现代汉语作格现象研究》，北京大学博士学位论文。

Cheng, Lisa Lai-Shen & Huang, C.-T. James. (1994) On the argument structure of resultative compounds. In Matthew Y. Chen & Ovid J. L. Tzeng (eds): *In honor of William S-Y. Wang: Interdisciplinary Studies on Language and Language Change*. Pyramid Press.

Crystal, David. (1997) *A Dictionary of Linguistics and Phonetics*. Blackwell Publishers Ltd. 1997 第四版（中译本）《现代语言学词典》沈家煊译，商务印书馆（2000）。

Keyser, S. Jay. & Roeper, T. (1984) On the middle and ergative construction in English. *Linguistic Inquiry*, Vol. 15.3: 381—416.

（100871　北京，北京大学中文系）

对外汉语"词汇带路"策略研究

郑定欧

摘　要:本文基于汉语国际推广深化的要求,提出三个转型:从内需到外需;从语言到言语;从"语法带路"到"词汇带路",尤以第三个转型为当务之急。论文讨论了"词汇带路"的心理学基础及语言学基础,并对"词汇带路"策略研究提出理论上和实践上的意见。

关键词:对外汉语词汇学;对外汉语词典学;汉语国际推广

一　汉语国际推广深化的要求

我们认为汉语国际推广的深化需要实现三个转型:

(一)从内需转型为外需

"走出国门"首先要求我们把内需型的对外汉语教学转变成外需型,即把我们在国内积累了50年教授对外汉语的经验跟国际上的语言教学接轨以逐渐改变理念上实践上明显滞后的状况。要成功接轨,观念上的转变是根本。郑定欧(2004,2008b)发表过自己的意见,于此简单地归纳一下。

1.必须坚持对外汉语本体论。植根于汉语事实的对外汉语教学有自己的服务对象、自己的教学目标、自己的实践规律,理所当然应该有自己的、有别于汉语本体教学的理论、方法、工具。

2.对外汉语教学就其性质来说,属于二语教学语言学范畴(Educational Linguistics of L2)。二语教学是由规则支配的活动(rule-governed activity),这是应用语言学界、教育心理学界所公认的原则。种种相关的理论必须具有较高的可操作性、可转化性。

3.应该从"由规则支配的活动"这一视角来审视我们目前面临的"双瓶颈",即所谓"教材荒"、"教师荒"。我们所说的规则,应该既明晰又简约而且所有规则的设定都应该服从一个目标：如何让学生学得更容易些（How to make it easier.）。这是解决“双瓶颈”深层的认识。

以往，教材编写、师资培训的目的往往是为了满足在国内环境下进行教学的需要。现在，外需型的学习环境（学生结构、学习动机、社会支持）不同了，使得针对本土留学生的种种安排、种种策略出现了与外界现实脱节的情况。教材编写和师资培养的目的性、国别性、有效性都需要重新审视。而审视的认识基础，我们认为有必要遵循上述三原则。

（二）从语言转型为言语

对外汉语教学首先是培养学生具有目的语交际能力。“交际能力”理解上可以有三个层面。

1.语言教学的“交际”从主体的角度来区分，有两个方面。一方面有读、写、译——这需要语言知识；另一方面有说、听——这需要言语技能。两者之间不光有个技术上的平衡问题，而更重要的是个“言语技能是语言知识的引擎还是其尾巴”认识上的转变问题。这既触及到对外汉语教材整体设计的策略安排，同时也触及到汉语本体语法体系在何种程度上适合于对外汉语教学需要的问题。这跟上面提到的对外汉语本体论有莫大的关联。本人去年分别受邀到北京师范大学和上海华东师范大学做学术演讲时提出：对外汉语学科的性质可从三方面考虑：预设性，即次系统性；简约性，即示范性；对比性，即国别化。这是在吸收了自2000年以来国外，如丹麦和日本正在施行的“基于实际应用的语言学”（UBL：Usage-Based Linguistics）的合理成分的基础上形成的看法。UBL的目的在于运用语料库语言学的手段使二语学习者在获取言语技能方面的效果最大化。（Barlow，2000；Kawaguchi，2007；Eskildsen，2009）

2.“说”的交际能力绝非学校环境里机械的会话操练（dialoguing），而是社会生活里的交际表达（communicating）。关键就是语感，是对句法上制约条件的领会、复制和反馈。我们曾经举过这样的句子：“张三打碎了杯子”，这在汉语里是说的。“张三打了杯子碎”，汉语里不能说，但在其他语言里却可能说。语言之间的差异不在语义而在句法，这说明了语感就是句法组合规则的有效运用。这跟哲学、认知、文化毫无关联。

3.对外汉语教学意义上的交际能力，简单地说，涵盖（a）语法能力，即复用规则；（b）语用能力，即选择策略；（c）语篇能力，即连贯表述。各种能力的培养自有其阶段性，可粗分为初始阶段（initial stage）和后续阶段（subsequent stage）。前者相当于我们的初级阶段而后者则是中高级阶段。如表1所示。

表 1

	初始阶段	后续阶段
交际能力	语法能力(简单复用规则)	语法能力(复杂复用规则) 语用能力(选择策略) 语篇能力(连贯表述)

我们认为,阶段性意识很重要,阶段与阶段之间的界限模糊了就很难产生为学习者所接受的教材,也很难产生为他们所认同的教学法。这里面有个量化的要求。我们不妨假设两个 75% 与 25% 之比。一是,75% 学习汉语的外国学生始终停留在初始阶段,只有 25% 能进入后续阶段。二是,如果前面的说法能成立,我们精力的 75% 应集中在初始阶段的教材编写和课堂教学。这就要求我们把培养运用规则的能力作为对外汉语教学的主线和切入口。规则能力包括:学习者对目标语(汉语)规则的领会能力及对其母语在表达近似语义内容时所袭用的规则的差异的领会能力,即对比能力。当然,这里的规则,指的是词汇及语法互动的规则,而不是脱离词汇句法个性的规则、脱离实际生活折射出来的语境规则。教也好,学也好,规则集中到一点,就是使学习者感受汉语句子的组合方式,使他们学会说汉语句子。套用法国“词汇—语法”(Lexicon-Grammar)的原则,句子就是最小的交际单位。

(三)从“语法带路”转型为“词汇带路”

“语法带路”的做法,我们很熟悉了,不赘。提出“词汇带路”却是顺应国外语言学界、二语教学语言学界的大趋势,即词汇不再是语法体系中的被动组件而是语言教学中的主导角色。

1.“语法带路”、“词汇带路”孰优孰劣,我们认为判断标准有三:

(1)可行性(feasibility)。坦率地说,国内语法学界尚未给出统一的汉语语法体系。同样,也没给出统一的对外汉语语法体系。对外汉语语法书,确实出版了几本,但总的来说,可能有三个方面的不足。一是,这些专著大多以本体语言体系作为蓝本,结合有限的教学经验,加以调整,甚至比附而成。二是,无法顺应目标读者的实际需求进行再创作,或者跟特定教材挂钩,进行链接。三是,缺乏词汇意识,脱离词汇句法个性的描写,词汇干预程度低,给人印象还是为描写规则而描写规则,或者是为学习语法而学习语法。当然,语法是要学的,但离开对词汇有效描写的支撑,由语法带路恐怕事倍功半。这一点,我们可以肯定地说,不少一线教学科研人员深有同感。“词汇带路”中的“词汇”绝不是传统意义上的、自我封闭的词汇学,而是现代意义上的、多学科参与的词汇学。

所谓现代意义，指的是语料库语言学和计算机语言学的支撑；而所谓多学科参与，首先指的是词汇学与句法学的紧密结合。在现代意义的、多学科参与的视角下，词汇带路相对于语法带路，最大的优点莫过于由词汇引出句法规则，催生语感，实践交际。另一方面，对外汉语本体要处理的事实既是特设范围内的受限语言(如词表)，所以给出语言学意义的句法规则是可行的，"词汇—语法"的实践充分证明了这一点。

(2)穷尽性(exhaustivity)。"语法带路"的范围难以控制而且表述方式各异，再者，所提出的模式往往是半截子模式，无法在教学中、教材里贯彻到底。"词汇带路"由于运用于特设范围的受限语言中，却完全可以做到穷尽描写。我们提倡的"最详主义"(相对于乔姆斯基的"最简主义")是检验一种语言学理论能否生存的最终标准。

(3)可用性(availability)。由词汇引出句法规则的特征集有利于促进两个链接。郑定欧(2004)提出对外汉语教材—对外汉语语法—对外汉语词典三结合和郑定欧(2008a)提出汉语本体词典—对外汉语词典—汉语详解词典的三促进都是建立在"词汇带路"的考虑之上的。"语法带路"缺乏这种延展性。

2.对"词汇带路"策略的理论思考

上述关于汉语国际推广深化所需的三个转型的讨论中，前两种转型，即从内需转型为外需和从语言转型为言语，国内学术界已有不少的讨论，唯最后一种转型却鲜有触及。其实，相关的理论思考倒是有的，下面仅举三例以资参考。

徐晓东、刘昌(2008)首先指出"掌握了词义信息并不能保证能够正确理解语言，因为句子中的词汇都是按照一定的句法关系组织起来的，只有在正确理解这些句法关系的前提下，才能把不同的词语意义连贯起来组成完整的语义概念"，进而总结"在句子加工的最初阶段，主要是句法结构的初步加工，早期句法加工过程具有很强的独立性，不会受到句子语义信息的影响，因此在这一阶段不存在语义对句法的作用"。这个心理学的实验报告间接地印证了对外汉语教学的初始阶段实行"词汇带路"的可行性。需要补充的是，对外汉语教学初始阶段的句子基本上属于结构简单、语义透明、语境清晰、文化低量、复用率高、亲和力显著的句子。徐晓东、刘昌(2008)一文最后提到了 Osterhout 方案，试图解释"那些句法复杂或者句法模糊的句子"，并由此传递出这样一种折中信息：句子加工中句法和语义之间的关系视乎句子本身的结构以及前后语境的变化，但强调这可能只是一种"推测"。不管怎样，林杏光在总结自己的工作实践时明确指出：应该在组合框架中去研究聚合(张庆旭，1996)。所谓组合就是句法信息；所谓聚合，就是语义信息。可见句法并不接受语义的支配，相反语义却必须接受句法的支配才能被认知。任何语义模式都不能绕过句法的检验。另一方面，朱德熙以其敏锐的洞察力指出：语法可以类推，词汇不可类推(孙锡信，1993)。这跟"词汇—语法"的操作原则是一致的：词汇的句法个性不可类推，只能逐一加以描写（郑定欧，1999；Laporte & 郑定欧，2004；Geyken，2006；Hanks，2008）。这些理论思考无疑有助于提高我们接受“词汇带路”策略的自觉性。

二 “词汇带路”策略的设计基础

这里从理论上讨论两个基本问题。一是“词汇带路”需要从词典入手，一是“词汇带路”设计的层级讨论。

（一）“词汇带路”为什么从学习词典入手

需要指出的是，我们仅做理论上的探讨，不涉及具体的技术问题。下面分三个方面阐述。

1.词典的研究功能

词典反映真实世界，本身是以有限空间（篇幅）集语法、语义、语用等语言基本元素于一身的社会产品。就我们所讨论的范围来说，词典的研究功能从广义上说涵盖着定性、定位、定量各个科学原则。与汉语本体词典相比，对外汉语词典就定性而言，是过渡型产品。就定位而言，服务对象是他族人。就定量而言，是需要整体覆盖的预设系统。这就影响到描写单位（语素、词或词组）的厘定、描写本位（字本位、词/词组本位或句本位）的落实和成果形式（基于概念/知识或基于规则/技能）的设计。离开两者在类型学上所规限的范围去讨论词典的研究功能纯属空谈。从狭义上说，后者遵循的构建轨迹依次为语感—规则—语块—示例，由此建立自己的语法系统、自己的词汇系统，显示不可混淆、不可替代的本体性。这就是我们心目中的汉语本体词典与对外汉语词典之间差异研究的核心。

2.词典的学习功能

词典的学习功能指的是词汇学与词典学的互动，这里面有两个方面。一方面是词汇学如何为词典学提供适用的、精细化的信息——这当然需要相关的语言学理论的支撑。另一方面是如何让读者通过词典学产品熟悉本族语或目的语的词汇面貌及其组句规则。在国外，特别是英国和法国，对此一直相当关注，因为词汇学研究的实体化、应用化、市场化最终决定词典学产品的内容和形式。但在国内，无论汉语本体词典或者对外汉语词典都没有明确表示其现代语言学理论上的根源，更遑论对词典学习功能的研究。换句话说，语言学理论跟词汇学/词典学研究仍处于一种人为的、麻木的割裂状态。限于篇幅，下面仅介绍英国近年的两项研究。

(1)继 Nations(1990)出版其《词汇教与学》之后十年，Schmitt(2000)推出其《语言学习中的词汇》。如果说前者之功在于复苏沉寂多年的词汇应用研究，那么，后者之功则在现代意义上，一方面把词汇与语法、另一方面把词汇与语篇联结起来，特别是强调语块(multi-word unit)在两者之间的作用，从而把词汇学推到二语教学语言学的前沿。

(2)Hunt & Beglar(1998)在林林总总的词汇学习模式中整理出 7 条原则，即随意性学习原则、3000 常用词必学原则、集中性学习原则、细化词汇知识原则、流利表达原则、语境效应原则以及研究词典的学习功能原则(Examine different types of dictionaries and teach students how to use them)。这些原则完全适用于现代学习词典学中的示例(exemplification)研究。

这两项研究凸现了词汇学和词典学的连带性，凸现了词典的学习功能。而给我们的启示是，在对外汉语词汇学/词典学的理论探索和实践研究中，语块和示例是"词汇带路"策略的切入口。

3.词典的工具功能

双语词典的工具功能体现在构建汉外/外汉对比性研究的平台和国别化的工具的基础。荷兰经验很值得我们借鉴。1993 年荷兰政府作为国策启动 CLVV(Commissie voor Lexicograf-ische Vertaalvoorzieningen，语际词典学资源开发委员会)，着手编纂以荷兰语为目标语或发源语的二十多部双语词典。15 年过去了，Martin(2007)在《国际词典学学报》发表了阶段性成果报告。当中的基础结构部分就详细介绍了语块的梳理和示例的配置原则。国内出版的对外汉语学习词典，就综合型来说，单语的已不下十部，双语的也有两三部，但都是属于内需型的。内需型与外需型分野的最大标准莫过于全球化元素多寡的综合值。汉语国际推广必由之路之一就在此。

(二)"词汇带路"的层级讨论

作为一种教学上的策略，面对不同的教学对象、教学目标及教学要求，我们必须对下列五个对比层级的具体内容做到心中有数。这是关系到教学过程和教学结果的问题。就教学过程而言，就是教什么，教多少，怎么教的问题。就教学结果而言，就是让学习者获得何种知识、何种技能、何种可延伸的经验。教材编写和师资培训从中会获益匪浅。毕竟二语教学就是把词汇运用规则化、语境化。五个对比层级内涵，如表 2 所示：

表 2

1	汉语本体词汇学	对外汉语本体词汇学
2	对外汉语词汇学	对外汉语词典学
3	对外汉语单语词汇学/词典学	对外汉语双语词汇学/词典学
4	对外汉语译用词汇学/词典学	对外汉语学习词汇学/词典学
5	对外汉语汉外词汇学/词典学	对外汉语外汉词汇学/词典学

三　结论

对外汉语学界对于本体词汇学/词典学一方面认同其重要性,可是另一方面却鲜有具有相当覆盖面的、系统的、深入的、适用的研究。究其原因,恐怕缺乏理论意识(了解理论动态、选择何种理论、如何实践该理论、如何在该理论指导下使汉语国际推广更为成熟)为最根本。限于篇幅,本文只能简略地介绍“词汇带路”策略的要点,以期引起大家注意。

参考文献

孙锡信 (1993) 我心中一盏不灭的明灯,《朱德熙先生纪念文集》,语文出版社。

徐晓东、刘　昌 (2008) 句子理解的关键——对句法和语义关系的再探讨,《心理科学进展》第 4 期。

张庆旭 (1996) 汉语述语动词框架分类及其语义限制,《汉语学习》第 3 期。

郑定欧 (1999)《词汇语法理论与汉语句法研究》,北京语言大学出版社。

——— (2004) 论面向对外汉语教学的基础研究,《汉语学习》第 5 期。

———(2008a) 建设现代汉语语文词典链,《辞书研究》第 1 期。

———(2008b) 汉语国际推广三题,《汉语学习》第 3 期。

Barlow, M.& S. Kemmer (2000) ‘Introduction: A usage-based conception of language’ in M. Barlow and S. Kemmer (eds): *Usage-based Models of Language*. Stanford: CSLI.

Eskildsen S. W. (2009) Constructing another Language—Usage-Based Linguistics in Second Language Acquisition. *Applied Linguistics*. 30/3: 33—357.

Geyken, A. (2006) Lexicon Grammars. in Brown, K. (ed): *Encyclopedia of Language and Linguistics*. 2nd Ed. Elsevier, UK, vol 7, 134—138.

Hanks, P, (ed) (2008) *Lexicolog: Critical Concepts in Linguistics*. Routledge, UK, 2008 vol 4.

Hunt, A.& Beglar, D. (1998) Current research and practice in teaching vocabulary. *The Language Teacher*. 见网址: http://www.jalt-publications.org/tlt/articles /1998 /01/hunt.

Kawaguchi, Y. (2007) Foundations of Center of Usage-Based Linguistic Informatics (UBLI). In: *Corpus-Based Perspectives in Linguistics— Usage-Based Linguistic Informatics 6*, Y. Kawaguchi & al. (eds), John Benjamins Publishing.

Laporte, E.& 郑定欧(2004)“词汇—语法”学术演讲译文集,《语言文字应用》增刊。

Martin, W. (2007) Government policy and the planning and production of bilingual dictionaries: The 'Dutch' approach as a case in point. *International Journal of Lexicography*. 2007. 20 (3): 221—237.

Nations, P. (1990) *Teaching and learning vocabulary*. New York Harper and Row.

Schmitt, N. (2000) *Vocabulary in Language Teaching*. Cambridge UP.

（香港，香港城市大学中文、翻译及语言学系）

《商务馆学汉语字典》由商务印书馆出版

［美］黄全愈　陈彤　黄矿岩　编著

ISBN 978－7－100－07687－6

双色印刷　定价：96元　2011年7月出版

《商务馆学汉语字典》是一本适合英语背景的汉语初学者的工具书。共收录2000个最常用的单字条目，以及由此扩展的20000多个多字条目，并用HSK1—4标明汉语水平考试所要求掌握的8000个常用词的等级。大部分词都配有生动活泼、内容丰富的例句，并由两位主人公——美国留学生杰克和中国姑娘婷婷贯穿始终。地道准确的英文释义、丰富的量词搭配和扩展词，有助于学习者快速、准确地掌握汉语。特别包含作者独创的断笔码检字法，初学者只需稍加练习，便能在一分钟内查找到所需汉字。

语言测试题型发展的新探索

——HSK、C.TEST 系列考试的新题型简介

黄春霞

摘　要:本文首先简要回顾了语言测试的四个发展阶段以及每个阶段所特有的题型,然后结合托福、雅思等知名语言测试的题型发展,重点介绍了 HSK、C.TEST 等系列汉语考试的题型发展及相关研究,最后阐述基于任务式语言测试的最新发展,展望了汉语水平测试的发展方向。

关键词:综合性语言测试;交际式语言测试;汉语水平考试;任务式语言测试

一　语言测试的四个阶段和题型的发展

语言测试的理论模式经历了前科学时期、心理测量—结构主义时期、心理语言学—社会语言学时期、交际语言时期四个阶段。在语言测试发展的每个阶段,都会出现一些特定、符合这个阶段特点的新题型。

在前科学时期,人们将语言与知识等同看待,认为语言学习就是知识的被动接受,忽视了学习者的认知机能。这个时期语言测试的主要目的和任务就是考查学习者是否掌握了语言知识,语言测试的题型大多是建立在教师的主观经验之上的,随意性较大。

20 世纪 40 年代至 70 年代,在语言测试领域占主导地位的是分析法(analytic approach),人们称之为心理测量—结构主义(psychometric-structuralist)时期。在结构主义语言学和行为心理学的影响下,人们认为语言是由不同层次的语言单位构成的一套形式结构,而这套形式结构是可分解的。语言的最小单位是音位,音位构成语素,语素组成词或短语,词或短语构成句子,句子组成篇章。语言系统的可分解性,使得人们设计出了一系列分立式题目(discrete items)来逐项考查学习者是否掌握了这些语言要素。分立式题目的典型代表是多项选择题,即一个题目考查一个语言点。多项选择题对语言测试的发展有着极其深远的意义,该题型一直活跃在各种语言测试的试卷里,经久不衰。其优点是评分准确,信度高,但是却忽略了使用语言的语境和情景。随着语言

学的发展人们渐渐发现,语言能力其实并不仅仅是语音、词汇、语法这些微技能的简单相加。

由于逐步认识到了分立式测试的各种弊端,20世纪70年代中期以后,人们开始了对总体综合法(global integrative approach)的研究。语言学的发展进入心理语言学—社会语言学时期。在这一时期,随着社会语言学的发展,人们更加明确地认识到语言学的研究范畴绝不能紧紧局限于对语言结构的分析。语言的使用必然包括对听、说、读、写各项技能的综合运用。语言学家们发现语言不仅仅是一个可分解的形式结构,更是一个动态的、具有创造性的功能体系。因此,这个时期推崇的题型是综合性题目,综合性题目与分立式题目以单句为语境不同,它使用更大的语境框架,通常是一个有独立主题的语篇。同时,综合性题目也不只是每题只考查一个语言点,它会同时考查听、说、读、写四个技能中的两个或三个。在这一时期,语言测试中多使用完形填空、听写、综合改错、根据给定材料写作等综合性题目。与结构主义时期的分立式测试相比,综合式语言测试在考查学习者的语言交际能力方面无疑是前进了一大步。但是综合性题目也存在着一定的缺陷,其测试内容经常不足以真正体现实际语言交际的真实情景,测试开发者设计的答题任务很有可能在实际语言交际活动中很少遇到。另外,综合性题目的评分操作起来比较复杂,很难做到绝对客观。即使是在综合性题目中采用客观题目的形式,也只能考查出学习者的语言领悟能力,很难考查其综合语言交际能力。

受交际法教学的影响,20世纪70年代以后出现了交际式语言测试(communicative testing)。社会语言学家海姆斯(Hymes,1972)认为"交际能力"(communicative competence)包括四个方面:(1)语法的正确性;(2)语言的可行性或可接受性;(3)语言的得体性;(4)语言在现实中的实施情况。两位加拿大学者(Canale and Swain,1980)认为语言能力包括四个方面的知识和技能:(1)语法能力(grammatical competence);(2)社会语言能力(sociolinguistic competence);(3)语篇能力(discourse competence);(4)策略能力(strategic competence)。20世纪90年代,美国著名应用语言学家巴赫曼(Bachmann,1990)提出了一个更全面的交际能力理论模式,在这个新模式下,他认为:(1)语言能力应包括语法规则知识和如何使语言达到特定交际目的的相关知识;(2)语言使用是一个动态过程,语言能力成分之间要相互作用,共同完成交际任务。同时,巴赫曼认为语言交际能力包括三个方面内容:语言能力、策略能力和心理生理机制。基于对交际语言能力的研究,语言学家们提出了一种新的语言测试模式——交际式语言测试。交际式语言测试的原则是"一致性"和"有效性",其中"一致性"是指语言测试中的任务和情景要与真实语境中的交际任务和特征相一致,应试者的语言特征与语言使用者的语言特征一致;"有效性"是指交际语言测试要有信度(reliability)、效度(validity)

和可行性(practicality)。巴赫曼和帕莫(Bachmann & Palmer,1996)将“有效性”扩充为:“有效性”=信度+构想效度(construct reliability)+真实性(authenticity)+交互性(interactiveness)+后效(backwash 或 washback)+可实施性。在这一时期多数语言学家都认为语言是一种交际工具,为了成功完成交际任务,仅仅掌握语言形式是不够的,在语言交际过程中还要涉及交际任务、场合、语境及双方在语言交际中所扮演的角色等。因此,交际式测试应该以一定的社交场景和交际语境为根据设计语言测试题目,并观察应试者在接近真实的语境里运用语言达到交际目的的能力。这种测试的形式有角色扮演、模拟面试、小组活动等,要求应试者综合运用听说读写各项语言技能。需要注意的是,交际式测试也还是存在一定的局限性。首先,由于实际交际的语境是千变万化的,语言测试开发者很难设计出完全真实的题目刺激。其次,在语言测试的语境里很难保证应试者语言交际的真实性。尽管如此,交际式测试依然是语言测试发展的方向。

其实,语言测试不同发展阶段出现的题型各有优缺点,它们之间并不矛盾,是可以互补的。在实际情况中很多语言测试都综合使用这些题型,这些测试方法相辅相成,共同完成准确、有效地测量应试者语言能力的测试任务。

二 知名语言测试在题型设计上的发展与创新

语言测试的发展进入第三时期、第四时期以来,虽然多项选择题因其不可否认的客观性,仍然在各种测试中占有一席之地,但是已经有越来越多的语言学家开始质疑这种题型的效度,进而大部分语言测试都开始更多地使用综合式测试和交际式测试,这些测试方法的变化在一次次测试改革中悄然发生。

2005年9月,新托福(TOEFL)在美国正式推出。在题型方面,新托福摒弃单纯的语法题,这应该算是对分立式题目的进一步否定。另外,新托福新增加了口语和写作,实际上是把TSE和TWE的功能加了进来。在新托福的口语和写作中增加了一些综合性题目,这是托福考试在题型方面的重要尝试。在口语中,一类题目要求应试者先阅读一段文字,然后再听一段与阅读文字在内容上相关的听力材料,最后应试者按照题目要求回答相关问题;另一类题目要求应试者先听一段听力材料,然后根据题目要求回答问题。新托福的写作测试,除了传统写作外,增加了一类以阅读和听力材料为基础的写作题目,其中阅读文字和听力材料在内容上相关,但不完全相同,要求应试者归纳总结这些不同之处并做出相应解释。对这些题目的评分要求考查应试者回答的准确性、完整性及语言输出的质量。

雅思(IELTS)也是由听、说、读、写四个部分组成,从题型设计来看,雅思从设计之初就非常重视对综合运用语言能力的考查。仅仅是听力测试就有 7 个题型,分别是多项选择题、简答题、完成句子、完成备忘录/摘要/图表/流程图/表格、图表选择题、归类题、配对题。另外,雅思口语测试也更加注重考查应试者的语言交际能力。

BEC 剑桥商务英语(Business English Certificate)主要考查应试者在商务和工作生活场景下使用英语的能力。BEC 的题型多注重实际运用语言的能力。例如 BEC 中级阅读的搭配题,要求应试者把七个句子和四段文字对应起来,考查应试者的同义转换、阅读理解和短时记忆能力;句子填空题,要求应试者在六个句子中找出五个恰当的句子填入一段文字中,考查应试者词汇衔接、语法搭配及逻辑推理能力。

在国内,全国四、六级英语考试于 2008 年 5 月开始在一些考点进行改革实验。新版四、六级考试加大了通过听力来完成的考题比重(听力占 70%),增加一些根据视频和阅读材料来完成的题目,作文题目也采取"听力 + 作文"的形式。另外,全国四、六级英语考试也将学习新托福,采用依赖计算机和互联网的"机考"形式。

总之,目前国内外知名语言测试都在积极尝试综合式测试和交际式测试,在测试形式和方法上的改革可以说是方兴未艾!

三 汉语水平考试中心的各类测试

汉语水平考试,简称 HSK,是为测试母语为非汉语者的汉语水平而设立的国家级标准化考试。汉语水平考试是由北京语言大学汉语水平考试中心设计研制的。现行版汉语水平考试包括 HSK(基础)、HSK(初中等)和 HSK(高等)。汉语水平考试中心的拳头产品 HSK(初中等)从 1989 年正式施测到现在,已经有 20 年的历史了,在国内外共有考点 160 多个,有超过 120 万的考生参加过 HSK 系列的考试。

现行版 HSK 的题型设计受到了分立式测试的较大影响,以听说读写分测试的形式来考查学习者的汉语应用能力。例如,HSK(初中等)包括四个部分,即听力理解、语法结构、阅读理解和综合填空,其中语法结构部分的题目一直备受争议,很多语言学家和对外汉语教学专家认为没有必要把语法单列为一项分测试,在阅读、听力、口语和写作中都能考查应试者的语法能力。另外,在 HSK(基础)、HSK(初中等)和 HSK(高等)三个等级考试中,只有 HSK(高等)有口语测试和写作测试,而 HSK(基础)和 HSK(初中等)考试全部采用多项选择题等客观题型,虽然测试的信度很高,但是我们无从了解初级和中级汉语学习者的口语水平和写作能力。我们不得不承认现行版 HSK 的题型在设计方面存在一定的问题和不足。

2006 年,为改进 HSK 自身的不足、进一步满足全球考生的需求,汉语水平考试中心集合语言学家、对外汉语教学专家、语言测试专家的各种意见，经过历时三年的研究实验，在保留先行版 HSK 优点的基础上推出一系列新汉语测试。这些考试包括为适应零起点及初级汉语学习考生特点的 HSK（入门级）、HSK 现行版的改进版本——HSK（改进版）以及汉语实用测试——C. TEST。下面我们就一一简要介绍这几种汉语测试以及这些测试中的新题型。

HSK（入门级）是专门为母语为非汉语的入门水平汉语学习者而设计的一种标准化汉语测试。HSK（入门级）的适用考生是接受过 80—300 学时的正规汉语教学，能识读 400—1000 个汉字，掌握 600—1200 个词汇及最基本语法点的汉语学习者。HSK（入门级）有英语版、日语版和韩语版三个版本，分别使用英语、日语和韩语来播放和阐述考试说明和题目要求。在测试形式方面，HSK（入门级）采用了一些集科学性、实用性和趣味性于一体的题型。例如：HSK（入门级）听力理解部分有一个题型是根据一幅浅显易懂的漫画，播放几个描述性句子，由应试者来判断这些描述是对、错或不清楚。这种测试形式很符合汉语初学者的学习特点。其他题型还有根据录音里的一句话，做出相应的回应，这种题型是考查汉语初学者的语用能力；词汇替换，是要求应试者使用母语词汇来替换目的语词汇；阅读理解也不再使用传统的长段阅读材料，取而代之的是一些小广告、菜谱、通知等应用性文体，即使是传统阅读，也会尽量使用汉语词汇大纲的甲级词和乙级词，以此来降低难度。书面表达部分的题型设计也是独具匠心，例如要求应试者填写句子中的一个字（通常是甲级词），会给出这个字的汉语拼音及汉字书写的部分偏旁，这样大大降低了题目的难度，又有一定的趣味性。实践证明，HSK（入门级）是针对汉语初学者而量身定制的一门有效的语言测量工具，尤其适用于北美、欧洲等地区的汉语学习者。

HSK 改进版是在保留先行版 HSK 优点的基础上进行改进完成的，包括 HSK（初级）、HSK（中级）和 HSK（高级）。在 HSK 改进版中去除了语法结构题目，增加了许多综合式题目，例如：HSK（初级）的实用阅读题，是根据实用图表来回答问题，考查了应试者阅读文字和图表识读能力；HSK（中级）里的读后概述填空题，要求应试者阅读给定材料后，将一段复述短文补充完整，考查了应试者的理解文章主旨大意和全面概括文章内容的能力；HSK（高级）听力理解中的听后做笔记题，要求应试者先听一段听力材料，然后把听力笔记补充完整，综合考察了应试者的听力理解、阅读理解和汉字识别的能力。这些题型都是对综合性测试的最新尝试，希望通过这些尝试能更好地测量到汉语学习者的综合运用语言的能力。另外，与现行版 HSK 不同的是，改进版 HSK 的三个等级考试都有口语测试和写作测试。其中，HSK（高级）的口语测试采用的是先听后说的形式，即要求应试者先听一段录音，然后根据听到的内容回答两个问题，一个是细节问题，一个是观点问题。考试结束后，评分员会根据应试者回答的准确性和口语输出质量来评分。

C. TEST，即实用汉语认定考试（Test of Practical Chinese），是用来考查应试者在商务、贸易、文化、教育等国际交流环境下使用汉语的熟练程度。C. TEST 系列考试包括 C. TEST（AD 级）、C. TEST（EF 级）和 C. TEST（口语面试）。其中，C. TEST（AD 级）是针对高级汉语学习者而设计的，C. TEST（EF 级）是针对初级汉语学习者而设计的。在测试内容上，C. TEST 系列考试更注重考查应试者工作层面上的汉语运用能力；在题型方面，C. TEST 系列考试更注重实用性和科学性，形式变化更灵活多样，多采用图表、报告、文字广告等。关于 C. TEST 的客观题题目形式，这里就不一一赘述了。

需要特别介绍的是 C. TEST（口语面试）。C. TEST（口语面试）是我国第一个面试性汉语口语测试。C. TEST（口语面试）的特点是交际性、实用性和科学性。该种测试采用面试的测试组织形式，为应试者营造了一个真实自然的模拟工作场景。C. TEST（口语面试）由两名面试官主持测试，主面试官负责掌控测试环节、提出引导问题，另一名面试官则根据应试者的实际口语表现打分。C. TEST（口语面试）的评估过程是严谨、科学的，面试官对应试者口语表现的评价为“反复评估”，包括估计、摸底、定位、探顶四个环节，面试官必须在这四个环节上对应试者的口语能力进行一系列反复评估后，才能最终确定应试者的口语水平等级。C. TEST（口语面试）充分体现了交际式语言测试的特点。它的测试内容都是根据实际语言交际需要设计而成的，包括叙述、讨论、解释等一系列与日常工作密切相关的交际任务。测试内容的真实性，更有利于应试者发挥真实的口语水平。另外，C. TEST（口语面试）的每个测试环节都包括测试任务和互动问答两个维度，应试者需要在完成特定交际任务，并在此基础之上和面试官进行对话或讨论。面试官会根据应试者完成交际任务的情况和互动问答的表现来综合打分。可以说，C. TEST（口语面试）是对交际式语言测试方法上的一次最新探索，虽然这种测试方式还存在着费时耗力，成本投入较大等各种问题，但是随着测试技术的不断更新，相信这些问题都会得到缓解和改善。

作为汉语测试的第一品牌，HSK（汉语水平考试）一直都很重视语言测试理论和各种测试方法的研究。可以说，HSK 受到了分立式测试和综合式测试的影响较大，目前又有所保留地接受交际式测试理论，并付诸行动，在测试形式方面积极地尝试。对于交际式语言测试的两个原则——“一致性”原则和“有效性”原则，相关研究者也在不断探索，在 HSK 的信度、构想效度、真实性、反拨效应等研究领域也取得了一定的成果。这些基础研究，为汉语测试的理论研究和方法创新提供了科研支持。

四 结语

和托福(TOEFL)、雅思(IELTS)等其他著名语言测试一样,HSK也在语言测试理论和方法方面积极地努力探索。众所周知,第二语言测试的发展和第二语言教学的发展是密不可分的,语言测试的几个发展阶段都受到了语言教学的深刻影响。一般情况下,第二语言测试的发展是稍微落后于第二语言教学法的发展的,这是由语言测试的自身特点决定的。20世纪90年代,在第二语言教学界开始盛行任务式教学法(Task-based Approach),任务式教学法鼓励学习者自主学习,教师从课堂的"主宰者"转换成"引导者","任务"处于整个教学活动的中心地位,让学习者"用语言做事",更加关注学习者学习过程本身。目前有些学者认为,任务式教学法是"强版"交际法教学的一个支流,并没有彻底反对交际法。

任务式教学法的出现催生了任务式测试(TBLA,Task-based Language Assessment),TBLA受到了语言测试界的热情追捧。有些学者认为,任务式测试的最大特点是既不考核应试者对语言知识的掌握程度,也不对应试者的潜在语言能力做出评估,而是考查应试者是否通过语言完成了目标"任务"。Norris(1998)等把"任务"定义为"人们在日常生活中所从事的各种活动,但这些活动需要通过语言来完成"。这里对"任务"的定义比交际式测试里的语言交际任务的范畴似乎要更加宽泛。任务式教学和任务式测试都更加关注第二语言学习者的实际需求,希望通过教学来帮助第二语言学习者解决实际问题,希望通过测试来考核其解决实际问题的能力,进而解释can do的问题。任务式测试有很多具体的问题需要解决,例如,如何根据应试者背景信息来确定目标语言使用域,如何从千变万化的实际生活中来选定测试中使用的具体任务,如何制定评估应试者完成任务情况的具体规则等。目前,多数语言测试专家都还处在积极探索阶段,还没推出一个完美的、可供模仿的任务式语言测试。

对比任务式测试和交际式测试,我们可能会有这样的疑问:语言测试到底是应该以"任务"为核心还是以"语言能力"为核心呢?往测试理论深层追究,这恐怕还要弄清构想效度(Construct Validity)的真正含义。任务式测试,也不应该完全否定交际式测试。任何一种测试都是根据被试在应试环境下的样本表现来推测其真实能力或水平。构想(Construct)是一种潜在的、无法直接测量的个人特质。这种潜在的特质虽然无法直接测量,但是我们还是相信构想(Construct)是可以通过合理的手段进行推断的。语言测试应该是以"语言能力"为核心的。

任务式测试的出现,体现人们对第二语言学习的实际效果的重视程度。任务式测试代表了语言测试发展的一个新方向，我们应该密切关注其发展动向，并在研究层面上积极尝试。

参考文献

刘润清（1991）《语言测试和它的方法》，外语教学与研究出版社。

韩宝成（2000）语言测试：理论、实践与发展，《外语教学与研究》第1期。

谢小庆（2001）关于 construct 的译法，《心理学探新》第1期。

张　凯（2004）测量是理论的组成部分——再谈构想效度，《云南师范大学学报（对外汉语教学与研究版）》第5期。

黄春霞、李桂梅（2010）中国汉语水平考试（HSK）对汉语作为第二语言教学的反拨效应，《中国考试》第2期。

Bachman, L. F. & Palmer, A. S.（1996）《语言测试实践》，上海外语教育出版社。

Bachman, L. F.（1990）《语言测试要略》，上海外语教育出版社。

Canal, M. and Swain, M.（1980）Theoretical Bases of Communicative Approaches to Second Language Teaching and Testing. *Applied Linguistics*, (1).

J. Charles Alderson & Caroline Clapham & Dianne Wall（2000）《语言测试的设计与评估》，外语教学与研究出版社。

Hymes, D.（1972）On Communicative Competence. In Pride and Holmes, *Sociolinguistic*, Harmoundsworth, UK: Penguin.

Norris, J. M., Brown, J. D., Hudson, T. & Yoshio ka, J.（1998）*Designing Second Language Performance Assessments*. Honolulu: Second Language Teaching and Curriculum Center, University of Hawaii at Manoa.

（100083　北京，北京语言大学汉语水平考试中心）

HSK(入门级)题目内部结构效度检验

黄霆玮

摘　要:结构效度问题是语言测试中的重要问题。对任何一个测试进行结构效度研究都是非常必要的。本文使用 Grant Henning(1987)提出的"题目内部结构效度检验"方法,对 HSK(入门级)的结构效度进行了检验,结果显示:HSK(入门级)的题目内部结构效度比较理想。HSK(入门级)测到的"听"、"读"、"写"三种能力是可靠的、恰当的。

关键词:HSK(入门级);结构效度;内部结构效度比

一　问题的提出

效度即有效性,指一个考试在何种程度上测出了它宣称要测的东西。(张凯,2002)效度一般分为内容效度、效标关联效度和结构效度等几种类型。

在多种效度类型中,对结构效度的检验被认为是最重要的。结构效度不仅体现了测试开发者对所测能力的定义是否有效,还体现了对这种能力的测量过程是否有效。Messick(1981)说:"结构效度或许不是效度的全部,但它无疑是效度的核心"(转引自郭树军,1995)。对任何一个考试来说,对其结构效度的检验是必不可少的,也是非常重要的。

HSK(入门级)(以下简称入门级)是 HSK(汉语水平考试)系列中难度最低的考试,它适用于接受过 80—300 学时正规汉语教学的汉语学习者。因为针对的被试目标团体是具有初级水平的汉语学习者,入门级的指导语采用被试的母语,目前有英语、日本语、韩国语三个版本,被试不会因为汉语水平低而听不懂、看不懂答题要求。

作为一种新的考试,入门级自 2006 年推出以来,在中国国内和日本共进行过 7 次正式考试,但目前还没有见到关于该考试的效度研究。本文拟使用 Grant Henning(1987)介绍的一种相关分析的方法来考察入门级的结构效度。

二　文献回顾

郭树军(1995)曾使用 Grant Henning(1987)方法对 HSK(初、中等)的结构效度进行过检验。这个研究检验了 6 份试卷,这 6 份试卷的平均结构效度比例为 0.648。根据检验结果发现,HSK(初、中等)的 4 个分测试之间存在较为复杂的内部结构交叉现象,也就是说某个分测试中的题目跟其他分测试的相关高于跟本分测试的相关,有的甚至跟其他所有分测试的相关都高于本分测试的相关。这个研究结果和张凯(1994)使用验证性因素分析(CFA)等方法得出的结果基本一致。

郭兴燕(2010)使用该方法检验了实用汉语水平认定考试 C. TEST(A－D)级的结构效度。C. TEST(A－D)级分为两个分测试:听力理解和综合运用。郭兴燕(2010)将综合运用分测试的 90 题重新归类,分成和 HSK(初、中等)类似的 4 个分测试:听力理解、语法结构、阅读理解和综合运用。她检验了从 2006 年至 2008 年的 7 份试卷,并对检验结果进行了纵向对比,发现 C. TEST(A－D)级的结构效度是令人满意的,基本测到了要测的东西。但是 2008 年的 2 份试卷的内部效度低于 2006 年、2007 年的 5 份试卷,在结构效度的稳定性上还不尽如人意。

本文沿用郭树军的称呼,将这种结构效度验证方法称为“题目内部结构效度检验”。我们认为这种方法是一种可靠的结构效度验证方法,而且这种方法可以发现试卷中内部结构效度不高的题目,便于测试开发者修改题目。

三　研究方法

3.1 材料

我们采用 HSK(入门级)从 2006 年至 2009 年的共 7 次考试的数据作为材料。这 7 次考试共使用 7 份试卷,它们的编号分别是 T06N01,T06N02,T07N01,T08N01,T09N01 和 T06N02－09,T07N01－09。其中,T06N02,T07N01 这两份试卷在 2006 年和 2007 年使用过一次后,在 2009 年又各使用过一次。在第二次使用时,我们对其中的部分题目进行了调整,所以我们把 2009 年使用过的 T06N02 标记为 T06N02－09 和 T07N01－09。这 7 次考试的样本数量如表 1 所示:

表 1　试卷和被试样本数量分布

卷标	T06N01	T06N02	T07N01	T08N01	T09N01	T06N02－09	T07N01－09
样本量	597	54	39	733	75	107	58

这些被试主要来自日本、韩国，也有来自美国、俄罗斯、澳大利亚等其他国家的被试。从 2009 年开始，HSK（入门级）主要在日本推广，所以 T09N01，T06N02－09 和 T07N01－09 的被试全部来自日本国内，但也包括了少数在日本的其他国家被试。

3.2 方法

Grant Henning(1987)介绍的内部结构效度法的基本假设是：如果一个题目与自己所在分测试的点二列相关系数高于与其他分测试的点二列相关系数，则此题目具有结构效度；反之，一个题目与本分测试的相关低于与其他分测试的相关，则此题目缺乏内部结构效度。

现以 HSK（入门级）为例，说明这种方法。

HSK（入门级）的试卷由听力理解、阅读理解和书面表达三个分测试组成，具体的试卷构成如图 1 所示：

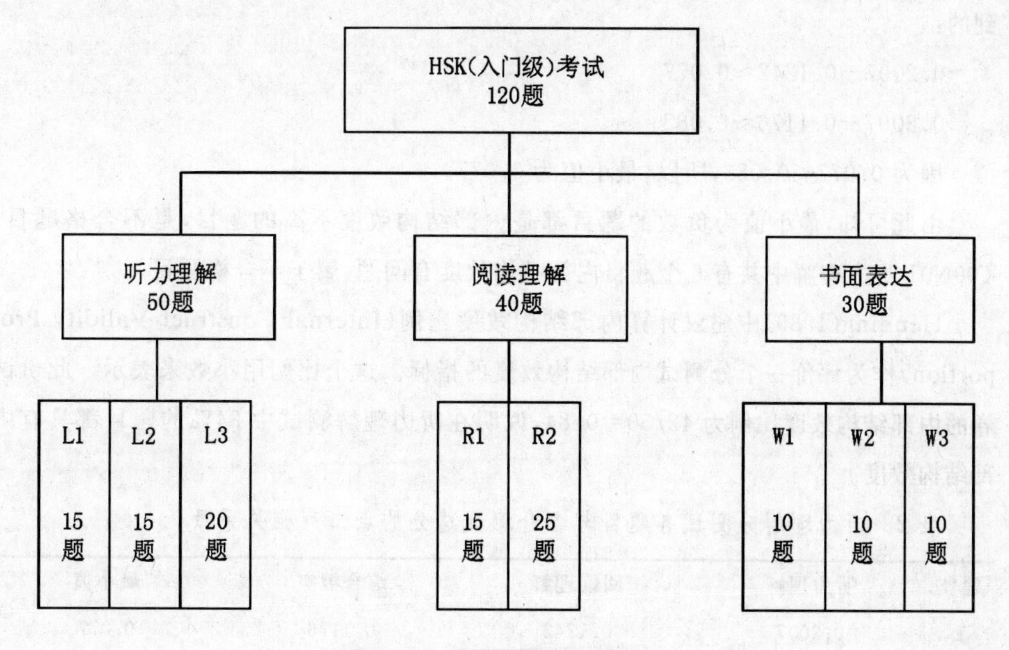

图 1　HSK(入门级)的试卷构成

图 1 说明了 HSK（入门级）的试卷构成。HSK（入门级）共 120 题，由听力理解、阅读理解和书面表达 3 个分测试组成。我们把这 3 个分测试看成对"听力理解能力"、"阅

读理解能力”和“书面表达能力”的操作性定义，这三种能力之间互相联系又各自区别。

根据Henning关于内部结构效度的假设，我们可做出如下推论：听力理解分测试中的任何一个题目和本分测试的相关高于它和其他两个分测试的相关；阅读理解分测试中的题目和本分测试的相关高于它和其他两个分测试的相关；书面表达分测试中的题目和本分测试的相关高于它和其他两个分测试的相关。

我们根据上述假设检验了HSK（入门级）的试卷，看哪些题目缺乏内部结构效度。

四 结果及讨论

我们计算了2006年至2010年使用过的7份试卷，共840道题目的“内部结构效度”，得出点二列相关系数共2520个。表2中列出的是T09N01听力理解部分50道题的计算结果。

表中第一列是题号。第二列到第四列是该题目和三种分测试的点二列相关系数。最后一列最小值代表的是该题目跟本分测试的点二列相关系数减去该题目与其他两种分测试的点二列相关系数得到的两个值中的最小值。例如第1题的最小值是这样得到的：

0.2007－0.1242≈0.077

0.2007－0.1176≈0.083

因为0.077<0.083，所以，最小值为0.077。

由此可知，最小值为负数的题目都是内部结构效度不高的题目，是不合格题目。T09N01听力理解中共有6个题目内部结构效度有问题，属于不合格题目。

Henning(1989)中建议计算内部结构效度比例(Internal Construct Validity Proportion)作为评价一个分测试内部结构效度的指标。这个比例用小数来表示。此份试卷的内部结构效度比例为42/50＝0.84，说明在听力理解测试中84%的题目都具有内部结构效度。

表2 听力理解分测试各题目与各分测试总分的点二列相关系数

题号	听力理解	阅读理解	综合填空	最小值
1	0.2007	0.1242	0.1176	0.077
2	0.3538	0.2759	0.2969	0.057
3	0.0350	－0.0894	0.0202	0.015
4	0.4270	0.3324	0.4100	0.017

5	0.5198	0.5018	0.4844	0.018
6	0.5198	0.3581	0.3411	0.162
7	0.4048	0.4059	0.4245	−0.020 *
8	0.2746	0.1613	0.1465	0.113
9	0.5603	0.2646	0.2225	0.296
10	0.1979	0.4017	0.3331	−0.204 *
11	0.4191	0.3627	0.3644	0.055
12	0.0504	−0.0179	0.0349	0.016
13	0.1738	−0.0321	−0.0347	0.206
14	0.4435	0.3068	0.3184	0.125
15	0.2650	0.1264	0.0778	0.139
16	0.0676	−0.1567	−0.1542	0.222
17	0.3766	0.1424	0.1471	0.230
18	0.5990	0.4125	0.4330	0.166
19	0.5636	0.4948	0.5091	0.055
20	0.5697	0.5328	0.5199	0.037
21	0.3669	0.3810	0.4615	−0.095 *
22	0.4828	0.2731	0.3190	0.164
23	0.5499	0.3965	0.3240	0.153
24	0.2654	0.1516	0.0616	0.114
25	0.4977	0.5550	0.6123	−0.115 *
26	0.6177	0.4545	0.5345	0.083
27	0.4256	0.2936	0.4144	0.011
28	0.6767	0.4631	0.4889	0.188
29	0.1205	0.2074	0.1851	−0.087 *
30	0.4016	0.1449	0.1515	0.250
31	0.3431	0.1347	0.1544	0.189
32	0.1027	−0.0230	−0.0369	0.126
33	0.2194	−0.0256	−0.0117	0.231
34	0.7082	0.4681	0.3966	0.240
35	0.3933	0.2032	0.1670	0.190
36	0.5100	0.1908	0.2031	0.307

37	0.5909	0.4032	0.3592	0.188
38	0.3980	0.2229	0.2476	0.150
39	0.2697	0.1543	0.1280	0.115
40	0.2868	0.1290	0.2220	0.065
41	0.0260	0.0840	0.1215	−0.096*
42	0.5433	0.2715	0.2406	0.272
43	0.0839	−0.0026	0.0006	0.083
44	0.1882	0.0329	0.0002	0.155
45	0.3575	0.2251	0.3385	0.019
46	0.3382	0.2257	0.2857	0.053
47	0.4151	0.1887	0.2123	0.203
48	0.5273	0.3630	0.3438	0.164
49	0.4423	0.1847	0.1928	0.250
50	0.4595	0.3597	0.2857	0.100

4.1 各试卷的"内部结构效度比例"

表3列出了HSK(入门级)7份试卷中不合格题目的数量,并且计算了不合格数量占题目总数的百分比。从内部结构效度不高的题目数量来看,T06N01的题目质量最好,不合格题目只有2个,内部结构效度比例达到0.983。其次是T08N01,只有3个题目不合格,内部结构效度比例达到0.975。7份试卷中,T07N01的题目质量最差,有30道题目不合格,内部结构效度比例最低,只有75%。

表3　合格题目数量及占各卷内部结构效度比

卷标	合格题目数量	内部结构效度比例
T06N01	118	0.983
T06N02	93	0.775
T07N01	90	0.75
T08N01	117	0.975
T09N01	99	0.825
T06N02−09	103	0.858
T07N01−09	103	0.858
合计	723	0.861

题目不合格有可能是由于出题失误造成的。如果命题人员对测试要考查的能力把握不准,可能导致题目内部结构效度不合格。此外,我们看到,“题目内部结构效度检验”这种方法很可能受样本量影响很大。当被试样本量比较大时,“内部结构效度比例”比较理想;样本量较小时,“内部结构效度比例”也随之降低。“题目内部结构效度检验”适用于多大的样本量还需进一步研究。

4.2 各分测试的“内部结构效度比例”

听力理解分测试中,T06N01 和 T08N01 最好,所有的题目都合格,内部结构效度比例达到 1。T07N01 最差,内部结构效度比例为 0.74。阅读理解部分,T06N01 的内部结构效度比最高,为 0.975。T06N02 和 T07N01 最差,仅有 0.7,有接近 1/3 的题目不合格。T06N01、T08N01 和 T07N01－09 三份试卷在书面表达分测试中的内部结构效度比最高,T07N01 最低,但是也达到了 0.833。

表 4 合格题目数量及内部结构效度比例

卷标	听力理解	阅读理解	书面表达
题目数量	50	40	30
T06N01	50(1)	39(0.975)	29(0.967)
T06N02	38(0.76)	28(0.7)	27(0.9)
T07N01	37(0.74)	28(0.7)	25(0.833)
T08N01	50(1)	38(0.95)	29(0.967)
T09N01	44(0.88)	29(0.725)	26(0.867)
T06N02－09	42(0.84)	34(0.85)	27(0.9)
T07N01－09	38(0.76)	36(0.9)	29(0.967)
合计	299(0.854)	232(0.829)	192(0.914)

如图 2 所示,综合 7 份试卷的数据,在 3 个分测试中,书面表达的内部结构效度最高,听力理解次之,阅读理解最低。

4.3 对测量到的语言能力的讨论

HSK(入门级)试卷把要测量的语言能力操作性定义为三种分测试:听力理解、阅读理解和书面表达。每个分测试对应一种子能力,根据测试研发者的命名,我们称之为听力理解能力、阅读理解能力和书面表达能力。

根据图 2 显示,这三种能力都得到了有效的测量。3 个分测试都有 80%以上的题目发挥了作用。其他内部结构效度不合格的题目有些跟另外一个分测试的相关高于与本测试的相关，有的与其他两个分测试的相关高于和本分测试的相关，情况比较复杂。

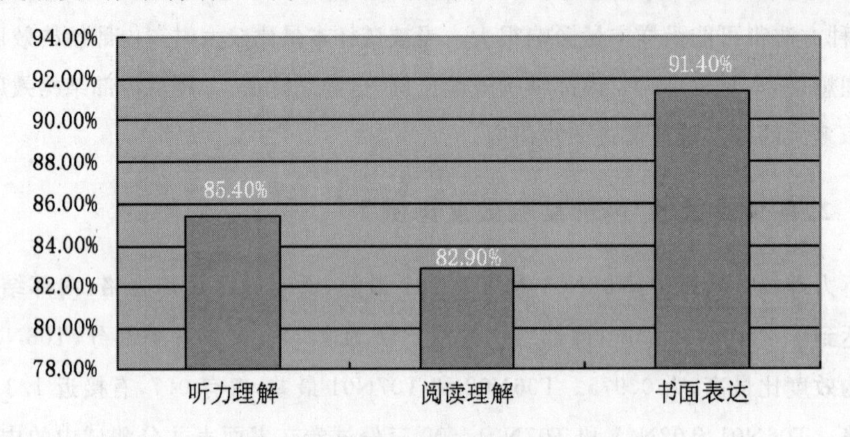

图 2 各分测试的内部结构效度比例

表 5 列出了 HSK（入门级）中存在的 9 种交叉类型。交叉类型“L——R”代表听力理解分测试中的题目和阅读理解分测试的相关高于本分测试，破折号前的 L 代表题目所在的分测试，R 代表交叉的分测试；“L——R——W”这种类型的题目都属于听力理解分测试，但它与其他两种分测试的点二列相关都高于与本分测试的相关。根据表 5，书面表达分测试和阅读理解分测试的交叉数量最多，说明 HSK（入门级）对这两种能力的操作性定义不甚恰当，阅读理解分测试中有 27 道题目牵扯到了书面表达能力，书面表达分测试中有 11 道牵扯到了阅读理解能力。而听力理解和书面表达分测试的交叉数量最少，说明 HSK（入门级）对这两种子能力的操作性定义比较理想。

表 5 不合格题目交叉类型分布表

编号	交叉类型	数量	合计
1	L——R	14	28
2	R—L	14	
3	L——W	16	19
4	W——L	3	
5	R——W	27	38
6	W——R	11	
7	L—R—W	21	32
8	R——L——W	7	
9	W——L—R	4	

鉴于阅读理解和书面表达能力的交叉数量最多,我们认为,说这两种能力完全不同并不可靠。根据张凯(1994)和郭树军(1995)的研究成果,HSK(初、中等)测到的语言能力是听和读的能力,而不是试卷定义的听力理解、语法结构、阅读理解和综合表达。所以我们对 HSK(入门级)重新操作性定义,将阅读理解分测试和书面表达分测试合成一个分测试,如图 3 所示。

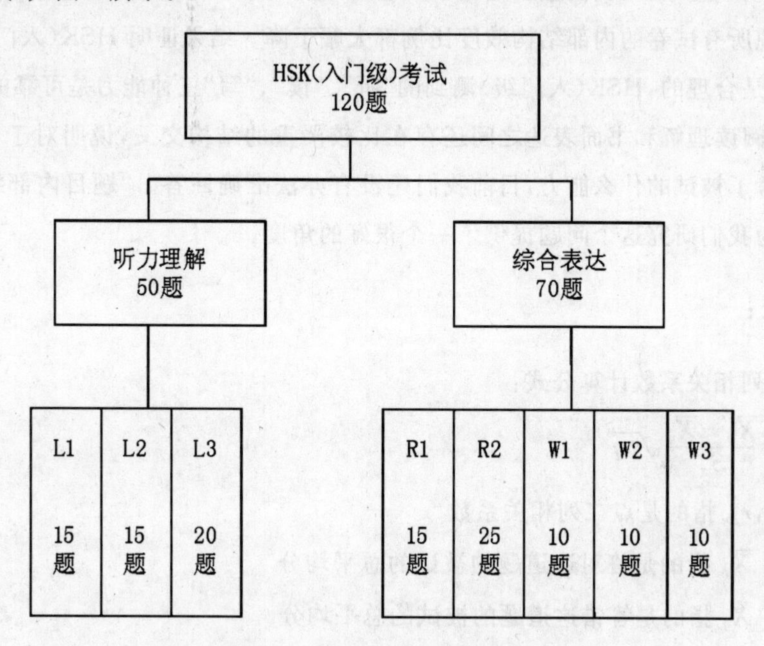

图 3 重新定义后的 HSK(入门级)试卷构成

我们重新计算了新的试卷结构下 7 份试卷的内部结构效度比例,结果显示,各试卷的内部结构效度比例大幅下降,T06N01 最高,达到了 0.917。T06N02 和 T07N01－09 最低,仅有 0.667,这两份试卷有 1/3 的题目都不合格。相比试卷调整前,7 份试卷的内部结构效度比例都下降了。我们认为调整试卷结构的这种尝试并不可取。HSK(入门级)测到的“听”、“读”、“写”三种能力是可靠的、恰当的。

而听力理解分测试和阅读理解分测试交叉的数量较多,L——R 交叉类型的数量有 14 个,很有可能是出题失误造成的。如果听力理解的文本太难,结果就是考被试的阅读理解能力。而三种测试类型交叉的情况比较复杂,不排除由于命题失误或统计工具的局限性造成的,还需要进一步的深入研究。

五 结论

HSK(入门级)的内部结构效度比较理想。郭树军(1995)计算 HSK(初、中等)6 份试卷的平均"内部结构效度比例"为 0.648;郭兴燕(2010)考察后发现,6 份 C. TEST 试卷的平均"内部结构效度比例"为 0.91,HSK(入门级)7 份试卷的"内部结构效度比例"为 0.86。和以上两个研究比较,HSK(入门级)的内部结构效度还是令人满意的。

HSK(入门级)各个分测试之间存在结构交叉,3 种分测试中,阅读理解和书面表达的交叉比较严重,所以我们重新定义了试卷的结构,重新计算 7 份试卷的内部结构效度比例,发现所有试卷的内部结构效度比例都大幅下降。结果证明 HSK(入门级)目前的试卷构成是合理的,HSK(入门级)测到的"听"、"读"、"写"三种能力是可靠的、恰当的。

但是阅读理解和书面表达之间还存在比较严重的结构交叉,说明对于 HSK(入门级)到底考了被试的什么能力,目前我们还没有办法准确回答。"题目内部结构效度检验"方法为我们研究这个问题提供了一个很好的角度。

附录:

点二列相关系数计算公式:

$$r_{pbi}=\frac{\overline{X}_p-\overline{X}_q}{S_x}\sqrt{pq}$$

其中,r_{pbi} 指的是点二列相关系数

$\overline{X}_p$ 指的是答对这道题的被试的总平均分

$\overline{X}_q$ 指的是答错这道题的被试的总平均分

S_x 指的是总分的标准差

p 指的是答对这道题的被试的比率

q 指的是答错这道题的被试的比率

参考文献

郭树军 (1995) 汉语水平考试(HSK)项目内部结构效度检验,载《汉语水平考试研究论文选》(语言学院汉语水平考试中心编),现代出版社。

郭兴燕 (2010) 实用汉语水平认定考试(C. TEST[A—D]级)题目内部结构效度检验,载《汉语测试、习得与认知探索》,北京语言大学出版社。

张 凯 (1994) 汉语水平考试结构效度初探,载《汉语水平考试研究》(续集),现代出版社。

——— (2002)《语言测试理论与实践》,北京语言文化大学出版社。

Henning, G. (1987) *A Guide To Language Testing*. Newbury House Publishers, Cambridge, 99—100.

(100083 北京,北京语言大学汉语水平考试中心)

对汉语补语几个重要问题的再认识

赵清永

摘　要:文章以适应对外汉语教学的需要为出发点,从句法、语义的角度比较全面地给补语做了更为清楚准确的定义:补语是位于谓语动词形容词(短语)之后,对谓语或与谓语有一定语义关系的句中某个名词性词语进行补充说明的句子成分。此外,文章还对程度补语及用"得"连接的程度补语和状态补语应该怎样界定的问题从语义关系的角度,用句式变换的方法做出了比较科学的区分与阐释。

关键词:补充说明;语义指向;程度属性;极度夸张

一　引言

和其他语言(如英语、俄语、日语等)比较起来,汉语的"补语"是一个很特殊的句子成分,它不像主语、谓语、宾语、状语等那样,在其他外语中都有基本相对应的成分。再加上它的语义内涵庞杂,内部种类繁多且互有纠缠,构成形式既有很简单的(一个单音节词),也有非常复杂的(各种短语或小句),甚至包括复句,所以对于学习汉语的外国人来说,是一个公认的难点。就汉语本体研究而言,虽然目前已经达到了一定的深度,但是由于"补语"所涵盖的意义复杂,无论从外部对它的认知理解上,还是在其内部的下位分类等诸多问题上,还都存在着不同的意见。近些年不断有人对现行的某些说法提出质疑,尝试着用新的方法去认识它,如金立鑫(2009)就主张把传统语法中的"补语"一分为二:一部分叫"次级谓语",一部分叫"后置状语"。还有人根据补语内部的语义联系对其传统的下位分类提出新的见解,如张旺熹(1999)认为补语应整合为三大类:结果范畴的基础式、结果范畴的可能式和结果范畴的程度式。这些对于推进汉语语法的理论研究都具有积极的意义。

我们认为,由于汉语缺少严格意义上的形态变化(吕叔湘,1979),造成了显性语法规则比较少,隐性语法规则相对比较多的情况,所以就补语现有的研究成果来说,仍有不少地方值得做进一步的探讨。有些不同意见可以长期并存,也可以继续争论,不断用新的理论方法或从新的角度去解释；但经过较长时间讨论，某些已被证明是比较科学的，而且已经为大家普遍接受的说法（虽然还有一些不足之处而需要继续研究或修正），应该在教学中得到体现。教学语法，尤其是对外汉语教学的语法系统，既应该保持一定的稳定性，又必须要根据实际存在的问题进行具有针对性、创新性的研究，以求不断完善。而对某些已被证明是不太恰当的说法则应给予矫正。本文就补语的定义、程度补语及其与状态补语的界定等几个重要而仍有必要进行深入探究的问题，做进一步的阐释和澄清。

二 关于补语的定义

关于什么是补语，上个世纪50年代初语法学界前辈们所给的说法是：

补语是动词或形容词后面的补充说明成分。 （丁声树等著《现代汉语语法讲话》）

以后很多现代汉语教材，包括近几十年来编写的对外汉语教学语法教材中对补语的定义虽然不完全相同，但基本都延续了以上说法：

补语是位于动词或形容词后主要对动词或形容词进行补充说明的成分。

（刘月华等著《实用现代汉语语法》）

补语是动词或形容词后边的连带成分，对动词、形容词起补充说明作用。

（冯志纯主编《现代汉语》）

补语是用于由动词或形容词充当的述语之后，对述语进行补充说明的成分。

（张宝林著《汉语教学参考语法》）

这些"补语"定义虽然都具有高度的概括性，但至少存在以下两个方面的不足之处：

第一，我们所说的"补语"应该是构成句子六个基本成分之一的"补语"。而这里所说的"补语"，并不完全是句子的"补语"，它实际包括了两个不同层面的东西：一，构成句子的基本成分之一——"补语"；二，以整体作为句子某个成分的述补短语中起"补充说明"作用的部分。其实，这两个不同层次的概念是应该予以适当区分的，否则会给人们（特别是那些学习、研究汉语而母语为非汉语的人）造成语法概念上的混淆。

比如，"这康大叔却没有觉察，仍然提高了喉咙只是嚷，嚷得里面睡着的小栓也合伙咳嗽起来"这个句子最后的分句中究竟有几个"补语"？如果按照上面的说法，应该有三个："里面睡着的小栓也合伙咳嗽起来"、"着（zháo）"和"起来"。而实际上能够称为该句子"补语"的只有一个，那就是助词"得"后面的"里面睡着的小栓也合伙咳嗽起来"这个主谓短语（或称"小句"）。述补短语"睡着"，是此主谓短语（小句）中主语"小栓"的一个定语，而"着"只是此述补短语中起补充作用的词；"起来"说明"咳嗽"开始并继续，是此主谓短语(小句)的补充部分。这两个都不能说是句子的“补语”。

第二,补语究竟“补充说明”的是句子中的哪个词语?大量的语言事实告诉我们:它可以补充说明充当谓语的动词或形容词,同时也有很多补充说明句子中充当其他成分的名词性词语的情况。比如“他把茶杯摔得粉碎”一句中的“粉碎”,就是补充说明充当状语的介词短语“把茶杯”中的名词“茶杯”的,它说的是“茶杯”经谓语动词“摔”的作用后出现的状态(有很强的结果意味),“茶杯”从语义上说是受事。再如“新正将尽,卫老婆子来拜年了,已经喝得醉醺醺的”,补语“醉醺醺的”是说明施事主语“卫老婆子”“喝(酒)”后的状态的。毋庸置疑,这些补语所表示的情况或状态与谓语动词或形容词所表动作变化的作用和影响是分不开的,但它所补充说明的绝不只是谓(述)语。所以,我们不能把“补语”一律都说成是补充说明“谓(述)语”动词形容词的。

其实,早已有人注意到了补语所补充说明的对象不止是做谓语的动词或形容词的问题,认真分析过补语语义的多指向(李临定,1963;吕叔湘,1986;李子云,1990;朱子良,1992;北京大学中文系现代汉语教研室,2004),只不过没把有关结论反映到怎么给补语下定义上来。

比较早注意到以往给补语所下定义的不足,并试图有所突破的是杨润陆、周一民(2000)所编著的《现代汉语》:

> 补语是谓语后面补充说明的成分。补语同谓语是补充被补充的关系,这是从语法角度概括的。从语义角度看,补充说明的成分不仅仅是谓语,补语有多种语义指向。

这个定义确实比以往前进了一大步。我们看得出来,杨、周二位先生试图从语法(准确地说应该是句法)和语义两个角度来说明什么是补语,只不过阐释得还不够精确清楚。

基于以上情况,我们认为应该这样给“补语”下定义才更好:

> 补语是位于谓语动词形容词(或短语)之后,对谓语或与谓语有一定语义关系的句中某个名词性词语进行补充说明的句子成分。

这个“补语定义”至少三个方面更加科学合理:

其一,以往定义所说在补语前充当谓语的只有“动词形容词”,实际上能在补语前充当谓语的还有一些动词形容词性的短语(包括成语)。如:

(1)他兴高采烈得非常:“天门两块!”(《阿Q正传》)

(2)听到总理爱抚的话语,我悲喜交集得说不出话来。(《人民文学》1998年第3期)

(3)这只木船这些年里也早被翻造扩充得不是早先模样了。(《人民文学》1998年第2期)

所以我们要在定义中的“谓语动词形容词”后的括号里用“或短语”加以明确。

其二，新的定义明确了补语补充说明的对象分为两种：一种是充当谓语的动词、形容词(或短语)；另一种是受谓语动词形容词所表动作行为变化状态的作用影响，与谓语有一定语义关系的句中其他位置的名词性词语。前者如：

(4)小栓已经吃完饭。(《药》)

(5)阿Q迟疑了一会，四面一看，并没有人。(《阿Q正传》)

(6)第二天我起得很迟。(《祝福》)

这三个句子的补语“完”、“一会”、“很迟”都是补充说明谓语的。后者如：

(7)要不是偷，怎么会打断腿？(《孔乙己》)

(8)老栓走到家，店面早经收拾干净。(《药》)

(9)后来全镇的人们几乎都能背诵她的话，一听到就厌烦得头痛。(《祝福》)

(10)大家把铁棍撬得七扭八歪了，可那块石头却纹丝没动。

(11)每当举办讲座时，闻讯而来的郑州文化界人士、读者便把酒家二楼这座大堂挤得满满的。(《人民日报》1998年5月22日)

以上五个句子的补语“断”、“干净”、“头痛”、“七扭八歪”、“满满的”分别补充说明的是：宾语“腿”(受事)、主语“店面”(受事)、主语“人们”(施事)、充当状语的介词短语中的名词性词语“铁棍”(工具)和“酒家二楼这座大堂”(处所)。我们给补语下的定义就阐明了“补语”补充说明的对象不止是“谓(述)语”的问题。

其三，我们所说的“补语”，应该是构成句子的六个基本成分之一，所以最后特别强调它是“句子成分”。至于像“(康大叔)嚷得里面睡着的小栓也合伙咳嗽起来”一句中述补短语“睡着”里的“着”叫什么，我们认为应该有别于句子的“补语”。或叫作该述补短语的“补充部(成)分”；或来个“旧词新用”，把一个数十年前使用过，如今早已弃而不用的“补词”挪用过来，赋予它新的意义和生命，作为对述补短语里“补充部分”的称呼。因为短语(或称“词组”“结构”)都是由两个或两个以上的词构成的，述补短语前面的部分既然可称作“中心词”，后面的部分称为“补词”也就未尝不可了，只不过这个“补词”所表示的意义和几十年前的没有什么关系罢了。这样，就可以解决很多句子中两个不同层面上的“补充说明”部分的称呼容易混淆的问题了。

三　程度补语及用“得”连接的程度补语与状态补语的界定

关于程度补语，迄今为止，某些论著和教材，特别是对外汉语教学的语法教材中还是存在着一些模糊或不太全面的认识。第一，仍把“他说得很流利”“队伍排得非常整齐”等句子说成是带有程度补语的句子（李德津、程美珍，2003）；第二，不少人把用助词“得”连接的程度补语仅限于“好得很”、“暖和得多”、“高兴得不得了”等有限的一些形式，而把“（他）忙得脚丫子朝天”“她的皮肤，嫩得可以掐出水来”等“得”后形式比较复杂的都排斥在程度补语之外，认为它们都是状态补语（马庆株，1992）；第三，把“形容词+得”后的补语统统看作是程度补语而非状态补语（贺晓萍，1999）。因此，我们应该对程度补语及其与状态补语究竟有何区别做进一步的梳理和廓清。

1.所谓程度补语，应该是补充说明谓语动词、形容词或具有性质形容词特点的动词短语和成语等所达到的程度。它的语义指向单一，只能是谓语。宋玉柱（1995）曾说过：“程度补语”的“程度”不能是指补语本身，而应该是指中心语的程度。这个说法是完全正确的。

2.能充当程度补语前面谓（述）语的词语都应该具有程度属性，也就是说能具备程度高低的可衡量性。具有这种属性的词语有：（1）性质形容词，如“好、漂亮、干净、好吃”等；（2）部分心理动词，如“想、后悔、得意、尊敬”等；（3）某些可以表示人的感受的动词，如“吵、挤、颠、撑、晒”等；（4）一些具有性质形容词特点的动词短语，如“有钱、没意思、会说话、伤脑筋、靠不住、说明问题、过意不去”等；（5）具有性质形容词特点的成语，如“不以为然、自以为是、耐人寻味、心平气和、刚愎自用”等。（6）少数能用“很、十分、非常”等程度副词在前面修饰的一般动词，如“像、缺、费、欢迎、节约、浪费、需要、照顾、普及、配合”等。不具备这种特点的词语说明它没有程度属性，不能充当程度补语前的谓（述）语。“很跑”、“十分排”等一类的搭配绝对是没有的，因此像“他跑得很快”、“队伍排得很整齐”等句子所带的补语都不能认为是程度补语，而是状态补语。

3.程度补语分为用“得”和不用“得”连接的两种。对不用“得”和述语连接的如“热极了”、“漂亮多了”、“舒服一点”等没有异议；对用“得”和述语连接的，如“忙得很”、“累得不行”、“干净得不得了”等一些固定词语形式的认识也很一致；但对像“（他）忙得脚丫子朝天”、“我紧张得心都提到嗓子眼了”、“她的皮肤，嫩得可以掐出水来”一类句子所带的补语性质就拿不准了，因此有人统统把它们归入“状态补语”（马庆株，1992）。我们认为，这种句子里“得”后的补语也应该属于程度补语。为什么可以这么说呢？这牵涉到对用“得”连接的程度补语和状态补语的认识和区分划界的问题。

4.为了说明“得”后程度补语与状态补语的不同，我们应该先看充当谓语的词语是否具备程度的属性。谓语词语不具备程度属性的，其后的补语应该是状态补语，像“他跑得很快”这样的句子。具备程度属性的，我们再做进一步的考察和区分。

试比较下面的两组句子：

A	B
a1 爸爸最近忙得常常忘了吃饭。	b1 爸爸最近忙得脚打后脑勺。
a2 她的皮肤嫩得像豆腐一样细滑白皙。	b2 她的皮肤，嫩得可以掐出水来。
a3 干了一会儿，我就累得腰都直不起来了。	b3 干了一会儿，我就累得浑身散了架。

这两组句子里的谓语词语都具有程度属性，都可带程度补语，这是它们的共同之处。

它们的区别之一是：A组"得"后的补语都是现实可出现的真实情况或明确的比喻。而B组"得"后补语所表现出的情况都是现实不可能存在的：人再"忙"也不可能"脚打后脑勺"；皮肤再"嫩"也不可能"可以掐出水来"；人再"累"也不可能"浑身散了架"。它所显示的是一种实际不存在的极度夸张，用以表现程度之高，而非对现实情况状态的真实描写。

它们的区别之二是：正因为A组补语所描写的是现实可以存在的或比喻的情况，它的语义指向一般是谓语形容词所呈现出的状态的主体（名词），因而这种句子具备"结构上的缩略性"（陆俭明，1989），所以可分解成有一定内在联系的两个表述，即可"一分为二"：

a1→爸爸最近忙——爸爸常常忘了吃饭

a2→她的皮肤嫩——她的皮肤像豆腐一样细滑白皙

a3→干了一会儿，我就累了——干了一会儿，我就腰都直不起来了

而B组的句子则不可能像A组那样"一分为二"，因为分解后的第二个句子虽然从句法上讲似乎可以成立，但是从语义、情理上讲却是说不通的：

b1→爸爸最近忙——爸爸脚打后脑勺（?）

b2→她的皮肤嫩——她的皮肤可以掐出水来（?）

b3→干了一会儿，我就累了——干了一会儿，我就浑身散了架（?）

我们说B组句子的补语应该是程度补语，还有一个理由，就是这样的句子可以把补语部分加上比喻的词语挪到谓语之前做状语来形象说明谓语达到的程度：

b1→爸爸最近脚打后脑勺似的那么忙。

b2→她的皮肤像可以掐出水来那么（地）嫩。

b3→干了一会儿，我就像浑身散了架似的那么（地）累。

这就说明这些极为夸张的词语的语义指向是谓语，它们充当补语的作用无疑也是说明谓语所达到的程度的。

从以上分析中可以发现：一，用"得"和谓语连接的程度补语前的谓语必须是具有程度属性的动词、形容词或短语等，否则应该是状态补语。二，充当谓语的词语具备程度属性的，后面的补语有可能是程度补语，也有可能是状态补语。这要看补语所表示的情

景如何：是现实中可出现的情况或明确比喻的，可认为是表示程度，也可认为是表示状态。这是两者交错的模糊区域，很难“一刀切”（吕叔湘，1979），见仁见智，各有千秋，不必非此即彼，如“他紧张得直哆嗦”、“你走路怎么慢得像个小脚老太太”等句的“得”后部分；若是现实中不可能出现的情况、表极度夸张的，如“爸爸最近忙得脚打后脑勺”、“她的皮肤，嫩得可以掐出水来”等句中的补语则应看作程度补语。因为这么说的目的不在于表示一种现实情况状态的存在，而在于用“虚”的夸张手法强调谓语所达到的程度极高。

参考文献

北京大学中文系现代汉语教研室（2004）《现代汉语》（重排本），商务印书馆。
丁声树等（1999）《现代汉语语法讲话》，商务印书馆。
冯志纯（1990）《现代汉语》，西南师范大学出版社。
贺晓萍（1999）《关于状态补语的几个问题》，《语言研究》第1期。
金立鑫（2009）《解决汉语补语问题的一个可行性方案》，《中国语文》第5期。
李德津、程美珍（2003）《外国人实用汉语语法》，华语教学出版社。
李临定（1963）《带“得”字的补语句》，《中国语文》第5期。
李子云（1990）《补语的表述对象问题》，《中国语文》第5期。
刘月华等（1983）《实用现代汉语语法》，外语教学与研究出版社。
吕叔湘（1979）《汉语语法分析问题》，商务印书馆。
——（1986）《汉语句法的灵活性》，《中国语文》第1期。
陆俭明（1989）《现代汉语补语研究资料·序》，北京语言学院出版社。
马庆株（1992）《汉语动词和动词性结构》，北京语言学院出版社。
宋玉柱（1995）《语法论稿》，北京语言学院出版社。
杨润陆、周一民（2000）《现代汉语》，北京师范大学出版社。
张宝林（2007）《汉语教学参考语法》，北京大学出版社。
张旺熹（1999）《汉语特殊句法的语义研究》，北京语言文化大学出版社。
朱子良（1992）《补语语义上的多指向》，《衡阳师专学报》第3期。

（100875 北京，北京师范大学汉语文化学院）

对 MTCSOL 课程《汉语语言要素教学》课程设置的思考

刘若云　林　柱

摘　要:本文讨论 MTCSOL 课程《汉语语言要素的教学》的课程设置,认为本课程应以培养学生汉语二语语言要素的教学能力为核心,包括语音、词汇、语法、汉字四大语言要素的教学原则、方法和技巧,有较为充足的教学案例,并有教学观摩、教学实践的环节,同时还应兼顾学生理论素养、科研能力的培养。

关键词:MTCSOL;语言要素;教学;课程;设置

随着中国经济的发展和综合国力的增强,世界范围内学习汉语的人数剧增,国际汉语教师的供需矛盾突出。为了满足这种需求,2007 年开始,国务院学位委员会在一些高校设立汉语国际教育硕士专业学位(英文缩写 MTCSOL),以培养高素质的国际汉语教学人才。作为一个新设立的专业学位,MTCSOL 的课程体系需要建立和完善,各门课程的设置需要探索。为此,国务院学位办汉语国际教育硕士专业学位教育指导委员会在 2007 年下发了《汉语国际教育硕士专业学位研究生指导性培养方案》,2009 年又下发了《全日制汉语国际教育硕士专业学位研究生指导性培养方案》。后者指出:"课程设置以实际应用为导向,以国际汉语教师的职业需要为目标,围绕汉语教学能力、中华文化传播能力和跨文化交际能力的培养,形成以核心课程为主导、模块拓展为补充、实践训练为重点的课程体系",并建立了一个较为完整的课程体系。我们认为,该方案的课程体系基本合理、科学,但每门课程教什么、怎么教,该方案并没有具体说明。虽然 2007 年下发的《汉语国际教育硕士专业学位研究生培养必修课程指导说明》,对《汉语语言学导论》、《汉语作为第二语言教学法》、《第二语言习得导论》、《中华文化与跨文化交际》、《课堂教学研究》五门必修课程做了指导说明,但还有很多其他课程没有指导说明。我们认为,一线教师有必要对这些课程的具体设置进行思考,并在具体的教学实践中不断调整,形成一个合理的课程设置,以达到理想的教学效果。近几年来,本人一直担任 MTCSOL 课程《汉语语言要素的教学》,本文谈谈我们对这门课程设置的一些思考,就教于各位专家、同行。

“汉语国际教育硕士专业学位是与国际汉语教师职业相衔接的专业学位。主要培养具有熟练的汉语作为第二语言教学技能和良好的文化传播能力、跨文化交际能力,适应汉语国际推广工作,胜任多种教学任务的高层次、应用性、复合型、国际化专门人才……教学方法:运用团队学习、案例分析、现场研究、模拟训练等方法,力争研究生在课程学习期间能接触到 100 个以上不同类型的案例,提高教学技能和国外适应能力……”(国务院学位委员会,2009)。可以说,MTCSOL 培养的核心是汉语作为第二语言教学的能力,而语言要素和语言技能则是语言教学的两大组成部分,可见《汉语语言要素的教学》在 MTCSOL 培养中的重要性。有了科学、合理的课程设置,才能为 MTCSOL 打下坚实的专业基础。

考察现有教材和专著,我们发现,由于受写作年代、专著性质等因素的限制,其内容设置都无法满足现今的教学需求。比如:《对外汉语课堂教学概论》(彭增安、陈光磊,2006),这是一本专门的关于汉语语言要素教学的专著,缺乏具体的教学案例,系统性也不够强;《对外汉语教学概论》(吕必松,1996),第五章为《语言要素教学》,篇幅较短,理论性强,缺乏具体教学案例;《对外汉语教学入门》(周小兵、李海鸥,2004),中篇为《语言要素及文化教学》,教学案例也不够丰富……

我们认为,《汉语语言要素的教学》课程设置应以培养学生汉语二语语言要素的教学能力为核心,课程应包括语音、词汇、语法、汉字四大语言要素的教学原则、方法和技巧,有较为充足的教学案例,并有教学观摩、教学实践的环节;此外,也应兼顾学生理论素养、科研能力的培养,注意课程的系统性、理论性。以下是我们按这个思路制订出来的课程教学大纲:

第一章 汉语作为第二语言的语音教学

第一节 现代汉语语音的特点

第二节 语音教学的原则、方法与技巧

第三节 语音教学示例、观摩

第四节 学生模拟语音教学

第五节 语音教学重点、难点

第六节 语音教学研究

第二章 汉语作为第二语言的词汇教学

第一节 现代汉语词汇的特点

第二节 词汇教学的原则、方法与技巧

第三节 词汇教学示例、观摩

第四节 学生模拟词汇教学

第五节 词汇教学重点、难点

第六节 词汇教学研究

第三章 汉语作为第二语言的语法教学

第一节 现代汉语语法的特点

第二节 语法教学的原则、方法与技巧

第三节 语法教学示例、观摩

第四节 学生模拟语法教学

第五节 语法教学重点、难点

第六节 语法教学研究

第四章 汉语作为第二语言的汉字教学

第一节 汉字的特点

第二节 汉字教学的原则、方法与技巧

第三节 汉字教学示例、观摩

第四节 学生模拟汉字教学

第五节 汉字教学重点、难点

第六节 汉字教学研究

下面我们以第二章"汉语作为第二语言的词汇教学"为例,具体说明本课程设置中各节内容在培养学生能力上所起的作用。

第一节"现代汉语词汇的特点"。本节介绍汉语词汇的特点,使学生了解汉语词汇与世界上其他语言的不同。如:构词以复合法为主,其中偏正式最为常见,存在大量的同素词;双音词占绝大多数,但一些单音词使用频率很高;存在大量的近义词;现代汉语造词加强了理据性,词语表义更加明确……让学生思考这些特点对词汇教学的启示。这样,学生自然就能理解,为什么教"书架、电灯、手套、狂热、热爱,司机、革命、招生、满意、伤心,地震、口吃、性急、肉麻、年轻,打倒、充满、改正、降低、提高"各类词要说明词的构成;为什么"童年、少年、青年、中年、老年,春季、夏季、秋季、冬季,小学、中学、大学,学士、硕士、博士"这类词可以成批地教;为什么要重视近义词教学……

第二节"词汇教学的原则、方法与技巧"。本节介绍:汉语词汇教学的原则,如层级原则、分析原则、实践原则;解释词义的方法,如以旧释新 、利用语素释义、利用语境释义、利用情景释义、举例释义、翻译释义、利用偏旁释义、利用反义词释义;分组展示生词的技巧,如按词类展示、按相关意义展示、按词汇等级展示等,并都举一些具体的例子。本节内容可以为学生提供词汇教学的方法和技巧,使学生在教学实践中能自觉地根据生词的特点采用恰当的教学方法。比如,在学生进行模拟教学时,我们看到他们对生词的解释方法多样，到位而有效：教“色彩”，解释为颜色，教“见闻”，解释为看见的、听到的事情（以旧释新）；教“用品”，解释为用的东西，并同时介绍“食品、商品、产品、礼品、纪念品、作品”（利用语素释义）；教“冷淡”时，给出句子“他对别人很热情，但对我却很冷淡”，让教学对象根据上下文的对立语境来理解词义（利用语境释义）；教助词“等”，给出“这个公司生产冰箱、电视、空调等很多产品/王先生去过英国、德国、法国、韩国、日本等十几个国家”两个例句，让教学对象通过例句来体会和理解词义（举例释义）；教“窄”，解释为宽的反义词，教“潮湿”，解释为干燥的反义词（利用反义词释义）……

第三节“词汇教学示例、观摩”。本节内容包括：任课教师的词汇教学示例；观摩、讨论优秀教师的词汇教学录像；到实际课堂观摩一线教师的词汇教学，并进行讨论。本节教学可以让学生接触比较充足的教学案例，获得鲜活的感性认识，这与国务院学位办提出的“力争研究生在课程学习期间能接触到 100 个以上不同类型的案例”的精神是一致的（国务院学位办，2009）。

比如，在任课教师词汇教学示例这一环节，我们选择了综合课 5 课书的生词进行示范教学，每一课的生词都有不同的特点，我们采用了不同的生词展示方法。如《现代汉语教程——读写课本》（李德津、李更新，2006）第 31 课，共有 21 个生词：

1）场 2）话剧 3）节 4）预习 5）城 6）散步 7）好看 8）外衣 9）皮鞋 10）裤子 11）食堂 12）小说 13）少 14）漂亮 15）花 16）样式 17）呢 18）当然 19）如果 20）试 21）后来

我们采用的是按词性展示的方法：

n.8）外衣 9）皮鞋 10）裤子 16）样式 2）话剧 12）小说 11）食堂（每个名词用不同的量词）

adj.7）好看 14）漂亮　13）少　15）花（都可以前加“很、非常”，都可以修饰名词，教反义词）

v.4）预习 20）试（后边加宾语）……

引导学生了解按词类展示有利于学习、复习各类词的有关特点。

再如《现代汉语教程——读写课本》第 52 课，共有 23 个生词：

1）沙发 2）躺 3）报 4）拉 5）手 6）护士 7）旅馆 8）胃 9）住院 10）住院处 11）病床 12）病房 13）安静 14）点头 15）有一点儿 16）打针 17）针 18）过几天 19）出院 20）劝 21）补 22）补课 23）累

我们采用的生词展示方法是，一部分词按相关意义展示，其余独词展示。用问答的形式引出去医院看病用的词（问题略）：

病了　医院　医生（大夫）6）护士　病人　16）打针　吃药　9）住院　10）住院处　12）病房　11）病床　19）出院

引导学生了解按相关意义展示可以把孤立的词组成有内在联系的语言材料，以帮助学生学习、记忆。

独词展示部分也注意使用不同的教学方法，如："沙发(Sofa)"，与"巧克力(chocolate)"、"咖啡(coffee)"联系起来；"劝"，写出例句"我劝朋友少抽烟"，然后给出几个情境让学生操练，"王先生病了，医生怎么样？医生劝他休息……"；"胃"，用偏旁释义；"有点儿"，作为重点词语重点操练，指出其所修饰的形容词一般是表示不满意的，并把"有点儿"与"一点儿"进行比较……

任课教师示范教学，观摩教学录像，到实际课堂观摩，可以使学生接触到比较充足的教学案例，而观摩后的讨论、评价则可以培养学生鉴赏课堂教学优劣的能力。在本节教学中，我们还注意指出听力课、口语课、阅读课、写作课的词汇教学与综合课的词汇教学的不同之处。

第四节"学生模拟词汇教学"。本节教学是在学生接触了一定量的教学案例以后，模拟真实的词汇教学。这一环节可以让学生把前边所学转化为实际的教学能力，内化教学技能。我们通常让学生模拟综合课的词汇教学，因学生人数一般较多，模拟教学一般分组进行，同组同学集体备课，派人上台模拟教学。每组模拟教学结束以后，师生讨论、评价，并要求每个学生上交评分表及评语。

第五节"词汇教学重点、难点"。本节介绍词汇教学难点——离合词教学和中高级阶段的近义词教学，以培养学生对这些教学难点的教学能力。

第六节"词汇教学研究"。本节内容包括：词汇教学研究概况、词汇教学方法、词汇教学模式、分阶段词汇教学、词汇国别教学、词汇教学的三大流派等。本节教学既可以提高学生的理论素养，培养学生的科研能力，同时也能从另一个侧面促进学生的教学能力的养成。

在本章的六节内容里，第三节"词汇教学示例、观摩"、第四节"学生模拟词汇教学"和第五节"词汇教学重点、难点"是直接培养、内化学生的词汇教学技能的环节，是教学的重点。其他三节教学在提高学生理论素养的同时，也能间接培养学生的教学能力。我们认为，这个课程设置做到了以培养学生的教学能力为核心，又兼顾到培养学生的科研能力，并能达到教学能力和科研能力的互相促进，系统性强。当然，在实际教学中，我们应该根据学生的情况进行教学，比如，如果学生对现代汉语词汇的特点已有深入的了解，那么，第一节就可以一带而过。

其他几个语言要素教学的设计思路类似，不过，每一语言要素都有不同的特点，教学应该有针对性，这里不再赘述。

以上介绍的《汉语语言要素教学》课程设置，是我们在多年的教学实践中，不断摸索、不断改进而形成的。学生怎么看待这个教学设置？2009 年 7 月，我们在中山大学国际汉语学院 08 级（在职）的 40 名学员中进行了问卷调查，结果为 98%的学生认为本课程教学设置合理，各节内容可以从不同的方面培养、内化学生的教学技能。

参考文献

国务院学位委员会（2009）《全日制汉语国际教育硕士专业学位研究生指导性培养方案》。
李德津、李更新（2006）《现代汉语教程——读写课本》，北京语言大学出版社。
吕必松（1996）《对外汉语教学概论（讲义）》，国家教委对外汉语教师资格审查委员会办公室。
彭增安、陈光磊（2006）《对外汉语课堂教学概论》，世界图书出版公司。
周小兵、李海鸥（2004）《对外汉语教学入门》，中山大学出版社。

（1. 510275 广州，中山大学国际汉语学院；
2. 130024 长春，东北师范大学留学生教育学院）

运用网上词典提高书写能力初探

[马来西亚]吴荣顺

摘　要:此研究探讨运用网上词典(Smart Malay-Mandarin Dictionary,SMMD)来提高书写能力的有效性。此网上词典是为研究者特别是为母语非汉语的学习者设计的。主要是使用学习者的母语即马来语来查询汉语词汇,所涉及的词汇包括单纯词、合成词、短语等等。学生使用此网上词典来预备两种课业,即口头介绍家庭和录像带口语表演。从学生的反馈中可以看出 SMMD 有助于提高学生的书写能力。学生也认为 SMMD 能够提供他们所需的词汇来表达自己。SMMD 协助他们更加有创意地写出他们所要介绍的家庭成员,并让他们有足够的词汇来准备录像带口语表演的会话。研究也发现科技掌握能力较高的学生组比科技掌握能力较低的学生组对网上词典的运用更加得心应手。为此,SMMD 等教育科技的应用在提高学生书写能力上可以扮演建设性的角色。

关键词:网上词典;写作;对外汉语教学

一　研究背景

在对外汉语书写教学中,常常发现学生往往没有足够的词汇来表达自己。为此,一个有效的教育科技或许可以提高学生的书写能力。如此一来,他们才能够有足够的词汇来表达自己(Goh,2009)。这对于书写教学非常重要。

教师经常会听到学生抱怨他们很难找到适合他们程度的学习材料进行自学(Bean,2001)。对于运用拼音作为汉语学习媒介的学生来说更是面临这样的窘境。为此像 SMMD 这样的网上词典对于提高他们词汇能力是大有益处的。

字本位与词本位对于对外汉语词汇教学具有相当的争论性(贾颖,2001)。这也间接地影响了对外汉语写作教学。从字本位发展而来的语素词汇教学,却可以让学生从掌握语素扩展到合成词与短语的学习(李如龙、吴茗,2005)。为此,此网上词典尝试提供字与相关词和短语以便加强学生的书写能力,让学生可以直接将这些词汇运用在他们的写作中。

在书写教学上，教育科技确实可以扮演积极的角色。教育科技的有效性需要从它的使用者的角度来加以探讨。一个实用的教育科技对学生书写水平的提高是有很大帮助的，至少可以提高了他们在写作上的信心。

二 研究程序

本研究的目的主要是探讨使用网上词典（Smart Malay-Mandarin Dictionary，SMMD）在提高对外汉语书写教学中的实效性。这是为了加强和提高母语非汉语学习者的汉语书写能力。研究地点为马来西亚玛拉工艺大学登嘉楼分院。此网上词典是由该大学的四位讲师设计的。他们为 Goh，Saiful Nizam，Hasiah 和 Norlina。研究的参与者为零起点的非汉语学习者，他们在该大学参加了第一阶段的对外汉语课程的学习。共有三个班的学生参与此项研究，学生人数为 66 人，母语为马来语。

研究所用到的网上词典容许学生使用他们的母语马来语查询汉语词汇。为了降低学生自组错误词汇的机率，网上词典的查询结果还包括基本词、合成词、短语，以及相关的词汇（如图 1 以“Melayu”——意即“马来”所显示的查询结果）。查询结果中的汉语词汇附上拼音。这是因为这些学生主要是以拼音来学习汉语的。

Malay	Chinese
bahasa Melayu	马(mǎ)来(lái)语(yǔ)
kaum Melayu	巫(wū)族(zú)
filem Melaye	马(mǎ)来(lái)片(piàn)
Orang Melayu	马(mǎ)来(lái)人(rén)
baju Melayu	马(mǎ)来(lái)装(zhuāng)
rizak Melayu	马(mǎ)来(lái)保(bǎo)留(liú)区(qū)
bangsa Melayu	马(mǎ)来(lái)人(rén)
persatuan masyarakat Melayu	马(mǎ)来(lái)社(shè)会(huì)协(xié)会(huì)
lauk Melayu	马(mǎ)来(lái)餐(cān)

图 1 “Melayu”一词的查询结果

本研究在 2009 年 7 月学期初进行。教师在课堂上指导学生们使用此网上词典来完成两个课业。第一个课业是口头介绍家庭成员。学生需要在五分钟内介绍他们的家庭成员。在介绍家庭成员时,学生往往需要更多的课外词汇来表达。第二个课业为录像带口头扮演。学生两人或三人一组,他们需要准备一个对话,内容涵盖他们在此课程中所学的全部内容,在学期末交上录像带。为此,学生往往也需要额外词汇来丰富他们的录像内容。学生可以在此学期自由地查询此网上词典,或是在任何地点上网查询。在课堂上,当他们有任何词汇在网上查不到时,他们可以及时通知教师,教师也会即时补充网上词汇。在课外,他们也可以以电邮的方式向教师请教,教师也会及时补充所需的词汇。

本研究是一个量化研究,研究的对象为整班的学生。在学期末,教师分发自设的问卷以获悉学生对于 SMMD 运用的反馈。问卷使用学生的母语,即马来语。该问卷的内容是针对运用 SMMD 来提高书写能力的回馈。5 位代表非常赞同,而 1 位非常不赞同。所收集的问卷以 SPSS 软件来进行分析。此外,问卷中的 A 项为学生自我评估他们的科技运用能力,B 项则为学生对于此网上词典的反馈。A 项的回应结果在 SPSS 软件的分组功能中又将学生分为高科技运用组和低科技运用组。

三 研究结果

研究结果显示学生们认为 SMMD 确实对提高他们的书写能力(总平均值:3.7652,参看下表)有帮助。此研究也显示这三个班的学生对于此网上词典的实用性并没有任何显著的差异(F 值:.230,有效值:.795)。

表 1 三个班的平均值比较

班	平均值	学生人数	标准差
A	3.7917	18	.60785
B	3.7212	26	.38940
C	3.7955	22	.25162
总	3.7652	66	.42035

表 2 ANOVA 表

	Sum of Squares	Df	Mean Square	F 值	有效值
Between Groups (Combined)	.083	2	.042	.230	.795
Within Groups	11.402	63	.181		
Total	11.485	65			

学生认同他们可以从此网上词典中获得他们所需用来自我表达的词汇(平均值:3.95)。学生也相当认同他们可以更加灵活地写出他们想写的东西(平均值:3.56)。他们也认为网上词典提供相关词与短语的功能(平均值:4.06)非常强,从所提供的相关词与短语里面能够找到他们书写中更能表达他们自己的词语(平均值:4.08)。

除此之外,这个研究的主要发现为:学生赞同 SMMD 是一个可以提高他们书写能力的教育科技 (平均值:3.74)。然而在一题的学生自行发表意见的题项中,大多数的学生都建议 SMMD 可改进之处为:提供词汇的发音来改善他们的发音。

这个研究也肯定了科技能力较高的学生(平均值:3.9583)比科技能力较低的学生(平均值:3.6250)对网上词典的看法更为正面(t 值:83.281,有效值:.000)的结论。下表显示比较的分析结果。

表 3　科技掌握能力组别对于网上词典有效性的观点

组别	平均值	人数	标准差
1:科技能力低	3.6250	36	.23103
2:科技能力高	3.9583	30	.42081
总	3.7765	66	.36840

表 4　单样本检验(One-Sample Test)

	Test Value = 0					
					95% Confidence Interval of the Difference	
	t 值	df	有效值 (2-tailed)	Mean Difference	Lower	Upper
观点平均值	83.281	65	.000	3.7765	3.6860	3.8671

四　讨论与总结

总地来说,研究结果显示 SMMD 有助于提高学生的书写能力。大量词汇的供应并不代表学生就能够正确地运用(赵新,2004)。SMMD 网上词典的优势就在于它提供给学生的还包括合成词及短语的相关词汇,让学生可以避免自组合成词或短语的麻烦,从而降低犯错的可能性。这表明在发展对外汉语的网上词汇上,所提供的词汇并不能只是基本词,还需包括相关的合成词及短语等等。

为了提高学生的书写能力,让他们成为有信心的书写者,词汇的扩充确实是不容忽视的(Kanar,2006)。而 SMMD 确实具备了这样的一种功能。教师需要鼓励学生多用和善用教育科技来提高他们的书写能力。

此网上词典尚有进一步改进的空间。主要是增加一个辅助的拼音阅读系统来帮助学生掌握词语的读音。这是因为汉语的发音往往是对外汉语教学中主要而尚且需要加强的一环（Goh,2008）。此外,这个研究并没有探讨学生在使用汉语写作中所产生的中介语的偏误(陈如静、李平,2006)。这对于研究网上词典的成效是深具意义的。网上词典开发者可以检讨词语提供可能造成的中介语的错误,并加以改进,以便能够提供一个更加实用、更能降低中介语偏误的网上词典。

词汇量对学生的书面表达能力的影响很大(Stæhr,2008)。为此,SMMD 对于非汉语学习者在发展书写能力上扮演非常重要的角色。教师不能被动等待学生自行寻找适合他们使用的工具书或是教育科技,应尽量为学生提供这方面的资讯和技术,并进一步地发展自已的教育科技能力。

对外汉语写作教学过程的实践与理论的相关研究还需要进一步的加强(杨俐,2004)。如何有效地运用诸如网上词典等教育科技,在对外汉语写作教学过程中的作用还需要做更深入的探讨和研究。在这方面我们与英语教学相比还有一段距离。

参考文献

陈如静、李平（2006）日本学生汉语中介语写作偏误分析及教学对策,《黑龙江教育学院学报》第 3 期。

贾　颖（2001）字本位与对外汉语词汇教学,《汉语学习》第 4 期。

李如龙、吴茗（2005）略论对外汉语词汇教学的两个原则,《语言教学与研究》第 2 期。

杨　俐（2004）过程写作的实践与理论,《世界汉语教学》第 1 期。

赵　新（2004）《对外汉语教学入门》,中山大学出版社。

Antonia,C.,Ellis,M. and Gloria,P. (2005). Essay Assist-Developing Software for Writing Skills Improvement in Partnership with Students. *RELC Journal*, Volume 36, Number 2, pp. 137—155. Singapore: SEAMEO Regional Language Centre.

Bean,J.C. (2001). *Engaging Ideas: The Professor's Guide to Integrating Writing, Critical Thinking, and Active Learning in the Classroom*. San Francisco,CA: Jossey－Bass.

Goh,Y.S. (2008). Online Supplementary Resources for Teaching Chinese Pronunciation: A Review of Two Chinese Pronunciation Websites. *Electronic Journal of Foreign Language Teaching 2008*, Vol.5, No.2, pp.256—260 © Centre for Language Studies, National University of Singapore. Can be accessed at http://e－flt.nus.edu.sg/ v5n 22 008 /rev_goh.htm＃Xun,_D.J._(Ed.)._(2006).

Goh,Y.S. (2009). Youdao Desktop Dictionary: Learning Mandarin in a Painless Manner (A Review). *Electronic Journal of Foreign Language Teaching 2009*, Vol. 6, No. 1, pp. 100—107 © Centre for Language Studies, National University of Singapore. can be accessed at http://e－flt.nus.edu.sg/v6n12009/rev_goh.htm.

Kanar,C.C. (2006). *The Confident Write, Fourth Edition*. United States of America: Houghton

Mifflin Company.
Stæhr, L. S. (2008). Vocabulary size and the skills of listening, reading, and writing. *Language Learning Journal*, 36, 139—152.

(23000 Dungun,马来西亚玛拉工艺大学)

张斌主编《现代汉语描写语法》由商务印书馆出版

ISBN:978-7-100-07022-5 16开精装 定价:189元 2010年11月出版

我国第一部大型汉语共时描写语法著作

著名语法学家、教育家张斌先生主编

全国23所高校的30多位学者,历时十余载共同撰写完成。

《现代汉语描写语法》以结构主义和三个平面理论为基础,建构了从词法到句法、从结构到范畴、从分析到综合、从描写到解释这样一个贴近汉语事实的严密的语法学体系。

《现代汉语描写语法》不仅构建了完善的汉语语法学体系,而且大大拓展了研究范围,如增加了对语法范畴的讨论,把"重叠"和"语序"这些问题分别独立为一章单独考察,增加了语义分析和篇章分析,使得句法、语义、语用结合起来。同时在具体问题的讨论中,该书更注重研究的深度,如把空间范畴分为方向、形状、位置三个子系统,把语气范畴分为功能语气和意志语气两个大类八个小类,该书对每一个系统和小类都进行了细致、深入的描写。另外,该书还首次区分了名词的特类和附类,并对各个特类和附类的特点进行了概括。这样细致、深入的观察和描写在各个具体问题的讨论中都有所体现,使我们对现代汉语语法有了更加深入的认识,也充分体现了该书作为参考语法的价值。

《现代汉语描写语法》的另一鲜明特色是不仅有对汉语语法现象的全面、深入的描写,也有在此基础上的合理、科学的解释。该书既回答了"是什么"和"怎么样"的问题,也回答了"为什么"的问题,充分体现了当前语言学发展的趋势,反映了汉语语法研究的最新进展。

《现代汉语描写语法》可供汉语研究者、汉语信息处理工作者和汉语教师、对外汉语教师、语文教师、语文工作者和爱好者、学生随时查阅,解疑释难。

“差不多”和“差点儿”差异的情态动因

宗守云

摘　要：“差不多”和“差点儿”都是情态词语，“差不多”是认识情态词语，“差点儿”是机遇（或评价）情态词语。“差不多”是说话人对未知事实倾向肯定的估测，“差点儿”是说话人对已知事实包含否定的感受。“差不多”和“差点儿”在句法、语义上存在着一些差异，这些差异可以从情态上得到解释。

关键词：差不多；差点儿；情态；动因

零　前言

“差不多”和“差点儿”语义上比较接近，用法上需要辨析，因此成为语法学比较关注的对象。已有的专门文献包括：王还(1990)，沈家煊(1999)，刘宇红、谢亚军(2007)，徐素琴(2008)等。沈家煊(1999)认为，“差不多”和“差点儿”的对立，本质上是肯定和否定的对立，“差不多”本质上是一个肯定性词语，“差点儿”本质上是一个否定性词语。

肯定和否定是说话人对命题性质的判定。就“差不多”而言，说话人对命题性质的肯定判定是相对的，从客观事实看，“差不多吃了五个馒头”，可能就是吃了五个（完全肯定），也可能吃了四个或六个（接近五个，并非完全肯定）。“差不多”主要反映了说话人对事实的估测。就“差点儿”而言，说话人对命题性质的否定判定是绝对的，“差点儿”就相当于一个否定词语[①]，从客观事实看，“差点儿摔倒”和“没摔倒”是一回事。但“差点儿摔倒”还包含着说话人庆幸的态度，而“没摔倒”只是对事实的客观陈述。

因此，“差不多”和“差点儿”不仅和命题性质相关，也和说话人对语句内容的主观态度——即情态相关。本文谈“差不多”和“差点儿”的情态性质和情态意义，并从情态的角度解释“差不多”和“差点儿”的句法语义差异。

---

① “差点儿＋没＋不希望发生的事”中的“差点儿”似乎是例外，根据江蓝生(2008)的研究，这是整合的结果，“差点儿没摔倒”是“差点儿摔倒”和“没摔倒”整合的产物，因此从根本上说“差点儿”还是个否定性词语。

一 “差不多”和“差点儿”的情态性质和情态意义

1.1 情态性质

情态是说话人的主观态度和观点在语法上的表现(Palmer,2001)。在语法上,“差不多”和“差点儿”都是动词短语词汇化的结果,都可以修饰VP和S,都表现了说话人的主观态度,因此都应该看作情态词语。

“差不多”是说话人对事实的估测,是说话人倾向肯定的估测。根据Palmer(2001),情态是非写实的,表示事实的可能性或必然性,因而非写实成为界定情态的重要依据。“差不多”既然表示估测,就是非写实的,这在性质上符合情态的特征。从类别看,情态可以分为命题情态和事实情态,命题情态又可以分为认识情态和证据情态(Palmer,2001)。认识情态包括预测、推导、假设等,“差不多”作为表示估测的词语,显然属于认识情态。“差不多”和“可能、也许、大概、似乎”等表示或然意义的词语一样,反映了说话人对事实可能性的看法和态度。

“差点儿”是说话人对事实的感受,通常包含庆幸或惋惜的态度(王还,1990)。包含“差点儿”的句子都是已经发生的事实,表面看来是写实的,从这一点看“差点儿”似乎不具备情态词语的资格。但写实是有条件的,并非已经发生的事实都是写实的,只有关于现在或过去事实的单纯陈述才总是写实的(Palmer,2001)。“差点儿”并不是对已经发生事实的单纯陈述,它还包含了说话人的主观态度,因此,它只能说有一定的写实性,并非完全写实,应该看作是情态词语。问题是,“差点儿”属于哪类情态?在Lyons(1977)、Coates(1983)、Sweetser(1990)、Palmer(2001)的情态分类中都找不到现成答案。倒是我国学者关于情态的研究中有相关的类别。“差点儿”表示说话人庆幸和惋惜的态度,应该和“幸亏、多亏、遗憾、好在”之类的词语属于同一类。这一类,鲁川(2003)称为机遇情态,“表示言者对于既成事实中好的或坏的‘机遇’所持的态度,并相应地表达言者的情绪”。徐晶凝(2008)称为评价情态,“表达说话人对语句内容的评价态度,或者是加强说话人的某种态度”。

综上所述,从性质上看,“差不多”是认识情态词语,反映了说话人对事实倾向肯定的估测;“差点儿”是机遇(或评价)情态词语,反映了说话人对事实包含否定的感受(庆幸或惋惜)。

1.2 情态意义

凡估测的事实都是说话人未知的事实，说话人对事实的看法和态度是留有余地的，没有百分之百的把握。凡感受的事实都是说话人已知的事实，说话人对已知事实表现出强烈的主观评价，或庆幸，或惋惜。因此，严格来说，“差不多”是说话人对未知事实的估测，“差点儿”是说话人对已知事实的感受。结合肯定和否定，可以这样概括“差不多”和“差点儿”的情态意义：“差不多”是说话人对未知事实倾向肯定的估测，“差点儿”是说话人对已知事实包含否定的感受。

例如（沈家煊例）：

(1)苹果差不多全烂了。

(2)苹果差点儿全烂了。

例(1)是说话人对“苹果全烂了”的估测，显然说话人对苹果是否全烂并没有完全的把握，但说话人从特定的情形判定苹果全烂在很大程度上是真实的，因此是倾向肯定的。例(2)分两层，首先是对“苹果全烂了”的否定，“差点儿”相当于一个否定词，因此实际意义是苹果没有全烂；其次是说话人的感受，由于苹果没有全烂，说话人感到很庆幸。当然还有一种情况，如果说话人希望苹果全烂，全烂了可以买新的，那么说话人不是感到庆幸，而是感到惋惜。

“差不多”对事实的估测有一定的程度差异，有的估测性强，有的估测性弱。认识情态包括预测、推导、假设等，预测表示不确定，推导是从观察得到的证据推测，假设是根据一般常识推测（Palmer，2001）。“差不多”可以表示预测、推导、假设，其中预测估测性强，推导、假设估测性弱。例如：

(3)这头猪，我看差不多有二百来斤。（柳建伟《突出重围》）

(4)他那时候三十多岁了，可是他回忆起一棵树，差不多要哭出来。（张炜《你的树》）

(5)星子若从学校回家，也差不多该是这时间到码头了。（方方《桃花灿烂》）

例(3)表示预测，这头猪的重量是说话人预测的，可能有二百来斤，但也可能和实际情况相差很远，因此其估测性最强。例(4)表示推导，说话人根据观察推测他要哭出来，例(5)表示假设，说话人根据常识推测他在这个时间应该到码头了，这两例估测性较弱而真实性较强，如果没有意外就是必然发生的事实。

“差不多”和“差点儿”的差异主要是情态差异，这一差异可以解释它们在句法、语义等方面的差异，是它们在句法、语义等方面差异的促动因素（motivation）——动因。

二 “差不多”和“差点儿”句法差异的情态动因

“差不多”和“差点儿”的句法差异表现在两个方面。一是在句中固定位置的差异，二是在句中浮动能力的差异。

2.1 在句中固定位置的差异

2.1.1 对心理动词选择的差异

“差不多”前面可以出现心理动词，“差点儿”前面一般不出现心理动词。“差不多”前面常出现的心理动词有“看、认为、以为、觉得、想、估计、相信”等等，这些心理动词的主语是指人的名词或代词，其中以代词，尤其是第一人称代词为常见。例如：

(6)我看差不多到辰光了，我就坦白交代了。(周而复《上海的早晨》)

(7)在那些避难的修女中，有一个认为自己差不多是回到了老家。(《悲惨世界》中译本)

(8)在美国住了几年，自己竟也沾了点霸气，昏头昏脑到以为英语差不多是世界通用语的地步了。(吕怡《可怜的英语》)

(9)他走得越近她的心跳就越快，她觉得她的心差不多已经跳到了嘴里，她需使劲儿咽唾沫才能把心咽回肚里。(铁凝《大浴女》)

(10)我现在这个男朋友是我的第三个男朋友，而且我想差不多在明年的春天吧，和他结婚。(安顿《绝对隐私》)

(11)这种电影人物的对话方式估计差不多已经拥有话剧倾向了。(乌尔沁《蒙娜丽莎的微笑:〈达芬奇密码〉》)

(12)我相信托托差不多也饿了。(中译本《绿野仙踪》)

这些心理动词都是认知心理动词。绝大多数认知心理动词都反映了说话人对未知的、不能确定的事实的态度，与未知事实估测语义相容，而与已知事实感受语义不相容，因此可以和“差不多”共现，而不能和“差点儿”共现。

值得注意的是，有些包含“差不多”的句子表面看来和说话人无关，但实际上往往都隐含着一个“言者主语”，这是“差不多”主观化的表现。例如：

(13)这个青年人也差不多二十一二岁了。(杨沫《青春之歌》)

这句话背后隐含着一个更高层次的“言者主语”，即“我”主观上认为“差不多”，因此，“差不多”并非位于句子主语的“影响范围”之内，而是位于“概念化主体的心理中”(Verhagen,1995):

(13)'我认为这个青年人也差不多二十一二岁了。

语言的主观性和主观化表现在三个方面:说话人的视角、说话人的情感、说话人的认识(Edward Finegan,1995;沈家煊,2001)。其中说话人的认识和情态相关,情态词语一般都有行动义和认识义,认识义是从行动义发展而来的(Sweetser,1990;沈家煊,1997)。包含认识义的情态词语都隐含着一个"言者主语","差不多"也是如此。

2.1.2 对其他情态词语选择的差异

"差不多"前面可以出现其他情态词语,"差点儿"一般不和其他情态词语共现。

从词类上看,情态词语主要包括情态动词和情态副词。从语义的相宜性来说,"差不多"作为认识情态词语,可以和其他认识情态词语,尤其是表示或然义的认识情态词语共现。可以和"差不多"共现的情态词语有"可能、大概、也许、或许、恐怕、应该、好像、似乎"等等。在句法上,"差不多"一般都出现在其他情态词语的后面;在语义上,"差不多"和这些词语共现强化了对事实的估测意味。例如:

(14)我不知道你心中的爱情是什么滋味,大概也差不多是那种滋味吧。(董桥《父亲加女儿等于回忆》)

(15)10多年后,《爱尔兰日记》有了一个漂亮的新版本,但是海因里希·伯尔似乎差不多已被人忘却。(王师北《欧洲废墟以西》)

从语义相宜性看,"差点儿"作为机遇(或评价)情态词语,应该可以和其他机遇(或评价)情态词语,尤其是"幸亏、可惜"这样的词语共现。但和"差不多"不同的是,"差不多"和其他情态词语在句子平面上共现,而"差点儿"和其他情态词语需要在话语平面上才能共现。例如:

(16)吊车运行时,自己也差点儿被挤下去,幸亏一个好心人抓住了我的衣服。(《中国青年报》2008年11月18日)

(17)可惜!差点儿就逮到偷井盖贼。(《新文化报》2007年1月18日)

也就是说,在句子平面,"差点儿"反而排斥"幸亏、可惜"这样的情态词语。

这是因为,估测是"差不多"自身的词汇意义,而庆幸、惋惜是包含"差点儿"结构的构式意义,是不能从"差点儿"及相关成分中预测出来的意义。在意义相同的情况下,词汇形式和构式在用法上存在着对立,Goldberg(2007)论述过词汇使役式和使役构式在用法上的对立。"幸亏、可惜"是词汇形式,包含"差点儿"的结构是构式,二者在用法上有对立,因此不会在句法平面共现,但可以在距离较远的篇章平面共现。

2.1.3 对数量词语选择的差异

"差不多"和"差点儿"后面都可以出现数量词语，但有差异：首先，"差不多"没有定向性，"差点儿"有定向性；其次，"差不多"后面可以直接出现数量词语，"差点儿"必须有动词带数量词语；再次，"差不多"后面可以出现概数词语，"差点儿"后面只能出现定数词语。我们先看两个沈家煊(1999)举的例子：

(18)小朱最近跳高的成绩差不多是二米零三。

(19)小朱最近跳高的成绩差点儿是二米零三。

沈家煊(1999)认为，"差不多"和数量词语共现，既可能是不足的，也可能是超过的；"差点儿"只能是不足的。因此，"差点儿"有定向性，"差不多"没有定向性。这种差异是语用上的"适量原则"造成的。

这种差异也和情态有关。"差不多"是说话人对事实的估测，如果事实中包含了数量因素，那么这个数量对说话人而言不是确定的，可能是不足的，可能是超过的，当然也可能正好。"差点儿"是说话人对事实的感受，如果事实中包含了数量因素，那么这个数量对说话人而言是确定的，说话人可能希望达到这一数量，也可能不希望达到这一数量，但这一数量却被否定了，因而说话人或者感到惋惜，或者感到庆幸，因此只能是未达到这一数量。

"差不多"和数量词语共现的能力强，"差点儿"和数量词语共现的能力弱。在《现代汉语虚词词典》(侯学超，1999)中，"差不多"被描述为"经常和数量、程度词语共现"，在所举例子当中，"差不多"和数量词语共现的例子有很多，而"差点儿"没有一例是和数量词语共现的。在认知上，数量和估测比较近，和感受比较远。数量是可以估测的，也是需要估测的，因此和估测关系密切，和感受关系不大。"差不多"和"差点儿"与数量词语共现的差异仍然和情态有关。

"差不多"后面可以直接出现数量词语，"差点儿"后面必须有动词带数量词语。我们再看两个沈家煊(1999)举的例子：

(20)走了差不多十五里山路。

(21)*走了差点儿十五里山路。

如果把"差点儿"和"走了"换换位置，这句话就完全可以接受了：

(21)'差点儿走了十五里山路。

"差不多"可以修饰概数词语，"差点儿"只能和表示定数的词语共现。概数表达包括：第一，数量词+上下或左右；第二，十位以上整数+多或来；第三，百、千、万或个、里、斤等+把；第四，数、几、近、上+位数词；第五，相邻或相近数字连用。这些表达式都可以受“差不多”的修饰。例如：

(22)潘信诚看大家的意见比较一致，他默默计算星二聚餐会能够控制同业的锭子的数字，差不多有七十万左右。(周而复《上海的早晨》)

(23)伯克莱宿舍寄居的学生差不多有二百多个。(苏雪林《棘心》)

(24)她差不多等了个把钟头，等他从别处回来。(中译本《美国悲剧》)

(25)插件种类繁多，差不多有数百种，都可以直接从网上下载使用。(《电脑音乐报》2002年第1期)

(26)在罗维民翻看《犯罪心理学》的这会儿时间里，赵中和的BP机响了差不多有五六遍。(张平《十面埋伏》)

“差不多”是说话人对事实的估测，是不确定的，概数表达也是不确定的，二者在语义上也是相宜的，因而可以共现。“差点儿”是说话人的感受，是确定的已知事实，因而不和概数表达共现。

2.1.4 对否定性词语选择的差异

“差点儿”既可以修饰肯定性词语，也可以修饰否定性词语，“差不多”一般只修饰肯定性词语(沈家煊，1999；刘宇红、谢亚军，2007)。例如(沈家煊例)：

(27)＊球差不多没踢进去。

(28)＊黑桃差不多没全。

“差不多”和“差点儿”的这一差异，沈家煊(1999)认为和衍推义、隐含义的差异有关，刘宇红、谢亚军(2007)认为和认知策略的差异有关。这一差异当然也和情态有关。“差不多”是说话人对未知事实倾向肯定的估测，既然是倾向肯定，就和“可能、也许”等完全或然性的情态词语不同，完全或然性的情态词语，对命题性质的判定是两可的，既可以肯定，也可以否定，如“球可能踢进去了，也可能没踢进去”。倾向肯定的估测情态词语，对命题性质的判定是有倾向性的，一般只能是肯定的，如果是否定的，其认知负担太重：

否定　　　　　　　　可能　　　　　　　　差不多　肯定 →

“可能”作为完全或然性情态词语，其两头是均衡的；“差不多”作为倾向肯定的估测情态词语，只倾向用于肯定方面，如果用于否定方面，距离太长，因而认知负担太重。不过，估测毕竟是估测，“差不多”并不完全排斥和否定词语共现。在北京大学中国语言学研究中心现代汉语语料库中，“差不多不X”有28例，“差不多没X”有72例，如果否定词语不直接放在“差不多”之后，其数量更多。因此，我们说“差不多”不能和否定词语共现，只能说有这种倾向，不是必然规律，而这种倾向又和情态有关。

"差点儿"是说话人对已知事实包含否定的感受。"差点儿"本质上是个否定性情态词语，它当然可以和肯定性词语共现，表示否定的意义；它也可以和否定性词语共现，成为类似双重否定的形式，表示肯定意义。

2.2 在句中浮动能力的差异

在前面不出现心理动词和其他情态词语的情况下，"差不多"在句法成分中的位置常常是比较灵活的，可以浮动。"差点儿"在句法成分间的位置比较固定，一般只用在谓词性成分VP或小句S之前，不能浮动。请看下面例子：

(29)差不多他们的每一个黄昏，都是消磨在酒楼菜馆之中的。（郑振铎《宴之趣》）

例(29)还可以说成：

(29)'他们的每一个黄昏，差不多都是消磨在酒楼菜馆之中的。

(29)"他们的每一个黄昏，都差不多是消磨在酒楼菜馆之中的。

这在句法上都是合格的，而且所反映的客观现实也都相同。但在语用上，"差不多"的位置不同，话语的焦点也就不同，以上例子的话语焦点分别是"每一个黄昏""都是""消磨在酒楼菜馆之中"。显然，这里的"差不多"是一个对焦点敏感的算子(focus sensitive operator)。

根据徐烈炯(2005)，汉语的焦点敏感算子包括全称量词"总是"，表示频度的"通常"，表示情态的"必须"，表示条件的"如果、要是"，表示否定的"不"，表示说话者看法的"很奇怪、真的、居然、竟然"、疑问词"为什么"等，它们绝大多数是副词，在语序方面有较大的灵活性。"差不多"在句中主要用作副词(也有形容词的用法，但没有副词用法普遍)，也表示情态，在语序方面有较大的灵活性，因此符合汉语焦点敏感算子的性质。"差点儿"也是副词，也表示情态，但并不是焦点敏感算子。这是因为，作为焦点敏感算子，还应该是非写实的。上述焦点敏感算子的非写实性一般都好理解，只是全称量词"总是"和表示频度的"通常"不好理解。其实，"总是、通常"表示的是惯常范畴，不是对特定时间和空间的动作做出陈述，因此也具有非写实的性质。从人类语言看，惯常范畴在有的语言中是用写实标记的，如Manam语(Palmer,2001)，在有的语言中是用非写实标记的，如Bargam语(Palmer,2001)。汉语惯常范畴是用非写实标记的(柯理思，2007)。"差点儿"有一定的写实性，因此没有像"差不多"那样成为焦点敏感算子。

三 “差不多”和“差点儿”语义差异的情态动因

3.1 事实的已然性和未然性

“差点儿”和已知事实相关，凡包含“差点儿”的句子都表达已然命题，该事实一定是已经发生的，是“过去时”。“差不多”和未知事实相关，该事实可能是已然的，也可能是未然的，还可能是惯常状态，也就是说，包含“差不多”的句子有可能是“过去时”，有可能是“将来时”，也有可能是“一般现在时”。例如：

(30)我认识致秋时，他差不多已经死过一次。(汪曾祺《云致秋行状》)

(31)锅里的蛋白浆真的吸足牛奶变成一颗一颗“小雪球”时，她们激动得差不多快要哭了。(铁凝《大浴女》)

(32)从那以后，玉儿差不多每个月都寄三十、五十元来，直到灾荒过去的时候。(戴厚英《流泪的淮河》)

这三例依次是对过去、将来、惯常状态的估测。“差不多”既然是说话人对未知事实的估测，那么，未然的、将来发生的事实在语义上和“差不多”最相宜，因为未然事实还没有发生，是没有办法绝对确定的，只能进行估测，也最需要估测。因此，“差不多”是最容易出现在将来时意义的句子中的，如果将来时有标记，就很容易和“差不多”共现。在汉语中，“要”是最典型的将来时标记(鲁晓琨，2004)，最容易和“差不多”共现。有些包含“差不多”的句子是不能接受的，但如果给它加上一个将来时标记“要”，句子就变得可以接受了。例如：

(33)*小王差不多闹笑话。(沈家煊例)→小王差不多要闹笑话。

(34)*火车差不多出轨。(沈家煊例)→火车差不多要出轨。

在一定的语境中，“小王差不多要闹笑话”、“火车差不多要出轨”都是可以接受的。比如在晚会上，小王越说越不像话，参加晚会的人可以估测“小王差不多要闹笑话”。比如坐火车的人发觉火车摇晃得非常厉害，也可以估测“火车差不多要出轨”。这样看来，只要使句子将来时化，“差不多”和被修饰成分之间的选择就相对自由些。

3.2 事实的可估性和可感性

“差不多”修饰的词语常常包含数量或程度词语，“差点儿”修饰的词语一般不带数量或程度词语(吕叔湘，1999；侯学超，1999)。沈家煊(1999)认为，“差不多”修饰的词语即使不带数量或程度词语，但也必须可以从数量或程度上去衡量；“差点儿”有时也可以带数量或程度词语，但必须能够理解为可以实现的动作或事实。

"差不多"是对未知事实的估测，要求所关涉的事实具有可估性。数量和程度是可估的，因此非常容易接受"差不多"修饰。除了数量和程度外，范围、过程、关系、状态等也因为具有可估性而可以接受"差不多"的修饰。反过来，不具有可估性的词语不能接受"差不多"的修饰，比如，我们不能说"他差不多吃饭"，因为"吃饭"是不可估的。但如果给"吃饭"添加可估性标记，句子就可以接受了。例如：

(35)联大学生兼差的收入，差不多全是吃掉了。(汪曾祺《日晷》)

(36)大黑又冲上了山坡，格桑说，可能有狼来了，不是独狼，是一群，羊也差不多吃饱了，咱们快走吧。(华文庸《獒》)

例(35)有表示范围的标记"全"，例(36)有表示程度的标记"饱"，句子都是可以接受的。

"差点儿"所修饰的成分"必须可以理解为可以实现的动作或事实"，那么，是不是能够理解为可以实现的动作或事实的词语都可以被"差点儿"修饰呢？不一定。比如我们不能说"他差点儿吃饭"，也不能说"北京差点儿出现沙尘暴"。显然"吃饭、出现沙尘暴"都是可以实现的动作或事实，但并不能被"差点儿"修饰。我们认为，能够受"差点儿"修饰的词语不仅必须具备"可以实现的动作或事实"，而且必须是说话人可以深切感受的，具有可感性，或者是希望的，或者是不希望的。一般情况下，有些事实是所有人都希望的，比如"成功"；有些事实是所有人都不希望的，比如"生病"；有些事实本身无所谓希望不希望，但在特定情景中肯定也能包含说话人感受的，比如"结婚"。当然这都是在理想认知模型中(ICM)的情形，不包括特例。"吃饭"作为日常生活的一般行为，一般情况下说话人都无所谓希望或不希望，是不可深切感受的(不可感的)，因此不能受"差点儿"的修饰，类似情况还有"喝水、睡觉、上学、下班"等，都不能直接受"差点儿"修饰。当然，可感和不可感主要取决于认知，而不取决于客观现实。"出现沙尘暴"，说话人也有深切的感受，但这是自然现象，人类是不可控的、无法阻止的，因此也不能受"差点儿"的修饰，类似还有"下雨、地震、雪崩、海啸"等。如果人类有一定的控制能力，就可以接受"差点儿"的修饰了，比如"发洪水"，人类可以通过增强堤坝等方法阻止它出现，我们可以说"差点儿发洪水，幸亏我们的堤坝坚固"。

因此，"差点儿"所修饰的成分至少要包含这样三个语义条件：一是可以实现的动作或事实；二是说话人可以深切感受的事实；三是人类可控的事实。

3.3 事实的自足性和可追加性

沈家煊(1999)认为，"差不多"和"差点儿"的差异表现为隐含义和衍推义的差异，衍推义一般不需要追加、不宜追加，而隐含义可以追加或需要追加。从情态看，"差点儿"

是说话人对已知事实的感受,包含“差点儿”的句子语义是自足的、确定的,不需要在下文追加确定性话语;“差不多”是说话人对未知事实的估测,包含“差不多”的句子语义是不自足的、不确定的,可以在下文追加确定性话语。例如(沈家煊例):

(37)黑桃差点儿全了。

*黑桃差点儿全了,而且全了。

?黑桃差点儿全了(但)没有全。

(38)黑桃差不多全了。

黑桃差不多全了,也确实全了。

黑桃差不多全了,但没有全。

“差点儿”反映的是确定的事实,追加会出现两种情况,一是与确定的事实相反,造成语义矛盾,因此不能追加;一是与确定的事实重复,造成语义冗余,因此不宜追加。“差点儿”是说话人的估测,估测有可能是完全正确的,也有可能不正确,这两种情况都可以通过追加的方式确定下来。

四 结语

“差不多”和“差点儿”除了在句法、语义上有差异外,在语体分布上也有差异,“‘差不多’在四种类型的语篇中都出现,‘差点儿’只在三类语篇中出现(未见于科普书刊,在报刊政论文中出现率极低)”(沈家煊,1999),这一差异同样可以得到情态的解释:“差不多”是说话人的估测,任何语体都离不开说话人对事实的估测,因此“差不多”可以出现在任何语体中;“差点儿”是说话人的感受,往往包含着说话人非常强烈的主观情感,科普书刊和报刊政论文记录的一般都是反映客观真理或反映客观现实的事实,这样的语体不宜表现说话人太强烈的主观情感,尤其是科普书刊,因此极少用到“差点儿”。

“差不多”和“差点儿”的差异不但体现在对命题肯定、否定的客观性质的判定上,也体现在说话人对命题的主观态度上。这两者是共同作用、相辅相成的。两者都可以对语言事实做出解释,但相比而言,情态的解释似乎更加统一、更加广泛一些。

参考文献

侯学超主编 (1999)《现代汉语虚词词典》,北京大学出版社。

江蓝生 (2008) 概念叠加与构式整合——肯定否定不对称的解释,《中国语文》第6期。

柯理思 (2007) 汉语里标注惯常动作的形式,见张黎等编《日本现代汉语语法研究论文选》,北京语言文化大学出版社。

刘宇红、谢亚军 (2007) 也谈“差不多”和“差点儿”,《湘潭大学学报》第1期。

鲁　川 (2003) 语言的主观信息和汉语的情态标记，见中国语文杂志社编《语法研究和探索》(十二)，商务印书馆。

鲁晓琨 (2004)《现代汉语基本助动词语义研究》，中国社会科学出版社。

吕叔湘主编 (1999)《现代汉语八百词》(增订本)，商务印书馆。

彭利贞 (2007)《现代汉语情态研究》，中国社会科学出版社。

沈家煊 (1997) 词义与认知：《从词源学到语用学》评介，《外语教学与研究》第3期。

——— (1999)《不对称和标记论》，江西教育出版社。

——— (2001) 语言的"主观性"和"主观化"，《外语教学与研究》第4期。

王　还 (1990) "差不多"和"差点儿"，《语言教学与研究》第1期。

徐晶凝 (2008)《现代汉语话语情态研究》，昆仑出版社。

徐烈炯 (2005) 几个不同的焦点概念，见徐列炯、潘海华主编《焦点结构的意义的研究》，外语教学与研究出版社。

徐素琴 (2008) "差不多"和"差点儿"的多角度比较分析，见王德春主编《对外汉语论丛》(第六集)，学林出版社。

Coates, Jennifer. (1983) *The Semantics of the Modal Auxiliaries*. London: Croom Helm.

Finegan, Edward (1995) *Subjectivity and subjectivisation: an introduction*. In Stein, Dieter & S. Wright. eds., *Subjectivity and subjectivisation: Linguishe perspectives*, 1—15. Cambridge: Cambridge University Press.

Goldberg, Adele E. (1995) *Constructions: A Construction Grammar Approach to Argument Structure*, Chicago: Chicago University Press.

Lyons, J. (1977) *Semantics*. 2 vols. Cambridge : Cambridge University Press.

Palmer. F. R. (2001) *Mood and Modality* (2nd edition). Cambridge : Cambridge University Press.

Sweetser, Eve. E. (1990) *From etymology to pragmatics; Metaphorical and cultural aspects of semantic structure*. Cambridge : Cambridge University Press.

Verhagen, A. (1995) Subjectification, syntax, and communication. In Stein, D., Wright, S. (eds.), *Subjectivity and Subjectivisation*. Cambridge: Cambridge University Press.

(200234　上海，上海师范大学人文与传播学院)

“保证”类词:由承诺到判断*

李宗江

摘　要:“保证”类词是指和“保证”的意义和功能相同的词,包括:保证、保准、保险、保管、管保、准保、管取、管定、管情、包管。它们共同表示承诺和判断两个意义。这两个意义代表了义务情态到认识情态的变化,一般认为后者比前者语义更加虚化,语用上更加主观化,因而属于语法化现象。本文描写了这类动词语义演变的过程,涉及了近代汉语中同义动词的变化,并探讨了演变发生的句法动因,如承诺义动词的去范畴化特征、主语的人称限制等。并认为演变的机制是语用推理的结果,即:承诺的事情是最有可能发生的事情。

关键词:保证类词;词义演变;语法化

本文所说的保证类词现代汉语中用的主要有:保证、保准、保险、保管、管保、准保。近代还有:管取、管定、管情、包管。[①]《现代汉语词典》(2005 年 6 月第五版)对前 4 个词

* 本研究得到国家社科基金项目(08BYY062)的资助。

① 这几个词现代已经不用,在近代常用。这些词也都有承诺和判断两种意义,以下举例中的(1)表示承诺,(2)表示判断。

管取:

(1)譬如静坐不用工,何年及第悟心空?急下手兮高著眼,管取今生教了办。(唐·大义《坐禅铭》)

(2)暗消魂,重回首。奈心儿里、彼此皆有。后时我、两个相见,管取一双清瘦。(欧阳修《盐角儿》)

管定:

(1)似雾中花,似风前雪,似雨余云。本自无情,点萍成缘,却又多情。西湖南陌东城,甚管定、年年送春?(周晋《柳梢青·杨花》)

(2)近时厌雨,喜午日、放开天日。不用辟兵符,从今去也,管定千祥万吉。(宋·吴潜《二郎神·再和》)

管情:

(1)我有一妙方,用着这几味药材,吃下去管情就好。(《金瓶梅》61 回)

(2)我猜爹管情向娘屋里去了。(《金瓶梅》73 回)

包管:

(1)望子敬借我二十只船,每船要军士三十人,船上皆用青布为幔,各束草千余个,分布两边,吾别有妙用。第三日包管有十万支箭。(《三国演义》46 回)

(2)他有这一次,包管腿上的筋早折了两根。姑娘别信他们。那是他们瞅着大奶奶上菩萨,姑娘又是个腼腆小姐,固然是托懒来混。(《红楼梦》55 回)

注有动词义项,表示"担保";但对"管保",注为动词,表示"完全有把握,保证";对"准保",注为副词,表示"肯定或保证"。如果我们仔细考察一下现代汉语里的用法就会发现,它们都有两个共同的意义:a.表示承诺做某事;b.表示说话者对命题为真的肯定判断。当表示前一个意义时,它们总是出现在谓语的位置上,当表示后一个意义时,总是出现在状语的位置上。我们将通过考察和分析,说明意义b由意义a引申而来,它们用于状语位置时,已经虚化为副词,属于一种语法化现象。下文将讨论这些词动词义和副词义的区分,动词到副词的演变过程,以及这种演变的实质。

一 承诺义和判断义的区分

先看以下例句中a句和b句的对比:

保证:a.我们保证,以后做的活儿要比今天您看见的更加强,更好!

b.只要老龚头开口,凌志车保证按时开到他家门口。

管保:a.冯祥龙挺了挺胸脯:"好了好了,这事您就甭管了。让我来收拾她,管保她老实。"

b.膏药上确实打着苏家的印,但不是我看的那家。邻居还是那句话:"哪个苏家的都一样,管保灵。"

保管:a.不忙!那点病,我手到擒来,保管治好!

b.拿点邓丽君、李谷一唱的流行歌曲多来劲!叫他们开开洋荤,买卖保管兴隆。

准保:a.除了这个,准保你什么也搜不着。

b.一个自然科学家要是这种脾气,准保一事无成。

保准:a.老耿你放心,今天保准不给你吃红高粱!

b.山根下,他还有个姑妈在那达儿,保准他跑去过年了。

保险:a.只要你肯下工夫,我保险你成功!

b.他一句话也没讲,他从那警察的眼神中看出,只要一分辩,自行车保险被扣。

以上a、b句的区分代表了"保证"类词表示承诺义和判断义的区分。下面我们来具体分析这两个意义的构成以及它们所构成的句式的区别。

承诺义应该包括以下要素:

1.承诺的发出者,这个发出者只能是人或由人构成的组织;

2.承诺的接受者,这个接受者也只能是人或由人构成的组织;

3.承诺的事情,这个事情是承诺的发出者直接做或者可以控制的,而且这个事情对承诺的接受者有益,这个事情是将要发生的。

以"保证"为例,承诺义所实现的句子形式如下:

承诺义句:承诺者+(承诺接受者)承诺行为+承诺之事

我	(向某人)	保证	按时完成任务
主语	(状语)	谓语	宾语从句
名词		动词	主谓词组

由于承诺接受者经常就是听话者,所以在句子里往往是不出现的,由于承诺的事情往往是承诺者自己做的,承诺行为和承诺之事的主体往往都是承诺者本人,因而以上句式中主句的大主语和宾语从句中的小主语常常是相同的,这时从句主语省略;当承诺的事情不是承诺者本人做出的,那么从句宾语的小主语必须出现,由于承诺的事情必须是承诺者能够控制的,那么在从句主语前可以加上"让、叫"等使令动词。由于承诺之事是承诺者可以控制和影响发生的,所以从句谓语动词一般是自主动词。表示承诺义时,由于语义重心是承诺之事,所以句子的自然重音在"保证"类词后面的宾语上。

判断义应该包括以下要素:

1.判断主体,这个主体是说话者;

2.判断命题,判断命题的谓语可以是现在时,也可以是过去时;

3.命题真实度,表示发生的可能性。

以"保证"为例,判断义所实现的句子形式如下:

判断义句:判断主体+真实度+判断命题

我	保证	他唱歌呢
	动词或副词	小句

一般说成:他保证唱歌呢

由于判断主体是说话者,所以在句中往往不出现,"保证"类词在其中表示对命题真实度的判断。真实度指判断命题为真的可能性的大小,可能性大倾向于命题为真的一方,可能性小倾向于命题为假的一方,表现为以下的连续统:

命题为真←――――――――|――――――――→命题为假

肯定　　可能　也许　　　不会

"保证"表示对命题倾向于为真的判断,相当于上图中的"肯定"。由于表示判断义时,句子的语义重心是命题的真实度,所以句子的自然重音是在"保证"类词上面。

以上是承诺义和判断义的区分,以及由此决定的两种意义所实现的句子格式的区别。请看以下由"保证"构成的句子中两义的区别:

(1)我保证去。

(2)我保证你去。

(3)他保证去。

(4)他保证去了。

(5)明天保证是阴天。

(6)房子保证塌了。

例(1)的"保证"表示"承诺","保证"和"去"的主语相同,所以"去"前省略了主语。例(2)中的句子主语和小句主语不同,但由于承诺的内容如果是另一个人的行为,那么就标志着承诺者可以影响另一个人行为的发生,所以可以说成"我保证让你去"。例(3)有歧义,当重音读在"去"上时,"保证"表示"他"对"去"的行为做出承诺,当重音读在"保证"上时,表示说话者对"他去"这一命题为真做出的肯定判断。例(4)当"了"为语气词时,"保证"表示承诺,义为"他已经保证过要去",当"了"为时态助词时,"他"和"保证"没有语义关系,"去"为实现体,这时"保证"表示说话者对"他去了"的肯定判断。例(5)、例(6)的主语为指物名词,谓语都是非自主动词。它们都只能理解为表示判断。

"保证"类词由承诺义到判断义,从语法功能上已经有了较大的区别,判断义的"保证"类词不能做谓语来说明句子的主语,它的逻辑主语只能是说话者,这种主语一般不出现在句子表层,"保证"类词的位置只能是在句子谓语之前。因而可以说它已经副词化了,正因为如此,其后可以加上词缀"是",如"房子保证是塌了"。

"保证"类词语义上由承诺义到肯定义的变化,语法上由动词到副词的变化,其实质是由表示义务情态到表示认识情态的变化,一般认为后者比前者语义更加虚化,功能上更加语法化,语用上更加主观化。按照国外关于情态问题的研究(廖秋忠,1989),"承诺"(commissives)属于义务情态(deontic modality),而说话者对命题的"肯定"接近于"必然性(necessity)"的判断,属于认识情态(epistemic modality)。

国内外关于情态的研究都表明,很多语言中都可以见到义务情态和认识情态共用一个形式的现象,一般都是后者由前者演变而来。汉语中也已揭示了一些类似的现象,如"会、能、应、该、应该、要"等由表示义务情态到认识情态的变化(柯理思,2000)。其中有的变化伴随着副词化。如表示"许可"义的动词由义务情态到认识情态的变化:

(7)a.领导准他去了。　　b.明天准下雨。

(8)a.他不许你去。　　b.他许不来了。

这两个词在以上的a句中都表示许可,为动词,属于义务情态;在b句中"准"表示必然性,"许"表示可能性,都属于认识情态。"准"和"许"在b句中也都副词化了,对此大家的意见是一致的。但有的情况是否副词化了,大家没有一致的说法,比如由表示意愿到表示"将要"的变化：

(9) a.他要学游泳。　　　　b.天要下雨了。

(10)a.欲言又止。　　　　b.山雨欲来风满楼。

《现代汉语词典》的处理不同:例(9)b的"要"标为助动词,但例(10)b的"欲"却标为副词,显然如上这样不做出统一的处理是不合理的。

在相关的研究中,由义务情态虚化为认识情态的词语中,人们较多涉及表示能力、义务、意愿、许可等义的动词(柯理思,2000),而没有见到专门讨论本文所谈的这类表示承诺义的动词由义务情态向认识情态转化的例子。本文将证明保证类动词由表示承诺的义务情态向表示肯定的认识情态的演变过程和演变机制,相应地在功能上表示认识情态时已经副词化了。这是表示认识情态比表示义务情态更虚化的证明。

二　由承诺到判断的演变过程

"保证"类词由承诺义到判断义的演变都是在近代发生的,从我们的考察来看,这些词表示以上两个意义都有时间跨度。下面分别举例。

1.保证

表示承诺,上世纪初才见到。例如：

(11)第一疑点即以为政府于日本之外交,或有何种秘密,余(段总理自称)可以保证并无丝毫之秘密,凡所交涉情形,大抵均已表示,并无保留。(《新青年》三卷四号)

(12)某既承贵团所属传习所允准入学,彼自当谨守贵团规约及训谕等,其他一切事宜由鄙人保证,决不累及于贵团传习所。(《东方杂志》1905)

(13)俄之与藏境地相接彼英政府尝屡对俄国而保证其决无侵略西藏之野心惟求英藏交涉有安固之基础而已。(《东方杂志》1904)

表示判断在20世纪40年代作品中见有一例,在当代汉语中用例增多,如：

(14)旅行是最劳顿,最麻烦,叫人本相毕现的时候。经过长期苦旅而彼此不讨厌的人,才可以结交作朋友——且慢,你听我说——结婚以后的蜜月旅行是次序颠倒的,应该先同旅行一个月,一个月舟车仆仆以后,双方还没有彼此看破,彼此厌恶,还没有吵嘴翻脸,还要维持原来的婚约,这种夫妇保证不会离婚。(钱锺书《围城》)

(15)一曲充满魔力的曲子保证让你在两分钟之内进入甜蜜的梦乡。

(16)一切都已经过去了。如果她能够回来的话,保证我们的生活会很平静的。

2.管保

表示承诺最早见于明代,但不多见。到了清代用例增加。例如:

(17)陛下宽心,臣有一事,管保陛下长生。(《西游记》10回)

(18)等这件事出来,我管保叫芸儿管这件工程。(《红楼梦》23回)

(19)我一直送你们过了县东关,那里自然有人接着护送下去,管保你们老少四口儿一路安然无事,这算完了我的事了。(《儿女英雄传》10回)

表示判断在清代出现,如:

(20)老爷如今合他老人家一说,管保还是这套,甚而至于机密起来,还合老爷装糊涂,说不认得十三妹呢。(《儿女英雄传》14回)

(21)你看你二叔合妹妹进门儿就说起,直说到这时候,这天待好晌午歪咧,管保也该饿了。(《儿女英雄传》20回)

(22)我要告诉你这个原故,你管保替愚兄一乐,今儿个得喝一坛!(《儿女英雄传》39回)

3.保管

表示承诺最早见于清代。例如:

(23)这件事交给姐姐,保管你称心如意!(《儿女英雄传》9回)

(24)不妨,不妨,不过是一派阴翳之气痞满而已。保管一剂便见功效。我到前边开方罢。(《歧路灯》11回)

(25)等你的戏主到了,我保管一一清还。(《歧路灯》23回)

表示判断义到了现代才见。例如:

(26)拿点邓丽君、李谷一唱的流行歌曲多来劲!叫他们开开洋荤,买卖保管兴隆。(蒋子龙《赤橙黄绿青蓝紫》)

(27)您要跟她呆上五天,保管拿她当宝贝。(浩然《新媳妇》)

(28)他聪明,脑子快,能“钻锅”,没唱过的戏,说说,就上去了,还保管不会出错。(汪曾祺《云致秋行状》)

4.准保

表示承诺最早见于清代。例如:

(29)岂有此理!你再去贴他一回,准保妖精见了便跑。(《狐狸缘全传》12回)

(30)再者,这些女子倘若真是妖精,咱要同他们动手,焉能准保敌得住他们?(同上13回)

(31)待吾神命旗,诏取五雷、四帅,布稠云,展利电,霹雳一声击了,这些众孽畜准保有翅难逃,皮囊化为灰烬。(同上18回)

表示判断现代才见。例如：

(32)今天圣诞，大家全歇工，街上准保买不到鲜花！

(33)她一看小姑子这个干劲儿，准保受感动！

(34)就是，也省得稿件找不着，让她归置，准保乱不了。

5.保准

表示承诺在当代以前只见到用于句末的。如：

(35)知道她肚子里的小孩是他的不是呢？不错，她会带过几辆车来；能保准吗？(老舍《骆驼祥子》)

(36)我给你说说看，行不行可不保准！(老舍《茶馆》)

(37)老耿你放心，今天保准不给你吃红高粱！(张石山《镢柄韩宝山》)

表示判断当代才见。例如：

(38)山根下，他还有个姑妈在那达儿，保准他跑去过年了。(张贤亮《邢老汉和狗的故事》)

(39)你们要不信哪，什么时候跟她去商店看看，买的东西啊，保准不吃亏。(同上)

(40)他不想惊动任何人，又担心谁会突然认出，问他一句什么，保准让他尴尬半天。(田中禾《最后一场秋雨》)

6.保险

表示承诺义现代可见。例如：

(41)设计写此书时，颇有雄心。可是执行起来，精神上，物质上，身体上，都有苦痛，我不敢保险能把他写完。(老舍《四世同堂》)

(42)可是事情既发生在现时，即使他有妥当的办法，谁能保险整个的北平不在明天变了样子呢？现在，她不敢保险丈夫还能忍气，因为北平全城都在风浪之中，难道一只小木船还能不摇动吗？(同上)

表示判断当代才见。例如：

(43)不过，在试卷上要是写上“拐弯大沟”或是“老黄土帽中的拐弯河大深沟”，考研究生的事就保险告吹。(张承志《北方的河》)

(44)“她爷爷保险没有吃过沙枣！”(张贤亮《灵与肉》)

(45)“再造金丹”，一个拳头就保险打下了天下。(陈建功、赵大年《皇城根》)

三　演变的条件和机制

保证类词由承诺义到判断义的演变需要以下几个方面的条件：

1.承诺义动词的语义特点。表示承诺义的"保证"类词都是谓宾动词,汉语中的谓宾动词都不是表示具体动作义的动词,或者说不是动词范畴的原型成员。它们都是用在一个小句或者谓词性成分之前,这和副词的语法位置类似。这种位置的动词就像方梅(2005)所讨论的认证义动词一样,比较容易虚化。

2.承诺义动词的去范畴化特征。方梅(2005)论证了认证义动词在带宾语小句时的去范畴化特征。作为带宾语小句的"保证"类表示承诺义动词也具有类似的特征。如"保证"后带体标记受限:

我保证按时完成任务。

?我保证了按时完成任务。

?我保证过按时完成任务。

除了"保证"外的其他几个动词,也不能带体标记,且和宾语间不能有停顿,也不能和宾语倒置。

以上是"保证"类词的语义和句法条件,但它能否最后变为判断义,还需要具体的途径,即语法化的机制。沈家煊(2003)曾经谈到动词"保证"的承诺义(沈文称为表示"担保做到")和判断义(沈文称为表示"肯定"),他将其看作是行域和知域的不同。并认为语词的行域义是基本的,知域义是由行域义引申出来的,引申的途径之一是隐喻。如果说从"保证"类词由承诺义到判断义的引申涉及了两个认知域之间的关系,那么将其看作隐喻也可以。但我们认为同是涉及两个认知域的变化,情况还是有所不同。有的隐喻是使词语先发生语义的变化,然后才发生语法位置的变化,比如程度副词"极"和"顶"是由名词变来的,作为表示事物的名词,它们不可能出现在状语的位置上,必须是先由名词的顶端的意义先隐喻为最高的程度,即物之极顶和程度的最高之间存在相似性联系,由这种意义的变化导致它们用在副词的位置上。而"保证"类词表示承诺义和表示判断义在分布上是相类似的,换句话说谓宾动词和副词之间有语法位置上的相似性,正因为如此,谓宾动词比较容易变为副词。类似"保证"承诺义动词向判断义副词的变化,我们认为首先是语用推理的作用导致语义的变化,结果是由行域到知域的引申。由承诺义到判断义的语用推理即:**被承诺的事情,往往是最有可能发生的事情**。最先的变化应是在下面这类歧义句中发生的:

他保证去:他承诺去。

(因为他承诺去,所以我判断)他肯定会去。

有些事情不可能被承诺,比如人所不能控制的事情,如自然现象的变化等,只能根据经验和知识来推测其可能性大小,当承诺义词用在表示不可能被承诺的事情时,其语义就完全演变完成了。语用推理可以解释上例这种歧义句的发生,但不能解释承诺义动词何以会出现在表示不能承诺事情的小句或谓词之前。因此我们认为这种演变的开始是通过语用推理造成的,但这种演变的最终完成需要类推机制的参与。即:

承诺+可承诺之事——→判断+可承诺之事——→判断+不可承诺之事

语用推理　　　　类推

由承诺义到判断义完成之后,共存一段时间,然后会向判断义倾斜,最后承诺义会隐退,而主要表示判断义,除"保证"以外的其他词,在当代汉语中都主要是表示判断义了。

"保证"类词由承诺到判断的变化,不仅是语义的变化,还涉及语法功能的变化,发生了副词化,这种变化都是在现代汉语的范围内发生的,这说明词语的演变速度是比较快的。谓宾动词的副词化在现代汉语中是个运动。有的已经得到确认,从《现代汉语词典》的标注可以看出来。比如"肯定"、"估计"这两个词:

(46)老唐,有你这六点,再加上我昨天说的那些,就可以肯定他是冒充了!

(47)今儿等于过节,外面肯定热闹。

《现代汉语词典》将以上例(46)中的"肯定"标为动词,例(47)中的标为副词。但情况类似的"估计"就没有分开标注,只列了一个动词义项。以下的两例也是动词(行域)和副词(知域)的不同:

(48)你估计多长时间能改完?

(49)后半夜估计还有大风,你会丧命的!

这类现代汉语中发生的谓宾动词副词化的现象值得引起特别的关注。

参考文献

方　梅(2005)认证义谓宾动词的虚化——从谓宾动词到语用标记,《中国语文》第6期。

廖秋忠(1989)《语气与情态》评介,《国外语言学》第4期。

柯理思(2000)[形容词+不了]格式的认识情态意义,原刊于日本刊物《现代中国语研究》创刊号,转载于吴福祥主编《汉语语法化研究》,商务印书馆2005年出版。

沈家煊(1998)主观性和主观化,《当代语言学》第3期。

——(2003)复句三域"行、知、言",《中国语文》第3期。

王冬梅(2003)动词的控制度和谓宾的名物化之间的共变关系,《中国语文》第4期。

张谊生(2000)论与汉语副词相关的虚化机制——兼论现代汉语副词的性质、分类与范围,《中国语文》第1期。

(471003　河南洛阳,解放军外国语学院基础部)

反单向性照应话题功能短语分析

杨永忠

摘　要：本文在讨论了现有的附加位置反单向性照应分析法之后，从现代汉语角度论证了建立 TopP 的必要性。我们认为，附加位置反单向性照应应当重新分析为 TP 的标志语 Spec 和 TopP 的标志语 Spec，其生成方式则分别为 TP 移位生成和 TopP 基础生成。作为对 TP 嫁接解释的补充和完善，TopP 基础生成假设可以有效地解决 TP 嫁接假设在反单向性照应方面所遇到的难题，而且得到了跨语言的证明。这就使 TopP 假设在理论上和实践上都具有合理基础。一方面，它符合 X－标杆理论对建立短语所需的要求，另一方面，也可以为不同语言的附加位置反单向性照应话题结构做出统一的解释。

关键词：反单向性照应；话题；功能短语；原则与参数理论；TP 嫁接

一　引言

本文所谓"反单向性照应"，指的是代词在前、名词在后的一种照应现象。它与通常的名词在前、代词在后的照应模式正好相反，故名"反单向性照应"，如(1)—(5)所示。

(1)a. 用曹老师给他$_i$的那块头布，神鞭$_i$把脑袋包了个严严实实。

　b. *用曹老师给神鞭$_i$的那块头布，他$_i$把脑袋包了个严严实实。

(2)a. 对他$_i$的可穿式装备，曼恩$_i$不断地进行改良。

　b. *对曼恩$_i$的可穿式装备，他$_i$不断地进行改良。

(3)a. 在她$_i$的办公室里，杜党生$_i$接受了记者的采访。

　b. *在杜党生$_i$的办公室里，她$_i$接受了记者的采访。

(4)a. 凭他$_i$的经验和智慧，刘世吾$_i$当然可以做好一些事情。

　b. 凭刘世吾$_i$的经验和智慧，他$_i$当然可以做好一些事情。

(5)a. 以他$_i$的江湖地位，萧沧华$_i$也算是朋友满天下了。

b. 以萧沧华$_i$的江湖地位，他$_i$也算是朋友满天下了。[1]

由于反单向性照应对句法—语义接口的研究很有启发，它一直是语言学研究的重要课题之一。近年来，国内外出现了不少专门的论著和文章。（王灿龙，2000、2006；赵宏、邵志洪，2002；高原，2003；刘礼进，2003；杨永忠，2007、2008；van Hoek，1997；Barss，2000；Büring，2005）学者们有的从认知语言学角度探讨反单向性照应的解释机制；有的从话题—焦点理论角度解释反单向性照应的解读问题；有的从生成语法角度探讨反单向性照应的生成、解读、论元实现等问题。研究角度各异，讨论颇为激烈，说法不一。本文拟在生成语法功能短语投射（Chomsky & Lasnik，1993；Belletti，2000；Zanuttini，2000；Longobardi，2000）这一背景下，讨论建立反单向性照应话题（Topic）语类假设，并用现代汉语中的话题—论述结构论证这一假设的理论及实践意义。我们认为，本假设的探讨不仅从理论上为功能语类假设的探讨从现代汉语方面提供了佐证，而且可以为现代汉语中不同的反单向性照应话题句结构提供统一的解释。

二 现有的反单向性照应分析法：TP 嫁接

杨永忠（2007、2008）、Barss（2000）等认为，反单向性照应是移位的结果，差异仅仅在于：前者认为反单向性照应的生成是照应语词组嫁接移位的结果，即从基础生成位置提升移位至主语前的位置，成为话题；后者认为反单向性照应是论元移位生成的结果。[2] 根据杨永忠（2007、2008），介词结构虽然既非 wh-问句，亦非关系从句，但也属于此类移位，因为其移位终点也是一个非论元位置[Spec TP]，而且其移位与格无关，即移位并非为了满足格的要求，而是为了满足语用要求[3]，同时必须符合句法限制条件。根据最简方案，移位旨在满足边界特征（edge feature）[4]，因此，移位与格无关。边界特征要求中心语的边界必须有一个成分，介词短语移位就是为了满足这个边界特征，填补附加语位置功能短语的标志语。边界特征要求有一个标志语，标志语作为 TP 的附加语。因此，（1）a 的原型句式应为（6）b。

（6）a. 用曹老师给他$_i$的那块头布，神鞭$_i$把脑袋包了个严严实实。

---

① 例句转引自高原（2003）。

② 由于附加位置的反单向性照应并非论元移位的结果（杨永忠，2008），故本文对 Barss（2000）提出的论元移位生成假设不做讨论。

③ 反单向性照应移位必须符合语用限制条件：i）突出信息焦点；ii）保持结构平衡；iii）保持音韵和谐。（杨永忠，2007）

④ 边界特征（Chomsky，2005、2007、2008）过去称为“边缘特征”（peripheral feature：Chomsky，2000）、“扩展投射原则特征”（EPP feature：Chomsky，2001）或“出现特征”（OCC feature：Chomsky，2004）。

b. 神鞭$_i$用曹老师给他$_i$的那块头布把脑袋包了个严严实实。

(6)中，介词短语"用曹老师给他的那块头布"从原来位于 VP 后的位置(如(6)a 所示)提升至本句主语前的位置(如(6)b 所示)，成为话题。介词短语经历的是 TP 嫁接过程，即它提升后着落在 TP 的附加位置上。(6)b 的这一生成过程可用下面的逻辑式来表示。

(7)[$_{TP}$用曹老师给他的那块头布$_i$[$_T$ T[$_{IP}$神鞭[$_{IP}$ t_i[$_{I'}$I[$_{VP}$把脑袋包了个严严实实]]]]]]]

(7)清楚地显示了话题"用曹老师给他的那块头布"的嫁接，它实际上所占据的是一个边缘位置，即它不在所嫁接的那个最大投射 TP 的内部，也不在其外部。介词结构移位至[Spec TP] 位置后，留下语迹 t，形成语链，链首成分统制链尾。介词结构之所以必须移至[Spec TP] 位置，是因为该位置是一个空位置，可以接纳介词结构，而且移入该位置的成分在底层结构中成分统制移位后留下的语迹 t，形成语链，生成合法句子。正因为反单向性照应是移位生成的，所以(1)—(3)中的 b 不合法。其不合法性可由下面的逻辑式得到清楚的显示。

(8) a. *[$_{TP}$ Spec $_i$[$_T$ T[$_{IP}$他 [$_{IP}$用曹老师给神鞭的那块头布$_i$[$_{I'}$I[$_{VP}$把脑袋包了个严严实实]]]]]]]

b. *[$_{TP}$用曹老师给神鞭的那块头布$_i$[$_T$ T[$_{IP}$他 [$_{IP}$ t_i[$_{I'}$I[$_{VP}$把脑袋包了个严严实实]]]]]]]

(9) a. *[$_{TP}$ Spec $_i$[$_T$ T[$_{IP}$他 [$_{IP}$对曼恩的可穿式装备$_i$[$_{I'}$I[$_{VP}$不断地进行改良]]]]]]]

b. *[$_{TP}$对曼恩的可穿式装备$_i$[$_T$ T[$_{IP}$他 [$_{IP}$ t_i[$_{I'}$I[$_{VP}$不断地进行改良]]]]]]]

(10)a. *[$_{TP}$ Spec $_i$[$_T$T[$_{IP}$她 [$_{IP}$在杜党生的办公室里$_i$[$_{I'}$I[$_{VP}$接受了记者的采访]]]]]]]

b. *[$_{TP}$在杜党生的办公室里$_i$[$_T$T[$_{IP}$她 [$_{IP}$ t_i[$_{I'}$I[$_{VP}$接受了记者的采访]]]]]]]

(8)—(10)中的介词短语基础生成于主语后的[Spec IP]位置，无法与主语代词实现同指，因为根据"约束理论"(Binding Theory)，名词短语在任何地方均自由，即不受约束，或者说，名词只能指除主语以外的其他人。(Chomsky,1982)即使其移位至主语前的话题位置[Spec TP]，二者仍旧无法实现同指。这说明：如果原型句式不合法，那么，以其为基础移位生成的结构同样不合法。由此看来，反单向性照应移位生成假设(即 TP 嫁接)具有很强的解释力，它不仅能解释大部分语料，而且能准确地预测大部分合法的反单向性照应和不合法的反单向性照应。

然而，TP 嫁接假设对(4)—(5)的解释却显得力不从心。[①] 这两组例句中，单向性照应和反单向性照应均合法。TP 嫁接假设固然可以解释(4)a 和(5)a，认为这两句是介词短语移位而生成，那么，为什么(4)b 和(5)b 与(1)b—(3)b 具有相同的结构却是合法的呢？同样的问题也存在于英语反单向性照应现象中。

(11) a. In Kathleen Turner's $_i$ latest movie, she $_i$ falls in love with Tom Cruise.

b. In her$_i$ latest movie, Kathleen Turner $_i$ falls in love with Tom Cruise.

c. * She$_i$ falls in love with Tom Cruise in Kathleen Turner's $_i$ latest movie.

比较：

(12) a. In his$_i$ apartment, John$_i$ smokes pot.

b. * In John's$_i$ apartment, he$_i$ smokes pot.

(11)b 和(12)b 结构相同，为什么前者合法而后者却不合法？前者是如何生成的？这正是我们需要进一步研究的问题。

三　话题基础生成于 TopP 假设

我们在上文指出了 TP 嫁接假设在解释反单向性照应方面存在的缺陷。现在我们讨论如何解释上述现象。由于 TP 嫁接假设无法解释(4)—(5)及(11)这些语料，我们尝试从话题角度入手，对其加以分析。我们认为，这三组例句中的反单向性照应介词短语具有与(1)—(3)以及(12)所不同的特点，即它们不是移位生成的，而是话题生成的。换言之，介词短语占据[Spec TopP]位置。这一假设的合理性体现在它可以对上述两种语言中的附加位置反单向性照应话题结构做出解释。

我们假设：在功能短语 IP 和 CP 之间存在另一功能短语 TopP，即 Topic Phrase。(Baltin, 1981; Lasnik & Saito, 1992; Müller & Sternefeld, 1993; Gasde & Paul, 1996; Rizzi, 1997; Hatakeyama, 1998; Ernst, 2002; 李梅、赵婵, 2002)该短语中的标志语位置

---

① Barss(2000：670—696)的 A－移位假设同样无法解释(4)—(5)。因为 A－移位为论元移位，其仅仅适用于作提升移位的 NP 照应语，对附加位置的照应语无能为力，因为(4)—(5)中的介词结构反单向性照应并非论元移位，而是非论元移位(A'－移位)。其实，除介词结构反单向性照应以外，杨永忠(2008)对关系从句反单向性照应、代词定语反单向性照应和状语从句反单向性照应都做过深入分析。

为话题化成分显性提升后的落脚点(landing site)。这种假设将(4)—(5)中的介词短语处理为位于附加位置的话题,这样,(4)—(5)就具有(13)—(14)这样的结构。

(13)[$_{TopP}$凭刘世吾的经验和智慧$_i$[$_{Top'}$ Top[$_{IP}$他[$_{IP}$ t_i[$_{I'}$I[$_{VP}$当然可以做好一些事情]]]]]]]

(14)[$_{TopP}$以萧沧华的江湖地位$_i$[$_{Top'}$ Top[$_{IP}$他[$_{IP}$ t_i[$_{I'}$I[$_{VP}$也算是朋友满天下了]]]]]]]

(13)和(14)中,话题化成分"凭刘世吾的经验和智慧"和"以萧沧华的江湖地位"分别显性移位至功能短语TopP的标志语Spec位置,以满足Top中心语所要求的Spec-Head一致条件。值得注意的是,在这一分析法中,话题为必然提升移位的结果,如(13)和(14)所示,它基础生成于 t 的位置,提升移位至话题的过程使它落在现在的[Spec TopP]位置。① 因为必然操作为替换移动。如果说必然替换移入[Spec TopP]假设可为反单向性照应提供圆满解释的话,那么,这种假设在(4)—(5)和(11)面前同样束手无策。(4)—(5)和(11)中,介词短语反单向性照应话题不可能是某个语法成分提升移位的结果,因为句中"凭刘世吾的经验和智慧"和"以萧沧华的江湖地位"无法基础生成于主语后位置并与主语同指。换言之,话题"凭刘世吾的经验和智慧"和"以萧沧华的江湖地位"与该句谓语间无直接的语法关系,这就意味着介词短语"凭刘世吾的经验和智慧"和"以萧沧华的江湖地位"只能为两个基础生成的话题成分,而不可能是两个移位生成的话题成分。因此,将介词短语反单向性照应话题的句法结构处理为必然替换移入[Spec TopP]位置假设与TP嫁接假设无实质性差异,对(4)—(5)的解释仍旧无能为力。这一结论同样适用于英语语料。

因此,我们主张话题基础生成于[Spec TopP]位置假设,因为只有这样,才能准确解释(4)—(5)和(11)。根据这种观点,(4)—(5)的逻辑式应为(15)和(16)。

(15)[$_{TopP}$凭刘世吾的经验和智慧[$_{Top'}$ Top[$_{IP}$他[$_{I'}$I[$_{VP}$当然可以做好一些事情]]]]]

(16)[$_{TopP}$以萧沧华的江湖地位[$_{Top'}$ Top[$_{IP}$他[$_{I'}$I[$_{VP}$也算是朋友满天下了]]]]]

(15)和(16)表明:"凭刘世吾的经验和智慧"和"以萧沧华的江湖地位"作为话题基础生成于[Spec TopP]位置,而不是从别处移入[Spec TopP]位置。英语例句(11)也可以用话题基础生成于TopP假设来解释。

---

① 袁毓林(1996)指出:时间、处所等环境格只有经过话题化才能移到句首做大主语(即话题),它们是有标记的;这种话题的功能是:为说明部分的陈述提供一个时空方面的参照框架。同样,工具、与事等外围格只有经过话题化才能移到句首做大主语(即话题)。作为有标记的话题,其功能是让这个具有语义对比作用的话题成为听话人注意的中心。

(17)a. $[_{TopP}$ In Kathleen Turner's latest movie $[_{Top'}$ Top $[_{IP}$ she $[_{I'}$ I $[_{VP}$ falls in love with Tom Cruise]]]]]

b. $[_{TopP}$ In her latest movie$_i$ $[_{Top'}$ Top $[_{IP}$ Kathleen Turner $[_{I'}$ I $[_{VP}$ falls in love with Tom Cruise t_i]]]]]

c. * $[_{TopP}$ Spec $[_{Top'}$ Top $[_{IP}$ She $[_{I'}$ I $[_{VP}$ falls in love with Tom Cruise in Kathleen Turner's latest movie]]]]]

(17)表明:介词短语“In Kathleen Turner's latest movie”只能作为话题,基础生成于[Spec TopP]位置,而不是从基础生成于[Spec VP]位置并从该位置移出。如果说介词短语基础生成于该位置,那么,根据“约束理论”,“Kathleen Turner”和“she”无法实现同指。因此,我们只能认为位于附加位置的介词短语“In Kathleen Turner's latest movie”是基础生成的话题成分。

由此来看,话题基础生成于[Spec TopP]假设可以作为TP嫁接假设的补充方案。不难看出,话题基础生成于[Spec TopP]假设具有以下三点优势:

第一,它可以对汉语以及其他语言的话题结构做出一个统一的解释;

第二,作为一种话题优先型语言(Li & Thompson,1976),汉语话题基础生成于话题短语位置较之移位生成于另一位置更为合理,甚至对以主语优先为显著特点的英语,这一假设同样有效;

第三,根据“原则与参数”框架下的最简方案,移位应该在满足语素要求时才能进行(Chomsky,1995),而(4)—(5)和(11)中话题移位并不为语素所触发,因此,话题移位生成假设在最简方案理论框架下就显得难以成立。(李梅、赵婵,2002)

至此,我们对附加位置介词短语反单向性照应话题句句法结构的讨论已经表明,建立话题这一功能短语并假设话题基础生成于话题短语的标志语,即[Spec TopP]位置,可合理地解释不同语言的附加位置介词短语反单向性照应现象。然而,我们还没有回答一个关键问题:话题短语的中心语由什么成分充当。如果话题短语的中心语位置为空语类,根据X-标杆理论两层投射的原理,该功能短语在某种意义上便不能圆满建立,因为它的建立在理论上存在缺陷。究竟何种成分可能占据TopP的中心语位置呢?我们先观察下面的例句:

(18)凭刘世吾的经验和智慧而论,他当然可以做好一些事情。

(19)以萧沧华的江湖地位来说,他也算是朋友满天下了。

这两个例句中的话题“凭刘世吾的经验和智慧”和“以萧沧华的江湖地位”后分别带上了“而论”和“来说”之类的词。我们姑且将其称为话题指示词(topic particle)或话题标记

(topic marker)[①]。根据 Gasde & Paul(1996)的提议,我们假设:TopP 的中心语位置由话题指示词占据(Gasde & Paul,1996;徐烈炯、刘丹青,1998)。这样,(18)和(19)中的功能短语 TopP 的完整投射就如(20)和(21)所示:

(20)[$_{TopP}$ 凭刘世吾的经验和智慧 [$_{Top'}$ Top 而论[$_{IP}$ 他[$_{IP}$……]]]]

(21)[$_{TopP}$ 以萧沧华的江湖地位来说 [$_{Top'}$ Top 来说[$_{IP}$ 他[$_{IP}$……]]]]

(20)和(21)所示的 TopP 的建立完全符合 X-标杆理论的要求:该短语的中心语位置可以由话题指示词显性占据;它所投射的 Spec 位置由话题充当;同时,它选择 IP 作为其补足语。从实践来看,(20)和(21)正确地预测出话题与话题指示词的线性语序关系,即话题前置于而不是后置于话题指示词。(李梅、赵婵,2002)

如果我们的上述分析是正确的,那么,附加位置介词短语反单向性照应应当重新分析为 TP 的标志语 Spec 和 TopP 的标志语 Spec,其生成方式则分别为 TP 移位生成和 TopP 基础生成。由介词"在"、"用"、"带着"、"为了"等引导的短语位于主语前的附加位置,可认为是移位生成的,其基础生成位置为主语后位置,英语则为 VP 后的位置。因为这类介词短语无法通过添加话题指示词或话题标记而使其具有话题性质,因而,只能作为 IP 的附加语基础生成于[Spec IP]位置,再通过提升移位至[Spec TP]位置而形成反单向性照应。汉语介词"凭"、"就"、"以"等后面可以添加话题指示词或话题标记"而论"、"而言"、"来说"、"来讲"、"来看"等,因而由其引导的短语位于主语前的话题附加位置,具有话题性质,可认为是 TopP 基础生成,其与句子主干部分并无直接的语法关系。英语介词"in"若可以 "regarding"、"with regard to"、"as for,""as far as... be concerned"、"in view of"等词或词组替换,则可认为是话题短语。这就是为什么"In John's apartment,he smoke pot"不合法,而"In Kathleen Turner's latest movie,she falls in love with Tom Cruise"合法。前者中的介词短语是 IP 的附加语,通过 TP 嫁接生成,而后者中的介词短语则是话题短语,由 TopP 基础生成。就"In Kathleen Turner's latest movie"而言,其相当于"As far as (the plot of)Kathleen Turner's latest movie is concerned"。相反,"In John's apartment"则无法转换为"As far as John's apartment is concerned"。可见,介词"in"可以引导不同的功能短语,形成不同的投射,因而具有不同的句法地位。

---

① 从跨语言研究的角度看,不同的语言用不同的手段标记话题。汉语用停顿词,如"啊"、"呀"、"呢"、"么"、"吧"等标记话题;英语中要么话题与主语相同,要么用词序或词汇手段,如"As for"或"Regarding"标记话题;日语用后置附缀形式は标记话题,表示前面的名词短语是话题。汉语、英语等语言里的话题标记不是强制性的,日语话题标记は则是强制性地出现的。羌语用后置附缀形式标记话题。(黄成龙,2008)从广义上说,语音停顿也是一种话题标记(徐烈炯、刘丹青,2007),如俄语、越南语和 Tatar 语等经常出现用停顿标记话题的情况。(Harries-Delisle,1978)

四 结论

本文在讨论了现有的附加位置反单向性照应分析法之后，从现代汉语角度论证了建立 TopP 的必要性。我们认为附加位置反单向性照应应当重新分析为 TP 的标志语 Spec 和 TopP 的标志语 Spec，其生成方式则分别为 TP 移位生成和 TopP 基础生成。作为对 TP 嫁接解释的补充和完善，TopP 基础生成假设可以有效地解决 TP 嫁接假设在反单向性照应方面所遇到的难题，而且得到了跨语言的证明。这就使 TopP 假设在理论上和实践上都具有合理基础。一方面，它符合 X-标杆理论对建立短语所需的要求；另一方面，也可以为不同语言的附加位置反单向性照应话题结构做出统一的解释。这样做的目的在于：超越解释的充分性，力求达到对真理的接近。（Chomsky，2004）

参考文献

高　原（2003）从认知角度看英汉句内照应词使用的区别，《外语教学与研究》第 3 期。

黄成龙（2008）羌语的话题标记，《语言科学》第 6 期。

李　梅、赵　婵（2002）话题之功能短语分析，《外语教学与研究》第 4 期。

刘礼进（2003）英汉第三人称代词后照应的几个问题——兼与赵宏、邵志洪先生商榷，《外国语言文学》第 3 期。

王灿龙（2000）人称代词“他”的照应功能，《中国语文》第 3 期。

———（2006）英汉第三人称代词照应的单向性及其相关问题，《外语教学与研究》第 1 期。

徐烈炯、刘丹青（1998）《话题的结构与功能》，上海教育出版社。

杨永忠（2007）第三人称代词反单向性照应及相关理论问题，《外语与翻译》第 3 期。

———（2008）第三人称代词反单向性照应的生成解释，《天津外国语学院学报》第 5 期。

袁毓林（1996）话题化及相关的语法过程，《中国语文》第 4 期。

赵　宏、邵志洪（2002）英汉第三人称代词语篇照应功能对比研究，《外语教学与研究》第 3 期。

Baltin，M.（1981）Strict binding. In C. L. Baker and J. McCarthy（eds.）. *The Logical Structure of Language Acquisition*. Cambridge，MA：The MIT Press.

Barss，A.（2000）Syntactic reconstruction effects. In Mark Baltin & Chris Collins（eds.）. *The Handbook of Contemporary Syntactic Theory*. Oxford：Blackwell Publishers Ltd.

Belletti，A.（2000）Agreement projections. In Mark Baltin & Chris Collins（eds.）. *The Handbook of Contemporary Syntactic Theory*. Oxford：Blackwell Publishers Ltd.

Büring，D.（2005）*Binding Theory*. Cambridge：Cambridge University Press.

Chomsky，N.（1982）*Some Concepts and Consequences of the Theory of Government and Binding*. Cambridge，MA：The MIT Press.

———（1995）*The Minimalist Program*. Cambridge，MA：The MIT Press.

———（2000）Minimalist inquiries：The framework. In R. Martin，D. Michaels & J. Uriagereka（eds.）. *Step by Step：Essays on Minimalism in Honor of Howard Lasnik*. Cambridge，MA：The

MIT Press.

——— (2001) Derivation by Phrase. In M. Kenstowicz (ed.). *Ken Hale: A Life in Language*. Cambridge, MA: The MIT Press.

——— (2004) Beyond explanatory adequacy. In A. Belletti (ed.). *Structures and Beyond*. Oxford: Oxford University Press.

——— (2005) Three factors in language design. *Linguistic Inquiry* 36: 1—22.

——— (2007) Approaching UG from below. In U. Sauerland and H.-M. Gärtner (eds.). *Interfaces + Recursion = Language?*. Berlin/New York: Mounton de Gruyter.

——— (2008) On phrases. In R. Freidin, C. P. Otero, and M. L. Zubizaretta (eds.). *Foundational Issues in Linguistics Theory*. Cambridge, MA: The MIT Press.

Chomsky, N. & H. Lasnik. (1993) The Theory of Principles and Parameters. In J. Jacobs, A. von Stechow, W. Sternefeld, and T. Vennemann (eds.). *Syntax: An International Handbook of Contemporary Research*. Vol. 1. Berlin: de Gruyter.

Ernst, T. (2002) *The Syntax of Adjuncts*. Cambridge: Cambridge University Press.

Gasde, H-D. & W. Paul. (1996) Functional categories, topic prominence and complex sentences in Chinese. *Linguistics* 34(2): 263—294.

Harries-Delisle, H. (1978) Contrastive Emphasis and Cleft Sentences. In Joseph H. Greenberg (ed.). *Universals of Human Language*, Vol. 4. California: Stanford University Press.

Hatakeyama, Y. (1998) Topic-and focus-topicalisation. *The Linguistic Review* 15(4): 341—360.

Lasnik, H. & M. Saito. (1992). *Move Alpha*. Cambridge, MA: The MIT Press.

Li, C. N. & S. A. Thompson. (1976) Subject and Topic: A New Typology of Language. In C. N. Li (ed.). *Subject and Topic*. New York: Academic Press.

Longobardi, G. (2000) The Structure of DPS: Some Principles, Parameters, and Problems. In Mark Baltin & Chris Collins (eds.). *The Handbook of Contemporary Syntactic Theory*. Oxford: Blackwell Publishers Ltd.

Müller, G. & W. Sternefeld. (1993) Improper movement and unambiguous binding. *Linguistic Inquiry* 24: 461—507.

Rizzi, L. (1997) The Find Structure of the Left Periphery. In L. Haegeman (ed.) *Elements of Grammar*. Dordrecht: Kluwer Academic Press.

Van Hoek, K. (1997) *Anaphora and Conceptual Structure*. Chicago: The University of Chicago Press.

Zanuttini, R. (2000) Sentential Negation. In Mark Baltin & Chris Collins (eds.). *The Handbook of Contemporary Syntactic Theory*. Oxford: Blackwell Publishers Ltd.

(650211 昆明,云南财贸学院外语系)

“儿(-r)”与儿化*

杨锡彭

摘　要:表示儿化的“儿(-r)”跟儿尾(er)不同,“-r”不独立发音,不是语素音位。把“儿(-r)”看作词缀,必然造成语素同一性分析的矛盾,也与汉语构词成分的性质特点不相符。儿化仅仅是构造儿化韵的音变手段。如果把儿化韵看作是与平舌韵同质的语音形式,儿化的作用是构造儿化韵音节以分化平舌韵音节所表示的语素,或是构造同一个语素的另一个语音形式。但是,平舌韵与儿化韵的差异其实是文白异读的分歧。儿化是纷乱的,儿化并不是区别词义、转化词性或表达附加色彩的必须形式,儿化也不一定造成词义、词性不同的词,因此普通话语音规范对儿化韵的抉择难有贯通性的、有规则和条理的依据或标准。

关键词:“儿(-r)”;儿化;语音性质;语言性质;语音规范

一　“儿(-r)”的语音性质

林焘、王理嘉(1992)指出,儿化韵的“儿”只表示前面音节的韵母加上卷舌作用,本身不独立发音。李立成(1994)认为“儿化”的卷舌动作实际上跟声调、长短音、轻重音以及停顿、语调、语速等相似,属于一种“上加成素”。王志洁(1997)认为儿化韵尾只是“不依附于任何音根的‘漂浮特征’(后部)”,这个特征“突出的只是一个具有区别性的发音部位和卷舌动作”。从这些分析来看,“儿(-r)”只是一种“作用”、“上加成素”或“特征”,而不是一个语音形式。如果拿“儿(-r)”跟吴方言中的儿化韵尾[－n]或[－ŋ](林焘、王理嘉,1992)比较,就可以看出它们是明显不同的,[－n]或[－ŋ]有语音形式,“儿(-r)”则没有自己的读音。

也有另一种分析。杨锡彭(2003)认为:“‘－儿’虽然不自成音节,但不能认为它没有语音形式。可以比照的是汉语方言中的塞音韵尾,塞音韵尾发音时只有成阻、持阻阶

* 本项研究得到江苏省社科基金项目“汉语广义形态研究”(08YYB006)的资助。

段,没有除阻阶段,更不自成音节,在很大程度上只是它所依附的音节的一个发音特征,但是塞音韵尾仍然是存在的。"

上述观点不尽相同,比同析异,可以明确的是,"儿(-r)"即使比照方言中的塞音韵尾看是一个语音形式,也不是一个独立的语音形式,换句话说,没有其所附着的音节,就没有这个语音形式,因为它本身是不独立发音的。

"儿(-r)"的语音性质与自成音节的儿尾(er)不同,儿尾(er)有自己的语音形式,是自成音节的。但"儿(-r)"与儿尾是有联系的,因为"绝大多数儿化是语尾'儿'和前面音节合音形成的"(林焘、王理嘉,1992)。因此,合音形成的儿化音节也可以分离出(或者说"'儿(-r)'可以还原为")自成音节的"儿"(er),例如歌曲中的"儿"尾("风儿吹动我的船帆"、"小船儿轻轻飘荡在水中");在西南官话等方言中,有儿化韵也有自成音节的儿尾;浙江平阳话、温州话儿化韵尾[-ŋ]也可以自成音节成为儿尾(林焘、王理嘉,1992)。尽管儿尾与儿化有分合的关系,但在有无独立的语音形式这一点上是不同的,因而性质也是不同的。由此可以看出儿尾词和儿化词是两种不同的构造方式,儿尾词是附加法构成的,儿化词是音变法构成的。

少数儿化韵是别的语素音变为"儿(-r)"跟前面音节合音而形成的。赵元任(1979),林焘、王理嘉(1992)都指出,"这儿、那儿、哪儿"中的"儿"是"这里、那里、哪里"的"里"的语音变体;北京话"今儿(个)、昨儿(个)、前儿(个)、明儿(个)"里的"儿"是"日"的语音变体。但"里、日"的语音变体"儿"跟前面音节的合音形成的儿化词,与儿尾跟前面音节的合音形成的儿化词,性质是相同的。也就是说,由"里、日"变来的"儿(-r)"跟由儿尾变来的"儿(-r)"一样,只表示附加在前面音节韵尾上的卷舌动作,"儿(-r)"是不独立发音的。

二　"儿(-r)"的语言性质

2.1 "儿(-r)"是否语素音位

分析"儿(-r)"的语言性质,主要是看"儿(-r)"的作用是区别意义还是表达意义,或者说要确定"儿(-r)"是不是表达意义(包括附加义)的语素音位。

一种看法是,"儿(-r)"虽然不自成音节,但附加在一个语素音节后面时,既改变了这个音节的语音形式,也附加了一定的意义,因此"儿(-r)"是一个语素。赵元任(1979)认为"-儿"是"唯一的不成音节的后缀"。雅·沃哈拉(1987)认为"-r"是一个语素音位。徐枢(1990)认为"'儿'这个语素附在其他单音节语素后面时,虽然念起来还是一个音节，但附加了一定意义，是两个语素，如‘桌儿’(zhuōr)‘本儿’(běnr)”。

另一种看法是，“儿(-r)”虽然写下来是一个字，但因不自成语音形式，不能独立表达意义，不应看作一个语素。张斌(1998)指出：“‘儿’(-r)只表示音节末尾附加卷舌的动作，不能看作单独的表意单位。”

综合地看，即使可以把“儿(-r)”看作不成音节的语音形式，“儿(-r)”也不是具有独立表义作用的语素。“儿(-r)”的功能仅仅是在前面的平舌韵韵尾上附加卷舌动作，使之产生音变而造成一个儿化韵音节，“-r”只起改变音节的作用，造成儿化音节，因此跟音节中其他区别意义的音位并无不同，并不是自主表达意义的语素音位。汉语音节中的音位交替、增减、声调变化等可以区别意义，即可以构成具有另一个意义的音节，但是音节中的单个音位或音位组合不能独立表示意义。比照方言中的情况看，粤方言中的塞音韵尾和吴方言中的儿化韵尾[-n]或[-ŋ]都只是区别意义的音位，而不是语素音位。“儿(-r)”的作用也是区别意义，并不构成自主表达意义的语素音位。

“儿(-r)”不具有词汇意义，这应是无疑义的。表面上看起来，“儿(-r)”似乎跟“-子(桌子、棍子)，-头(木头、石头)”等词缀相似，表达了一种虚化的语法意义。但是，“-子、-头”有语法上功能类化的作用。儿化词虽然大多数是名词，但也有动词“火儿、颠儿、玩儿、加码儿、上班儿”，形容词“静悄悄儿、费劲儿、大方儿、水灵儿”，副词“倍儿(好/棒)、悄悄儿、单个儿(他偏要单个儿去)、一道儿”，方位词“一边儿”(山的一边儿很陡峭)，数量词“一点儿、一下儿(看一下儿)、一会儿(一会儿的工夫)、一些儿”，等等。这说明儿化并不具备语法功能类化的作用，当然也就不能说造成儿化的“儿(-r)”具有功能类化的作用。更重要的差别是“-子、-头”有独立的语音形式，自成音节，“儿(-r)”则根本不是独立的语音形式。拿“儿(-r)”跟“-子、-头”类比，其实只是错觉。

“儿(-r)”不仅不能表达语法意义，也不具有表示所谓“表情”、“指小”等附加义的功能。以所谓“表情”功能来说，儿化词实际上既可能有“喜爱”的色彩(如“小猫儿、金鱼儿、小妞儿、倍儿好、哥儿们、喷儿香、水灵儿、大方儿”)，也可能有“厌恶”等色彩(如“小偷儿、刺儿头、败家子儿、开小差儿、病根儿、抠门儿、走后门儿、傻冒儿”)，还可能没有什么“表情”色彩(如“上班儿、自行车儿”)。(王立，2000)儿化词所具有的“表情”色彩既是因词而异的，又是或褒或贬的(褒贬色彩也很复杂，“傻冒儿、抠门儿”似乎是“表讥”的，“您老儿”又是“表敬”的)，甚至是褒贬皆无的，这就无法把“表情”功能跟“儿(-r)”或儿化韵联系起来。至于“儿(-r)”或儿化韵可以表示“指小”附加义的说法，也是不能成立的，诸如“(头发)丝儿、小孩儿、米粒儿、粉末儿、小曲儿”之类的儿化词似乎有“指小”附加义，但“上班儿、自行车儿、大方儿、大腕儿、倍儿好、喷儿香、水灵儿、傻冒儿”之类的儿化词就谈不上有什么“指小”附加义。这说明所谓“指小”义也是因词而异、就词释词地分析出来的，跟“儿(-r)”

或儿化韵并没有关系。从整体上看，如果说北京话儿化词有某种一致性的附加色彩，也不过是地域色彩或方言色彩。

词义也好，词的附加色彩也好，当然会是因词而异的，但是把因词而异的不同附加义，甚至是对立的附加义都与同一种语音形式联系起来，就难以自圆其说。因词而异地说这个词的儿化形式有这个“表情”色彩、“指小”义，那个词的儿化形式有那个“表情”色彩、“指小”义，不但不能说明儿化韵具有表示附加色彩或附加义的功能，反而恰恰证明词的附加色彩或附加义跟儿化这一语音形式是没有关系的。究其实质，词的附加色彩或附加义只是不同词的词义所产生、所决定的。这一点用一个简单的变换即可说明：把上述儿化词改为平舌韵，所谓“表爱、表恶（wù）、表讥、表敬、指小”等附加色彩或附加义并不就会因此而消失。所以，一个词无论是否有附加义，还是有何种附加义，都跟儿化韵的语音形式没有关系，当然也与“儿(-r)”表示的卷舌动作没有关系，因此也就不能把“儿(-r)”看作自主表示附加义的语素音位。

2.2 是否“小儿”义虚化而成的儿尾导致“儿(-r)”有“指小表爱”附加义

大多数儿化来自儿尾与前面音节的合音，而据王力(1980)，儿尾是从“儿”的“小儿”义虚化而来的。因此，儿化有“指小表爱”附加义之说似乎可以在来自“小儿”义虚化的儿尾上找到依据。但是，历史上儿尾词的“指小表爱”附加义也都是因词而异、就词释词地分析出来的，并不是所有的儿尾词都有“指小表爱”附加义，例如“山儿、水儿、船儿、风儿、月儿、门儿、塔儿”（词例见蒋绍愚、曹广顺，2005）等就难说有“表情”、“指小”的附加义。

无论是汉语史上的儿尾还是现代汉语（包括方言）中的儿尾，从功能上看往往只是协调节律的音节。因此，儿尾的来源就有两种解释：一是儿尾来自“儿”的“小儿”义的虚化，因此儿尾有“指小表爱”的附加义；那些没有“指小表爱”附加义的儿尾词则是规则的类推、泛化而形成的。二是儿尾并不一定是来自“儿”的“小儿”义的虚化，而是另有历史来源（儿尾来自“儿”的“小儿”义虚化之说，其实并无确切证据），某些词有“指小表爱”附加义只是因词而异地分析出来的。这两种解释孰是孰非，抑或还有别的说法，可以再加探讨。

儿化韵是儿尾跟前面的音节合音形成的，但是这个儿尾未必是由“小儿”义虚化而成的“儿”，是否另有来源也难说，季永海(1999)就认为汉语儿化音的产生与阿尔泰语言的影响有关系。有鉴于历史上民族接触、语言接触的事实，以及阿尔泰语系诸语言都有丰富的卷舌化音节，阿尔泰语言影响说很值得深入探索。此外，从现代汉语的情况看，儿化作为一种语音现象，分布在许多语法功能类别的词语中，且与“指小、表爱”没有直接联系，又是主要分布在北方方言中，因此儿化音是在某些北方民族语言影响下产生的说法，无疑是很有参考价值的。

2.3 从汉语结构类型特点看“儿(-r)”的语言性质

从汉语结构类型的性质来看，“儿(-r)”也不可能构成一个语素音位。汉语作为词根孤立语(Root-isolating language)，最大特点之一是语素的语音形式具有音节整体性(声调是音节整体性的形式标志)，且不能小于一个音节([a]、[i]之类的元音音位构成的表示一个语素的语音形式，如“啊[a55]、衣[i55]”，也都是自成音节的)，更不能以语素音节中的单个音位或音位组合独立表示意义。汉语的语言结构类型的性质表明汉语中不存在以音位为语音形式的语素，或者说汉语中没有语素音位。把“儿(-r)”看作语素音位，是不符合汉语的语言事实的，也是无依据的。这涉及以下几个问题：

2.3.1 语素分析

既然儿化韵是合音形成的，如果把“花儿”之类的儿化词看作两个语素，“您(你们→您)、甭(不用→甭)、诸(之于→诸)、叵(不可→叵)、啦(了啊→啦：赵元任，1979)、喽(了呕→喽：赵元任，1979)、啵(b’ou，吧呕→啵，赵元任，1979)”之类的合音字是否都要看作两个语素？如果可以看作两个语素，那就意味着汉语中一个音节可以表示两个语素，或者说音节中的某个音位或音位组合片段可以作为表达语素的语音形式。但是这样的分析既不符合语言事实，也使语素识别变得异常复杂乃至不可捉摸。我们无法根据意义把这些合音字的音节结构加以切分，也无法指出音节中的某个音位或音位组合片段表示某个语素。语素分析只能根据语素的定义(音义结合的最小语言单位)，坚持音义结合的标准，才能避免凌空蹈虚，才有实际价值。

如果把“花儿”之类的儿化词看作两个语素，那么就必然造成“花瓣、花丛、花茶、花卉、花骨朵、花枝招展、花红柳绿、花前月下”中的“花”(只读[xua55])和“一朵花[xua55]”的“花”是一个语素、“一朵花儿[xuaə55]”的“花儿”是两个语素的矛盾，在同一性(identity)分析上是难以自圆其说的。

2.3.2 构词成分的性质、特点

从音义结合的标准来看，汉语中语素的语音形式不能小于一个音节，一个音节不能表示两个以上的语素。这一基本事实可从汉语构词成分的性质、特点进一步说明。

不同语言的构词方式、构词成分的特点跟语素的语音形式特点密切相关。英语的构词成分在语音形式上可以小于一个音节，例如构词词缀-er(read+er[ə]→reader)、

-y(discover + y[i]→discovery)、-t(fly + t[t]→flight),语音形式都是音节中的一个音位。正因如此,英语中才有很多诸如 smog 之类的"截搭"词(blend)(smoke 烟 + fog 雾→smog 烟雾),这类截搭词是由语素的语音形式中本无意义的音位或音位组合片段组合构成的。这一造词方式在现代英语中也具有很大的能产性。汉语不能这样造词。汉语中虽然也有"截搭"构造的词(例如"高中、彩电、空调"等),但用以"截搭"的成分即使形成无理组合(例如"打非"),在语音形式上也不能小于一个音节,更不能截取语素音节中本无独立意义的某个音位或音位组合片段而搭配造成包含两个语素的新词。这说明汉语中的构词成分在语音形式上不能是语素音节中的某个音位或音位组合,语素的语音形式都是自成音节的。不仅如此,汉语韵律词的基本韵律单位也是音节,韵律词中即使是无意义的韵律单位(例如韵律词"但是、可以、原来"中的"是、以、来")在语音形式上也不能小于一个音节。所有这些都彰显了汉语结构类型特点决定的构词特点,这就是无论是有意义的构词成分还是无意义的基本韵律单位,在语音形式上都不能小于一个音节。从汉语的这一构词特点看,"儿(-r)"作为儿化韵尾,不仅不自成音节,甚至不能独立发音,因此是不可能构成独立表达意义或附加色彩的语音形式的,所谓"儿(-r)"是词缀的分析仅仅是想象而已。

顺便指出,就汉字的语音形式来看,每个单字在语音形式上都是一个音节。表示卷舌动作的"-r"不仅不是自成音节的,甚至是不独立发音的。因此,一个儿化音节用两个字记录,用"儿"表示韵尾的卷舌动作仅仅是出于表达方便的"虚构"。但也许正因如此,导致了"儿(-r)"跟"-子、-头"类比是词缀的想象或错觉。

2.3.3 是词结构分析

儿化韵音节是合音形成的,如果把"儿(-r)"看作一个语素,"儿(-r)"在儿化词的结构中就只能是词缀之类的构词附加成分。但是照此分析类推,同样是合音的"您、甭、诸、叵、啦、喽、啵"之类,结构该怎样分析?这显然是难以回答的。

汉语中有无单音节合成词?倘若认为"儿(-r)"是一个语素,汉语中就有单音节合成词(例如"花儿"是一个词根"花"和一个词缀"儿"构成的单音节合成词)。一些著述、教材把"儿(-r)"看作词缀,不免或显或隐地造成词结构分析中的疏漏甚至自相矛盾。

三　儿化的性质和作用

儿化是通过在平舌韵音节的韵尾上附加卷舌动作构造一个儿化韵音节的音变手段。儿化韵音节或者表示平舌韵音节所表示的语素之一,或是平舌韵音节表示的语素的另一个语音形式。当然,儿化也可能只是构造一个复音单纯词中纯粹表音的音节。

葛本仪(2001)明确指出儿化只是发生在一个音节范围之内的音变造词方法。对这一音变造词方式,张斌(1998)曾以实例分析说得很清楚,这就是"'花'是一个语素,'花儿'是另一个语素",但这一分析引起费解之议。其实,对比"花"([xua^{55}])和"花儿"([xuaə^{55}])即可看出,这是两个不同的整体音节形式,"花儿"([xuaə^{55}])是在"花"([xua^{55}])的韵母上加上卷舌动作而形成的单个音节。"花"和"花儿"可以分别表示动词的"花"("耗费"义)和名词的"花",或者是"花儿"在语音形式上把名词的"花"从书写同形、读音相同的两个"花"中区分了出来。从这个角度看,"'花'是一个语素,'花儿'是另一个语素"这一说法是不难理解的。

一个有意思的联想类比是,从汉字演变的情况来看,从"孰"到"熟"、从"莫"到"暮"、从"取"到"娶"、从"受"到"授"之类的古今字是通过添加意符而分化、形成了不同的词的不同书写符号,实际上是造了新词,而从"花"到"花儿"的变化则是以音变的方式分化出一个语素,只是前者是历时的书写形式变化,而后者则主要是基于儿化是一种音变而言的。

就区别于动词的"花"而言,"'花儿'是另一个语素",或者说,儿化韵音节所表示的语素只是从平舌韵音节中所表示的语素中分化出来的一个语素,这个语素只是平舌韵音节所表示的语素之一。至于名词的"花",无论是读作[xua^{55}]还是读作[xuaə^{55}],意义都无不同,两者是有同一性(identity)的,自然应当看作同一个语素。尤其是在语段中有词语组合手段可以区别于动词"花"的情况下(例如"一朵花"),"花"是不需要用儿化来加以区别的,不管是念作[xua^{55}]还是念作[xuaə^{55}],都不会改变意义,因此只能把儿化韵读音和平舌韵读音看作同一个语素的两种语音形式(异读)。在此情况下,相对于平舌韵音节来说,儿化韵音节只是为平舌韵音节表示的语素增加了一个新的语音形式。只有采取如此分析,才能避免"一朵花"是三个语素、"一朵花儿"是四个语素的矛盾。更何况"花瓣、花茶、花卉、花骨朵、花枝招展"中的"花"只读[xua^{55}],这其中的"花"跟独立成词的"花儿"从语素同一性的角度分析是不能分化成两个不同单位的。

综上所述,儿化只是构造一个儿化音节的音变手段,儿化的实际作用则有以下两点:

一是构造新的语音形式(儿化韵音节)以分化平舌韵音节所表示的语素。例如从"尖、错、盖、画"到"尖儿、错儿、盖儿、画儿"之类,"尖儿、错儿、盖儿、画儿"表示的语素只是"尖、错、盖、画"表示的语素之一("尖、错"各自分别表示形容词性的和名词性的两个语素,"盖、画"各自分别表示动词性的和名词性的两个语素)。又如"头"和"头儿"、"眼"和"眼儿",词性相同而意义不同,儿化韵音节表示的语素其实也是平舌韵音节所表示的语素之一。

二是构造同一个语素的另一个语音形式。例如从"玩、豆、筐、靴"到"玩儿、豆儿、筐儿、靴儿"之类,儿化韵音节与平舌韵音节表示的是同一个语素,儿化为这个语素增添了一个儿化韵音节。假如认为儿化的目的是分化平舌韵音节所表示的语素(也可以说区别词义、转化语法功能),那么这类构造了同一个语言单位的不同语音形式的儿化,就属于口语发音习惯的类推、泛化。北京话大多数儿化词都是可以儿化也可以不儿化,不儿化也不影响表义,例如"自行车、自行车儿;上班、上班儿"等。(王立,2000)自由儿化的儿化词(也包括有所谓"表情"、"指小"附加义的儿化词),其儿化自然都属于发音习惯的类推、泛化,平舌韵音节与儿化韵音节只是同一个语言单位的两个不同语音形式。

构造儿化韵音节以分化平舌韵音节所表示的语素,也会使得平舌韵音节表示的语素之一与儿化韵音节表示的语素形成同一个语素的不同读音,例如名词性的"尖、错、盖、画"跟"尖儿、错儿、盖儿、画儿"就是同一个语素的两个语音形式。

儿化作为音变手段,也可能只是构造一个纯粹表音的音节符号,例如"伊拉克"发音为"伊拉克儿","克"和"克儿"都是纯粹表音的音节符号。这类儿化自然也属于口语发音习惯的类推、泛化。"伊拉克"和"伊拉克儿"意义相同,因此是同一个复音节语素的两个语音形式。

儿化是构造儿化韵音节的手段,不论是构造儿化韵音节以分化平舌韵音节所表示的语素,还是构造同一个语素的另一个语音形式,都会形成新的词形。如果把儿化看作音变造词的手段,其作用大抵如此。

四 儿化的规范

上文关于儿化性质和作用的分析,是基于把平舌韵和儿化韵都看作一种语音系统中的同质语音形式。其实,平舌韵和儿化韵的差异本质上是一种语音分歧,也就是文白异读的分歧。赵元任(2002)在说明"什么语言适合什么场合"时举例说:"日常会话中说'今儿几儿了?',在讲台上或者课堂里就得去掉大多数'儿'尾,说'今天什么日子?'。"这说明儿化韵其实是与文读音平舌韵相对的白读音形式,平舌韵与儿化韵的分歧本质上是文白异读的语音分歧,平舌韵与儿化韵在表达方面的差异其实是庄重与随意的风格差异。

一个语素的文读是平舌韵,白读是儿化韵,或独立成词时的读音跟作为构词成分时的读音有儿化韵和平舌韵的不同,甚至同是构词成分也有儿化韵和平舌韵的差异,这就显得纷乱。不仅如此,从儿化的必要性来看,哪些词要儿化,哪些词不必儿化,哪些词可以儿化也可以不儿化，并无明确的、一致的、有依据的标准，只是根据北京话口语习惯。广大南方方言背景的人学说普通话时，由于缺少对于北京口语儿化的语感体验，就不免感到无所适从，只好读平舌韵。

儿化音变导致了汉语音节结构复杂化。包含儿化韵音节在内的普通话音节远不是一般所说的那样简明和易于掌握，仅仅是儿化过程中的音变形式就已复杂无比，附加卷舌动作引起的音节主要元音变化，仅用汉语拼音方案已经无法确切标示，而儿化造成的音节结构类型也超出了一般词典所列普通话音节的范围。从把儿化看作音变来看，儿化韵音节自然不是基本音节，但只要看看词典的注音，就知道有多少“必须儿化”的儿化词（例如“花儿、尖儿、刺儿、扣儿”等）昭示着一个事实：儿化韵音节不是偶尔一见的音节形式，而是常见的音节形式，更何况还有“习惯上要儿化”的儿化词（例如《现代汉语词典》中“玩[1]”的读音是 wán，在附加标注“（～儿）”后才列出“玩[1]”的三个义项，这就意味着只应读“玩儿”）。既然如此，就不能仅仅把儿化韵看作音变形式而忽视儿化韵音节结构导致的汉语音节结构类型的复杂化。从儿化的可能性来说，除了两个自成音节的 ei（欸）和 er（“儿、尔、而、耳、二”等）不能儿化以外，普通话的韵母都可以儿化，也就是说都有儿化韵与平舌韵相对应。这就表明，儿化造成的汉语音节结构复杂化远不是仅仅把儿化看作音变就可以忽略的。

普通话语音规范对儿化韵是有所抉择的，但如何抉择有待进一步研究。从普通话语音规范对北京话文白异读的取舍原则来看，文白异读取文读、弃白读，例如“械”读文读的 xiè，淘汰白读的 jiè；“跃”读文读的 yuè，淘汰白读的 yào；“室”读文读的去声，淘汰白读的上声；“危”读文读的阴平，淘汰白读的阳平。儿化韵既是口语语音现象，相对于平舌韵来说，其实就是白读音。不过，鉴于普通话语音以北京音为基础，当然也可以把儿化韵看作口语语音形式。从《现代汉语词典》的“凡例”来看，体现的正是这一理念，对儿化韵的处理原则是区分书面语和口语，以口语中是否“必须儿化”或“一般儿化”为依据：“书面上有时儿化有时不儿化，口语里必须儿化的词，自成条目，如【今儿】、【小孩儿】。书面上一般不儿化，但口语里一般儿化的，在释义前加‘（～儿）’，如【米粒】条。”可见儿化只是口语语音形式，语词是否标注儿化只是以口语事实为依据，并没有强调儿化的功能作用。从实例来看，虽然对于口语中某些可以儿化也可以不儿化的词（如“自行车儿、静悄悄儿”）不列出儿化韵，似乎是有所抉择的，但并非尽皆如此。至于“必须儿化”或“一般儿化”，也未必有区别词义、转化语法功能或表达附加色彩的作用（例如“玩儿、上班儿”），“一般儿化”之例则多有自由儿化词，因此“必须儿化”或“一般儿化”实际上只是依据口语习惯而已，而口语习惯却没有明确的、有规则条理的依据或标准。

众所周知，普通话以北京音为标准音，但北京话不等于普通话，普通话语音规范对北京话的语音是有所抉择的。如果普通话语音规范对北京话“必须儿化”或“一般儿化”的儿化不是照单全收，而是有所抉择，就必须进一步研究明确的、一致的、有规则条理的依据或标准。

就一般所说的儿化的功能和作用来看，似应重视有区别词义、转化词性作用的儿化，但儿化并不是区别词义、转化语法功能所必须的形式，并不是必须儿化才能从平舌韵表示的语素中分化出一个语素(汉语的转类造词并不需要有词形上的变化)。例如“绿”兼有名、形、动等词性(与词性相应的词义当然也不同)，在词语组合中词义、词性也都是明确的。“画”表示了动词性的和名词性的两个语素(①用笔或类似笔的东西做出图形。②画成的艺术品)，固然可以借助儿化韵(画儿)把名词性的“画”从“画”表示的两个语素中分化出来，但在“一幅画”中，“画”的读音即使不儿化，其作为名词的词义和词性也都是确定的。这说明儿化作为区别词义、转化词性的语音形式并非是必须的。不仅如此，儿化也不一定就能改变平舌韵语素的意义或语法功能，例如“小孩”与“小孩儿”、“上班”与“上班儿”、“玩”与“玩儿”之类，尽管语音形式上有儿化与否的差异，但彼此的意义、语法功能都无不同。此外，儿化造成的词有不同的语法功能，儿化形式并不是跟某一语法功能类有固定联系，例如“头发丝儿、小孩儿”是名词，“上班儿、玩儿”是动词。所有这些都表明，儿化区别词义、转化词性的作用是因词而异、就词释词地分析出来的，并不具有普遍性。

不仅区别词义、转化词性的功能难有一致的标准和真正的依据，其他原则也难以贯彻。例如从吸收具有特定附加色彩(“表情”、“指小”，等等)的儿化词这一原则来看，正如前文所指出的，儿化词所具有的附加色彩是因词而异的，是由词义所决定的，跟是否儿化并无关系，因此难以把所谓附加色彩作为抉择依据。再如考虑把已被普遍采用的儿化词吸收到普通话里来，但“普遍采用”的标准是什么，是北京话里普遍通行的，还是在一个更大范围内普遍通行的，都是不明确的。如果以北京话里是否“普遍采用”为标准，也就是舍弃自由儿化形式而已(其实对自由儿化的抉择也不是明确的、一致的、贯通性的，因为对是否自由儿化的判断并不一致)，实际上就是对北京话里“必须儿化”或“一般儿化”的儿化照单全收，但“必须儿化”或“一般儿化”本身却缺乏有规则条理的真正依据。

讨论与儿化相关的语音规范问题，并不是就语音规范谈语音规范，而是要借以揭示儿化的真正性质和作用。上述讨论意在说明，如果把平舌韵音节与儿化韵音节的差异看作文白异读的分歧，那么应把儿化韵看作北京方言语音形式，即使是“必须儿化”或“一般儿化”的儿化也都是方言语音形式。如果把儿化韵看作普通话口语语音形式，则需要研究明确的、贯通的、有规则条理的依据或标准，否则儿化的纷乱就难以避免。

总之，无论是“儿(-r)”的性质和作用，还是儿化韵的性质和功能，都需要重新认识。廓清儿化的迷雾，对于语素分析、构词成分性质和特点的分析、构词形态的分析、词结构分析、词汇规范化等一系列词汇学、语法学问题的研究，都是十分重要的。

参考文献

葛本仪 (2001)《现代汉语词汇学》，山东人民出版社。
季永海 (1999) 汉语儿化音的产生与发展——兼与李思敬先生商榷，《民族语文》第5期。
蒋绍愚、曹广顺主编 (2005)《近代汉语语法史研究综述》，商务印书馆。
李立成 (1994)“儿化”性质新探，《杭州大学学报》第3期。
林 焘、王理嘉 (1992)《语音学教程》，北京大学出版社。
王志洁 (1997) 儿化韵的特征构架，《中国语文》第1期。
王 力 (1980)《汉语史稿》，中华书局。
王 立 (2000)《[-r]缀语义性质探寻》，第十一次现代汉语语法学术讨论会论文(安徽芜湖)。
徐 枢 (1990)《语素》，人民教育出版社。
雅·沃哈拉 (1987) 漫谈汉语语素的特征，《中国语文》第2期。
杨锡彭 (2003)《汉语语素论》，南京大学出版社。
张 斌 (1998)《汉语语法学》，上海教育出版社。
赵元任 (1979)《汉语口语语法》(吕叔湘译)，商务印书馆。
——— (2002) 什么是正确的汉语，《赵元任语言学论文集》(吴宗济、赵新那编)，商务印书馆。

(210093 南京，南京大学文学院)

汉语吴语和普通话语码转换之语法分析*

阮咏梅

摘　要:本文在搜集真实口语语料的基础上,从汉语的实际出发,结合国外句法学视角中的语码转换研究理论和模式,分析了转换语码的术语和句首名词短语的转换规则、语码转换的句法位置和汉语句子的焦点、语码转换的完好模式和转换单位等问题,从而提出了汉语方言和普通话的语码转换中存在的一些句法制约条件和特征。

关键词:语码转换;汉语方言;普通话;句法学路径;转换规则

零　引言

语码转换(code-switching,简称CS),是双语(多语)社会的常见现象,它是语言接触的产物。滥觞于上世纪五六十年代的语码转换研究,经过半个世纪的发展后,终于从过去被视为可能有点奇特的行为,成为一个被认为能阐明基础的语言学问题的学科理论。研究者们从社会语言学、句法学、心理学、会话分析等不同的视角来探究语码转换现象。其中,句法学路径是在上世纪的七八十年代开启的。其研究焦点是句内语码转换中的语言制约特征、转换模式、句法关系,以及句法学路径的各种研究假设的有效性等。

当国外的语码转换研究者试图从各种理论角度,来考察语码转换过程中的语法机制,从而找到一些普遍适用的转换语法规则时,我们汉语方言和普通话之间的语码转换的句法特征又是怎样的呢?“说话者能在一个句子的什么地方转换语言?”“转换后的形式是怎样的?”……这些句法学路径语码转换研究者冥思苦想的难题,同样也是我们难以回避的。

本文选取宁波话、温岭话和上海话这三个与普通话差异较大的吴语方言为代表,其

* 本文为2008年浙江省哲社规划课题“浙江方言和普通话的语码转换研究”(项目编号:08CGYY003YB)的部分研究成果。

中宁波话和温岭话的语料来源于本人真实生活中的原始采集，总时长达 16 个小时左右。上海话的语料则引自李雯的硕士论文《上海地区口语中普通话与上海话之间的语码转换现象》(2007)。

一　转换语码的术语和句首 NP 的转换规则

句内语码转换(intrasentential code-switching)，一般是指一个句子内两种语言系统的交替使用。这个“句子”的概念，有的人认为是一个小句(clause)，有的人认为是补足语短语(complement phrase，简称 CP)。无论怎样，这种被双语者广泛运用的言语策略的语言学兴趣在于，混合者对什么是，或什么不是一个可能的语码转换句子有非常清楚的直觉。换句话说，在特定的双语语境中存在一种语法预先决定，以及可能划定语码转换句子的语法范围(Bhatt，1997)。Hudson(2000)也认为“有句法限制是毫无疑问的”，而且“属于语码混合社区的人能判断特定结构的语码混合的例子是否允许，这些判断总体来说是游离于文本研究之外的”。总之，句内语码转换不是随意的，而是有规律的语法约束的。

语码转换涉及两种或两种以上的语码。句内 CS 一般只涉及两种语码。对于参与 CS 的两种语码的术语，学者们有不同的意见。Poplack 称之为 base language 的“基础语言”，Sridhar & Sridhar 叫做“主体语言”(host language)，为整个转换话语提供成分结构，而“客体语言”(guest language)，只是为主体语言提供组成成分。Joshi 提出的“主体语言”(matrix language)，是指决定混合成分结构框架的语言，而“嵌入语言”(embedded language)则指参与 CS 的其他语言。Myers-Scotton 在前人研究的基础上，依据从非洲搜集来的丰富的 CS 语料，提出了著名的主体语言框架模式(matrix language frame model，简称 MLF model)。(陈立平，2006)

这些学者基本上认同句内 CS 的两种语言的参与程度具有非对称性(asymmetry)，但在区分“主体语言”和“客体语言”的判断上则有不同的标准。Myers-Scotton 甚至把数量的多少作为衡量 ML(matrix language)和 EL(embedded language)的标准，引起了很多异议。汉语方言和普通话的语码转换事实，也表明 ML 和 EL 的区分并不那么简单。如数量标准在下面的例子中就很难操作[①]：

(1)〈温岭话和普通话〉：渠$_{第三人称单数}$是(北京一家报纸的一个编辑)。

从数量上看，括号里的普通话部分的长度明显超过了括号外的温岭话部分。如果

① 本文所有例子的括号里面部分为普通话，括号外面为汉语方言。

按数量标准，这句话的CS结构岂不是EL+ML了吗？但事实上，数量少的温岭话“渠是”是ML，是个主谓结构，而数量多的普通话部分“北京一家报纸的一个编辑”是EL，是个有多重层次的偏正短语。因此，我们认为在汉语方言和普通话的句内语码转换中，除了单音节的个人惯用连词外，句首的起始语码就是ML，不论其长短，而句中的转换语码即为EL。

Bhatt在概括一些语言学的、显著的CS句法普遍性时，曾分析了动词、主宾语和句中补语，以及限定短语、从句等语法单位和成分的表现特征。他指出的第一条普遍性规律就是：说话者不倾向于转换主语，转换整个主语短语的例子是非常罕见的。“主语的名词短语中最常见的转换是那些中心名词。限定词和量词属于主体语言。”（Bhatt，1997）而这条规则与汉语方言和普通话之间的语码转换实际不符。我们的转换实例表明：句首位置上的名词或名词性短语（NP）的转换有不同的形式。例如：

(2)〈普通话和温岭话〉：（天葬）你望过噢ve你看过了吗？

(3)〈普通话和宁波话〉：（玳瑁）侬勿晓得啊你不知道吗？

(4)〈普通话和宁波话〉：（麦芽糖啊），我也交怪很要吃。

与Bhatt归纳出来的规则不同的是，汉语方言和普通话的转换中，句首名词短语既可以部分转换，如下面的例(5)—(8)；也可以整体转换，如下面的例(9)—(13)。这些句首的名词短语中的限定词有指示代词“搿”，也有数量短语“三个”，或其他偏正结构的短语“搿秃鹫”、“渠搿后代”、“当时搿政见”、“蒋介石搿灵柩”、“渠搿学院”、“搿张桌凳”、“做生意搿商人”、“台湾搿”、“就讲搿”等。相当于普通话的“这”、“这个”和“的”的词，在吴语中的读音大都为同一个[kəʔ]，常常写成“搿”，表示指示、结构助词或语气助词的意思。

(5)〈温岭话和普通话〉：搿（秃鹫）咋儿专门吃噢搿人介怎么老是吃死了的人的？

(6)〈温岭话和普通话〉：所以渠搿后代（没有什么好下场）。

(7)〈温岭话和普通话〉：当时搿（政见）完全不同。

(8)〈温岭话和普通话〉：蒋介石搿（灵柩）还呒埋勒地下还没埋到地下。

(9)〈温岭话和普通话〉：渠搿学院它这个学院，指美国的wellesley（诞生了三位非常有名的校友），三个（杰出的女性）。

(10)〈宁波话和普通话〉：搿张桌凳，（就是年代久了，颜色旧了点）。

(11)〈宁波话和普通话〉：做生意搿（商人，宁波老话怎么说？）

(12)〈宁波话和普通话〉：搿桌凳这桌子（不是你们房间里的吗？）

(13)〈普通话和上海话〉：台湾（搿政治老很、非常）滞后（了啦），（就讲搿）大选（真额真的）一塌糊涂啊！

汉语中出现在句首的NP一般有主语和话题两类。当然,也有人在主语的下位分类中再分出句法主语和话题主语等类型。其实,主语和话题这两个术语,是从句法和语用两个不同的平面区分出来的。我们这儿暂且使用“主语”和“话题”的名称。两者的区分标准是:凡是表施事的是主语,其他是话题。主语结构主要出现在书面语中,真正口语中更常见的却是话题结构。(汪平,2004)尤其在吴语等南方方言中,这种话题结构比普通话中多得多。上述例子中,例(2)、(3)、(4)和(11)就属于话题结构,其他几例则属典型的SVO结构。这些由普通话表示的NP向后面方言部分的转换,或由方言表示的NP向后面普通话部分的转换所产生的表达效果,正好与汉语语法的三个平面的理论不谋而合,或者说是通过方言和普通话的语码转换,凸显了句首NP在句法形式、语义功能和语用表达上的殊途同归。

二 语码转换的句法位置和汉语句子的焦点

日常交际中的句子总是承载着各种信息。这些信息有强调信息和非强调信息之别。强调信息就是句子的焦点,而非强调信息则作为背景去凸显焦点。汉语句子的焦点有句法、语义、语用三种语法特征,这三种语法特征之间有一定的对应关系。汉语句子的焦点有静态和动态之分。汉语句子的这种焦点特征和规律,极大地影响了汉语方言和普通话的语码转换的语法特点。

2.1 句末语码转换和静态焦点

我们从采集到的汉语方言和普通话的句内语码转换的实例来看,60%以上的语码转换发生在句末。这些转换的成分有的是单一的词儿,有的是短语。如:

(14)〈普通话和温岭话〉:(我要吃)泡饭。

(15)〈温岭话和普通话〉:我嗨上犯来海南望我们上次在海南看(风情园)。

(16)〈温岭话和普通话〉:我嗨也走刻搭渠聚队跳我们也去和他们一起跳(竹竿舞)。

(17)〈温岭话和普通话〉:我嗨到介底之后凑碰着我们到那之后恰好碰到(国际攀岩节)。

(18)〈温岭话和普通话〉:无数地方都替那羿很多地方都这样的,包括(国父纪念馆)。

(19)〈普通话和宁波话〉:(这里没什么东西的,唯一的一个商店是)妇女用品商店。

(20)〈宁波话和普通话〉:其呕我阿娘他叫我母亲(姑姑)。

(21)〈普通话和宁波话〉:我们叫他(张校长)。

(22)〈上海话和普通话〉:我没吃羿(巨无霸)。

(23)〈上海话和普通话〉:刚才在讲(政治问题)。

(24)〈上海话和普通话〉:我帮伊拍了一张(数码相片),又买了一只(相框)。

(25)〈宁波话和普通话〉:(两根肋骨断掉了,背脊骨高头刀口[ve^{13}]好背上的刀口很)深嘞!

(26)〈宁波话和普通话〉:(你女儿是属于)大[gie^{55}][gie^{31}]噢大大咧咧的。

(27)〈普通话和宁波话〉:(听不懂宁波话,你)犯关惨嘞!

(28)〈普通话和宁波话〉:(对高年级的学生来说,最主要的一点是)识货。

(29)〈温岭话和普通话〉:对一般毋人来讲,到最后也(走火入魔了)。

(30)〈温岭话和普通话〉:其他物事东西都是(形同虚设)。

(31)〈普通话和宁波话〉:(她数学是)一塌糊涂啦!

(32)〈温岭话和普通话〉:渠到最后是(众叛亲离)噢。

(33)〈普通话和宁波话〉:你在我这里一百分当中得五十分就(及格)。

(34)〈普通话和宁波话〉:(以前的话,门口还能吃饭。现在你还没走出去灰就把你)吹倒了!

(35)〈上海话和普通话〉:后头阿拉后来我们(搞定了)。

(36)〈普通话和宁波话〉:(你要让他学好不消化的话,你就让他)堵牢嘞。

例(14)—(24)中句末转换的成分是名词或名词性短语做宾语。例(25)—(28)中句末转换的成分主要是形容词性短语做述语。有时这些成分后面还带上一定的语气词。例(29)—(32)中转换的“走火入魔”、“形同虚设”和“一塌糊涂”都是成语充当谓语。例(33)—(36)中句末的成分则是动词,“及格”是个普通动词,“吹倒”、“堵牢”和“搞定”则都是动补结构。一般来说,在句内语码转换的句末充当宾语或谓语的是名词(包括专有名词)、动词、形容词和代词等。还有很多句末转换的成分是各种性质的短语,有的结构和层次比较单一,有的则很复杂。如下列例句中的例(37)—(41)中的“不太好”、“作作秀”、“全都汉化”、“划一刀“和“为我们拦车”,是不同结构的动词短语。例(42)中的“受到惊吓”是个动宾结构的短语,例(43)中的“云雾缭绕”是个主谓结构的短语。例(44)和(45)中的“悲剧型的人物”和“老师毋好坏”是偏正式的名词短语。例(46)和(47)中的“原汁原味的、原生态”和“真相、经过、缘由等”主要是一些联合结构的短语。具体例子如下:

(37)〈普通话和宁波话〉:(你要是上午下午都排满的话,我觉得)没大好不太好。

(38)〈温岭话和普通话〉:实际上渠三个都是(作作秀)。

(39)〈温岭话和普通话〉:你走刻望噢之后你去看了之后,已经(全都汉化了)。

(40)〈宁波话和普通话〉:菜场里勿是有毋种鳝丝啊?卖毋人就毋

么菜场里不是有这种鳝丝吗?卖的人就这么(划一刀)。

(41)〈温岭话和普通话〉:渠啊,撑着雨伞,站在马路中央(为我们拦车)。

(42)〈温岭话和普通话〉:我忖走刻望噢之后都是非常残酷介我想去看了之后都是非常残酷的,都(受到惊吓)。

(43)〈温岭话和普通话〉:从上面望了刻是从上面看下去是(云雾缭绕)。

(44)〈温岭话和普通话〉:总𫍲来讲,渠是个(悲剧型的人物)。

(45)〈普通话和宁波话〉:(学生到六年级以后,就知道)老师𫍲好坏嘞老师的好坏了。

(46)〈温岭话和普通话〉:渠追求𫍲物事东西就是讲(原汁原味的、原生态)𫍲。

(47)〈宁波话和普通话〉:请侬讲出事体格请你说出事情的(真相、经过、缘由等)。

这些出现于句末的语码转换现象,是汉民族固有的认知特点和交际特点所决定的。汉民族的认知心理在汉语中固化为独具特色的语法规则,句子焦点的位置也常常被固定化了。这种固定化的静态焦点和灵活多变的动态焦点一样,都能凸显句子的强调信息,但静态焦点常位于句末,反映了汉民族"旧信息在前,新信息在后"的认知原则。(张豫峰,2006)这种静态焦点从认知角度和信息传递的角度来说是属于无标记的。但是在双语交际中,静态焦点的[+突出]、[-比较]的功能,被双语者有意识地运用语码转换的方式加以二次凸显,从而进一步提升了语言的表达效果。可以说,双语者在遵循着汉语语法规则和交际、认知规律的轨道上前进时,最后用"语码转换"提升了语言表达的高度,增强了语用效果。

2.2　句首、句中的语码转换和动态焦点

由于汉语的动态焦点表现的是个人交际上的临时性、特殊性的强调信息,所以,其出现的位置是自由灵活的,而且有的是有标记的,有的是无标记的。随着这种动态焦点的出现,语码转换也可出现在句子的其他位置上。

出现在句首的成分主要有名词性短语、句首状语、提示成分和连词等。句首NP的语码转换规则前文已述。在汉语方言特别是吴语中,属于话题结构的NP作为已知信息出现在句首,可算是无标记的形式。方言表示的话题后面的普通话转换成分是述题部分,述题一般是句法结构焦点,在认知和语用上则是作为新信息需要加以凸显的。除了名词性短语外,句首语码转换还可发生在句首状语和提示成分上。其中提示成分和连词,虽不属于一般所谓的单句内语法成分,而带有复句或语篇的色彩。但由于语码转换和动态焦点都是从实际言语交际的角度来观照的,所以,我们还是把它们罗列进来。如例(48)中的"本来"是个句首状语,例(49)中的"每日夜到"就是个提示成分,而例(50)

中的"搿"在这儿则是个连词。

(48)〈温岭话和普通话〉:本来(我们换个地方试试)?

(49)〈宁波话和普通话〉:每日夜到$_{\text{每天晚上}}$,(一三五打球,二六学奥数)。

(50)〈宁波话和普通话〉:(搿$_{\text{那}}$)你不要来了。

句中的语码转换位置非常灵活,除了相对集中的主谓、动宾之间等界线分明的位置外,几乎可以出现在任何两个句子成分之间,如例(53)—(59)。有的甚至在一句中有数次转换,如例(60)和(61),分别在句中有两次客体语言嵌入主体语言中。

(51)〈温岭话和普通话〉:我碰着搿都是(谈得来的、志同道合的一些"驴友"吧)。

(52)〈温岭话和普通话〉:我晓得(杜鹃花没有这么嫩的)。

(53)〈温岭话和普通话〉:你如果有(诉求)搿$_{\text{的}}$话,你搭我讲是噢$_{\text{你跟我说就是了。}}$

(54)〈温岭话和普通话〉:我早界是(战战兢兢)搿打你搿电话介$_{\text{我上午是战战兢兢地打你的电话的啊。}}$

(55)〈普通话和宁波话〉:(你不用说我,我)自家$_{\text{自己}}$(就跳楼嘞)。

(56)〈普通话和宁波话〉:(改革开放)三十年,(还是要靠时间证明)。

(57)〈宁波话和普通话〉:搿些东西跟(语言)有搭界$_{\text{这些东西跟语言有些关系。}}$

(58)〈宁波话和普通话〉:搿种药有眼$_{\text{这种药有点儿}}$(镇静)作用。

(59)〈上海话和普通话〉:侬还有(睫毛膏)伐?

(60)〈上海话和普通话〉:伊$_{\text{他/她}}$要(转机)对伐$_{\text{对吗}}$?

(61)〈温岭话和普通话〉:我小说望过$_{\text{看过}}$噢,(马原)写搿(《冈底斯的诱惑》)。

(62)〈温岭话和普通话〉:你讲蒋介石搿(灵柩)还旡(入土为安)噢。

这些句中的语码转换,有些是从一种语码向另一种语码的转换,有些则是其他语码的插入。如果像层次分析法一样来分析语码转换的话,前者可划分为两个部分,即"二分法";而后者则是两个以上的多层次分析法。语码转换和汉语的焦点是互为表里的,语码转换既是汉语焦点的外在表现形式之一,也是体现汉语焦点的一种重要手段。

三 语码转换的完好模式和转换单位

20世纪90年代生成音系学领域中的优选论问世后,语码转换的句法研究也有了新的突破。Bhatt(1997)首先运用Prince和Smolensky提出的优选论(optimality theory,简称OT)来解释语码转换现象。他认为语码转换所涉及的语言对构成"完好形态(well-formedness)"有自己的偏好。当客体语言被混合进主体语言时,语码转换的句法结构会力求保持优选的完好形态。也就是说，当客体语言被引进主体语言时，由于在一种完好形态的语言中的成分（词、短语），向另一种完好形态的语言转换，于是一定的调整就会自然地发生。优选论在语码转换上的核心思想体现为：句法限制是可以违反的（软性的），是有层级的，最优化的形式是符合语法的。Bhatt 在前人的理论和自己实证研究的基础上，提出了五条主要的句法制约条件：一是线性优先制约（linear precedence constraint）：语码混合句中的成分遵循屈折语的词序；二是中心词句法制约（head-syntax）：中心词语言的语法性质必须在最小域内得到遵守；三是对等制约（equivalence）：被转换的语言成分要遵循其所属语言的语法性质；四是标志语制约（specifier constraint）：词组的标志语必须与中心词使用相同的语言，中心词决定词组的格；五是应变制约（complaisance）：中心词短语要随着标志语的转换而转换。同时，Bhatt 也指出，"语码转换中最大程度的普遍约束条件之间的冲突是不可避免的；不同的语法在解决冲突上做出的选择产生了语码转换语言的类型。""在 OT 中，普遍语法是作为一套普遍的约束条件概念化的，而在特定的语法中这些约束条件是有层级的。当不同的层级构造满足不同的语码转换的语法时，语言的变异也就产生了。"（Bhatt，1997）

但是，Myers－Scotton 和 Bhatt 等提出的一些语码转换的普遍句法条件，基本上是以印欧语系为语料的。这些曲折型语言的形态非常丰富，词形的变化在语法中具有重要意义。而汉语所属的汉藏语系语言则属于孤立型语言，形态的缺乏使得 Bhatt 等的句法约束条件在汉语语码转换时失去了普遍意义。我们从汉语方言和普通话的语码转换的实例来看，这些制约条件有的并不符合，如 Bhatt 提出的规则二、四、五就与我们上文分析的汉语的实际情况不符。但是就二者转换后的句法结构而言，对汉语还是适合的。例如：

(63)〈温岭话和普通话〉：你望𠍲共产党员（大义凛然，很伟大）。

(64)〈上海话和普通话〉：我觉得𠍲支（睫毛膏不太协调）！

(65)〈普通话和宁波话〉：（现在我们班其他小孩子还没什么，）就是讲，木知木觉噢形容不敏感。

(66)〈温岭话和普通话〉：我两个𠍲际望着𠍲我们两个一下子看到这个（"世外桃源"，心情特别激动）。

(67)〈温岭话和普通话〉：渠是很想到（侗族去看看）。

(68)〈温岭话和普通话〉：别人做事干事情总（互相之间没有伤害）。

(69)〈温岭话和普通话〉：𠍲个东西侬可能（还没注意到）。

我们可以说，Bhatt 提出的规则三——对等制约条件，同样适用于汉语。至于规则一——线性优先制约，Bhatt 虽然指的是屈折语的形态变化，但是，如果我们借用其字面意思的话，这条规则也同样符合汉语的实际情况。语言符号的线性序列是语言组合关系的呈现，它是语言的重要特征之一。语序在汉语中的重要性尤为突出，它是汉语语法结构的基础。除了前文所述的话题结构等现象外，汉语方言和普通话在语序上的差异不像其他语言那样明显。因此，在汉语方言和普通话的语码转换中，线性优先制约就不是表现为形态变化和语序上的冲突，而是客体语言在主体语言的线性伸展上的语法成分的转换。例如：

(70)〈普通话和温岭话〉：（你和同学们先）走刻起$_{先走}$。

上例的主体语言是普通话，包括一个联合式短语“你和同学们”和一个副词“先”，客体语言是温岭话的“走刻起”。这个短语用普通话表达的意思就是“先走”。在温岭话中存在着“起”、“凑”等表示“先”、“再”等意思的副词做状语后置的现象。这个语法现象，或者说在语序上与普通话的“状语—中心语”的一般语序是不一样的。如果按照普通话的语序，那么这句话就是“你和同学们先走”。但是，谓语部分转换成温岭话后就改变了状语和中心语在普通话中的语序，而且也换了相应的词语。这种转换使整个句子在普通话部分和温岭话部分仍然保持各自完好的形态。类似这种转换还存在于动词、形容词的重叠形式，和动词的一些语法范畴上。

Grosjean 和 Miller 曾在实验证据的基础上得出结论说，“当双语者从客体语言(guest language)中插入一个词或短语到基础语言(basic languge)时，转换常常包括完全的变化，不仅在词汇层面上，也在语音层面上”(Coulmas，1994)。汉语的特点及其在汉字、音节和语素、词之间的纠结关系，使汉语方言和普通话之间的语码转换，从理论上来说，可以发生在任何语言单位上，小到一个音节，大到整个语段。就汉语方言和普通话之间的差异来说，差异最大的语言要素是语音，其次是词汇，语法的差异相对最小。因此，发生在词汇和语音上的语码转换也是很频繁的。其中句末语气词就是个转换的高发对象。一种语言的语调作为超音段特征是根深蒂固的，它最能体现语言深层的、本质的特征，因此也是第二语言习得中最难掌握的部分。汉语方言中的语气词非常丰富，其中有些是方言中特有的，有些则是普通话共有的。这些句末语气词出现的地方，往往也是方言和普通话转换的高发区，而且是由普通话向方言的单向转换。这和方言区的人学习普通话的特点和规律是一致的。例如：

(71)〈普通话和宁波话〉：你说我能招不到学生[ve31]？

(72)〈普通话和宁波话〉：这个消息是我告诉他[te41]！

[ve]这个语气词相当于普通话中的“吗”，[te]则相当于普通话中的语气助词“的”，在宁波话中是“的哎”的合音。

句末语气词的转换有两种形式：一种是语气词的独立转换，如例(71)和(72)；一种是附着在前一个词语上的语气词的共同转换。例如：

(73)〈上海话和普通话〉：老板娘就是讲老很、非常(和善了啦)。

(74)〈普通话和温岭话〉：(你们两个)倍就替那这样是嗅好了。

(75)〈温岭话和普通话〉：读研究生的时候，(我特别希望到西藏)刻去啊！

参考文献

陈立平（2006）句法学视角中的语码转换研究，《解放军外国语学院学报》第3期。

汪　平（2004）苏州方言的话题结构，《语言研究》第4期。

张豫峰（2006）《现代汉语句子研究》，学林出版社。

Florian Coulmas (2001) *The Handbook of Sociolinguistics*. Foreign Language Teaching and Research Press; Blackwell Publishers Ltd.

Peter Auer (1998) *Code-switching in Conversation*. Routledge.

R. A. Hudson (2000) *Sociolinguistics* (Second edition). Foreign Language Teaching and Research Press; Cambridge University Press.

Rakesh Mohan Bhatt (1997) Code-switching, constraints, and optimal grammars. *Lingua*, (102).

(215123　苏州，苏州大学文学院；

315211　宁波，宁波大学国际交流学院)

李泉著《对外汉语教材通论》即将由商务印书馆出版

该教材借鉴国内外外语教学的相关理论和成果，探讨了对外汉语教材的基本问题、基本理论和基本原理。此外，还讨论了汉语教材编写理论与实践的其他相关问题。作者试图将“史”和“论”结合起来，把对外汉语教学界和英语等国内外第二语言教学界的相关研究成果结合起来，把国内的对外汉语教学与海外的汉语教学结合起来，把对外汉语教材的理论问题与教材编写实践结合起来，把相关问题的历史研究、状况描述与前景展望联系起来，把已有的相关研究和个人的思考融合起来，体现出学术性、实用性和原创性。

该教材主要为对外汉语专业本科生编写，可供对外汉语教师、教材编写者和研究者以及语言学类其他专业对外汉语教学方向的研究生参考，亦可供英语等国内外语界本科生、研究生和教材编研者参用。

从黏合式形名组合的角度看单音节形容词做定语的句法功能*

祁　峰

摘　要:本文从单音节形容词的义项分立角度出发,结合语料库对四对高频单音节形容词(好/坏;快/慢;热/冷;白/黑)和后现名词的直接组合情况进行语义分类与定量分析,旨在从黏合式形名组合的角度来分析单音节形容词做定语的句法功能。

关键词:义项分立;语义分类;定量分析;句法功能

一　引言

关于性质形容词的句法功能,语法学界有三种意见:一是认为性质形容词主要做定语,如黎锦熙(1924)、王力(1957)、张伯江、方梅(1996)、沈家煊(1997)等;二是认为性质形容词主要做谓语,如赵元任(1968)、朱德熙(1982)、郭锐(2002)等;三是认为性质形容词主要做定语和谓语,如吕叔湘(1966)、胡明扬(1995)、张国宪(2006)等。本文从单音节形容词①的义项分立角度出发,根据《现代汉语语法信息词典详解》和《现代汉语频率词典》两部词典,从中选出四对能够直接做定语的高频单音节形容词作为本文讨论的范围,这四对单音节形容词按不同的语义范畴分为:"好/坏"(表价值);"快/慢"(表速度);"热/冷"(表温度);"白/黑"(表颜色),并结合语料库②对四对高频单音节形容词和名词的直接组合情况进行语义分类与定量分析,旨在从黏合式形名组合的角度来分析单音节形容词做定语的句法功能。

---

* 感谢导师戴耀晶教授的指导和鼓励,文中的错误和疏漏概由作者本人负责。

① 就词类的原型范畴而言,几乎所有的单音节形容词都是词类范畴的典型成员,也就是说,汉语的单音节形容词一般都最具有原型性,因此它的词类范畴的特征最明显。

② 本文使用的是三百万字的现代汉语分词语料,语料来源于:《人民日报》标注语料库(1998年1月),《读者》杂志中的文章和现当代作家作品。

二 单音节形容词的义项分立

以往对单音节形容词词义的研究，一般是区分形容词的基本义和引申义，还没有细分形容词义项的级差。级差是人类对世界的一种认知方式，同时也反映着对世界的认识程度，属于量的语义范畴系统。形容词的量主要体现在程度的高低上，可用加上程度副词和否定副词的方法来切分出一系列大小不等的量级。根据形容词义项级差的有无，我们把形容词义项分为量级和非量级两种，量级义项是指该形容词义项有级差，非量级义项是指该形容词义项没有级差。下面我们从《现代汉语词典》(第5版)中找出上述四对形容词直接充当定语的义项[①]并区分其义项的量级和非量级，详见下面列表：

表1 形容词"好"

义 项	有点	很	最	不	举例
(1) 形：优点多的；使人满意的(跟"坏"相对)	+	+	+	+	好人、好东西
(2) 形：友爱、和睦	+	+	+	+	好朋友、好伙伴
(3) 形：(身体)健康、(疾病)病愈	+	+	+	+	好身体、好体质

可见"好"的义项(1)、(2)、(3)是量级义项。

表2 形容词"坏"

义 项	有点	很	最	不	举例
(1) 形：缺点多的；使人不满意的(跟"好"相对)	+	+	+	+	坏主意
(2) 形：品质恶劣的；起破坏作用的	+	+	+	+	坏人、坏事
(3) 形：不健全的，无用的，有害的	+	+	+	+	坏苹果、坏鸡蛋

可见"坏"的义项(1)、(2)、(3)是量级义项。

表3 形容词"快"

义 项	有点	很	最	不	举例
(1) 形：速度高；走路、做事等费的时间短(跟"慢"相对)	+	+	+	+	快车、快步
(2) 形：(刀、剪、斧子等)锋利(跟"钝"相对)	+	+	+	+	快刀、快斧子
(3) 爽快；痛快；直截了当	–	–	–	–	快人快语
(4) 愉快；高兴；舒服	–	–	–	–	快感

① 形容词充当定语的几个义项中，有的义项是形容词，它和后现名词组合成短语；有的义项是语素，它和后现名词组合后已经词汇化。不同词典的收词标准不一，这里不讨论形名组合之后的语言单位归属问题。

可见“快”的义项(1)、(2)是量级义项，义项(3)、(4)是非量级义项。

表4 形容词“慢”

义 项	有点	很	最	不	举例
(1) 形:速度低;走路、做事等费的时间长(跟“快”相对)	+	+	+	+	慢车、慢手慢脚

可见“慢”的义项(1)是量级义项。

表5 形容词“热”

义 项	有点	很	最	不	举例
(1) 形:温度高;感觉温度高(跟“冷”相对)	+	+	+	+	热水、热毛巾
(2) 情意深厚	+	+	+	+	热心肠儿
(3) 形:受很多人欢迎的①	+	+	+	+	热货、热门儿
(4) 放射性强	–	–	–	–	热原子

可见“热”的义项(1)、(2)、(3)是量级义项，义项(4)是非量级义项。

表6 形容词“冷”

义 项	有点	很	最	不	举例
(1) 形:温度低;感觉温度低(跟“热”相对)	+	+	+	+	冷水、冷天气
(2) 形:不热情;不温和	–	–	–	–	冷面孔、冷言冷语
(3) 生僻;少见的	–	–	–	–	冷字
(4) 不受欢迎的;没人过问的	–	–	–	–	冷货、冷门
(5) 乘人不备的;暗中的;突然的	–	–	–	–	冷枪、冷箭

可见“冷”的义项(1)是量级义项，义项(4)虽然不能受程度副词的修饰，也就是说没有连续量，但是它与“热”的义项(3)具有对称性，我们把它称为“级差对立”。在词性标注上，将这个义项也注为形容词性语素；义项(2)、(3)、(5)是非量级义项。

表7 形容词“白”

义 项	有点	很	最	不	举例
(1) 形:像霜或雪的颜色(跟“黑”相对)	+	+	+	+	白布、白球鞋
(2) 没有加上什么东西的;空白	–	–	–	–	白卷、白饭、白开水
(3) 象征反动	–	–	–	–	白军、白区
(4) 指丧事	–	–	–	–	白事
(5) 形:(字音或字形)错误	–	–	–	–	白字

① 形容词“热”的这个义项具有对称性，例如跟“热货”相对的就有“冷货”，而且还可以受到程度副词的修饰，比如说，“现在对外汉语教学专业很热”，我们把它称为“级差连续”。在词性标注上，这个义项是形容词。

可见“白”的义项(1)是量级义项,义项(2)、(3)、(4)、(5)是非量级义项。

表8 形容词“黑”

义 项	有点	很	最	不	举例
(1) 形:像煤或墨的颜色(跟“白”相对)	+	+	+	+	黑板、黑头发
(2) 形:黑暗	+	+	+	+	黑屋子
(3) 秘密;非法的;不公开的	−	−	−	−	黑市、黑话、黑户、黑社会
(4) 形:坏;狠毒	+	+	+	+	黑心肠

可见“黑”的义项(1)、(2)、(4)是量级义项,义项(3)是非量级义项。

三 形名组合的定量分析与单音节形容词做定语的句法功能分析

单音节形容词和名词的选择组合关系比较复杂,受多种因素的制约。朱德熙(1956、1982)、吕叔湘(1966)、文炼(1982)、范晓(1985)、张国宪(1993、2006)、张敏(1998)、铃木庆夏(2000)、吴颖(2002)、赵春利(2006)等从不同的角度研究形容词修饰名词的语法现象。断定一个语法类别充当何种主要句法功能的重要参项是频度统计数据和标记性,按照标记理论,从句法的角度透析性质形容词做定语是无标记的,做谓语是有标记的。(张国宪,2006)因此本文对单音节形容词做定语的句法功能的讨论主要是基于黏合式(即无标记)形名组合的频度统计数据分析。具体的做法是:先从三百万字的分词语料中搜索出相关的形名组合,从形容词量级义项和非量级义项的角度来区分,并找出形容词量级义项和非量级义项修饰的名词,再对这些名词进行语义上的归类和使用频度的统计,最后分析单音节形容词做定语的句法功能。这里,我们采用彭睿(1996)与王珏(2001)中的名词分类标准,结合上述四对单音节形容词,考察它们与后现名词的组合情况。

第一组A:受形容词“好”的量级义项修饰的名词小类主要有:

个体名词(共93例)

1.实物类:书、笔、棋、伞、画、人、货、地、料子、稿纸、东西、古董、照片、衣服、孩子、女孩、女人、男人、青年、少年、男儿、朋友、战友、党员、邻居、伙伴、军嫂、向导、帮手、公仆、作品、教材、照片、版面、专栏、玩意儿(36例)

2.植物类:草、谷子(2例)

3.动物类:虫、牲口、蛐蛐儿(3例)

4.身体器官类:胃、皮子、嗓子(3 例)

5.场所山川类:医院、去处、位置、课堂(4 例)

6.群体组织类:厂、单位、企业、班子、队伍(5 例)

7.符形类:诗、词、词句、散文、毛笔字(5 例)

8.行为事件类:事、亲事(2 例)

9.时点时段类:年、年头、时光、日子、时候(5 例)

10.视听艺术类:戏、话剧、剧本、电影、片子(5 例)

11.称谓类:爸爸、妈妈、儿子、妻子、媳妇、小弟(亲属称谓名词);头头、经理、领导、市长、总理、干部(官职称谓名词);画家、工人、老师、学生、警察、长工(职业职称名词);老头儿、老头、爷们、同志、先生(23 例)

抽象名词(共 47 例)

1.意念类:兴致、经验、兆头、势头、效果、心情(6 例)

2.性状类:脾气、品质、形势、习惯、形象、情节、作风、风气(8 例)

3.度量类:酒量(1 例)

4.策略法则类:制度、机制、政策、措施、办法(5 例)

5.余类:消息、文笔、手艺、运道、名望、机会、脸色、报应、收成、成绩、开端、福气、机遇、传统、人缘、材料、石材、年景、名次、路子、环境、年景、项目、时机、产品、天气、苗子(27 例)

物质名词(共 8 例)

1.无机物类:酒、烟、茶、菜、饭(5 例)

2.有机物类:肉(1 例)

3.光声电色彩类:嗓音(1 例)

4.钱款类:价钱(1 例)

集合名词(共 2 例)

儿女、兄弟

形容词“好”的义项都是量级义项,一般都具有对称性,而且能受不同程度副词的修饰。我们发现,这些后现名词主要是受到“好”的第一个义项的修饰,即“优点多的;使人满意的(跟‘坏’相对)”,另外两个义项相对就少得多,像第二个义项“友爱、和睦”也就主要修饰“朋友、伙伴、邻居”一类的名词。形容词“好”修饰的抽象名词比较多,有 47 个,占总数(150 个)的 31.3%。一般而言,抽象名词并非人们对有形实体认识的结果,而往往是反映了人们关于抽象事物的概括,其内涵的实体意义和性质意义没有明确的界限,所以从语义角度而言,抽象名词不是名词里的典型成员;而形容词“好”主要是表示说话人的一种价值取向或主观判断，因此它侧重于主观性，像那些表示空间义的有形实体名词，形容词“好”一般很少去修饰。此外，形容词“好”能够修饰一些集合名词，例如：

(1)她是在抗日斗争的最前线让日本鬼子抓住的，她不愧是我们中华民族的好儿女。

(2)除夕之夜，卡口执勤的战友像往常一样打开窦连东等人生前睡过的被褥，摆放上他们用过的洗漱用具，呼唤着他们的名字：“好兄弟，让我们哥儿几个陪着你们度过除夕夜。”

第一组 B:受形容词“坏”的量级义项修饰的名词小类主要有：

个体名词(共12例)

1.实物类：男孩、朋友、小子、孩子(4例)

2.身体器官类：牙、脑筋、心眼儿(3例)

3.场所山川类：井口(1例)

4.符形类：话(1例)

5.行为事件类：事、事情(2例)

6.时点时段类：日子(1例)

抽象名词(共7例)

品质、习惯、消息、榜样、印象、名声、运气

物质名词(共1例)

资产

形容词“坏”修饰的名词相对于形容词“好”而言，数量比较少，共20例。这是由于所查语料范围的限制，应该说上面所列的并不是形容词“坏”所修饰的全部的名词小类。比如，在前面我们就列举过“坏鸡蛋、坏苹果”等，就有表示食物类或水果类的名词小类。根据语料，形容词“坏”所修饰的名词主要有个体名词、抽象名词和物质名词。其中实物类的个体名词基本上都是指人名词，抽象名词的小类比较复杂，既有表示客观性状的，如“品质”等；又有表示主观看法的，如“印象”等。一般而言，受形容词“坏”修饰的名词具有对称性，像钱款类物质名词“资产”，在真实文本中也同时出现相对应的说法“良好资产”，例如：

(3)在该行几名高级管理人员的指挥下，每次监管当局进行检查，分支机构就将坏资产调往海外机构，从境外调入良好资产，为隐瞒事实真相，1987年以前，该行别有用心地聘请两家外部审计机构共同审计，出具有失公正的审计报告。

需要注意的是，许多受形容词“好”修饰的名词，一般不直接用“坏+名词”来表示其对称性，例如：“好散文、好电影、好方法、好效果”等，一般不太说“坏散文、坏电影、坏方

法、坏效果”,而是说“不好的散文、不好的电影、不好的方法、不好的效果”,也就是采用一种间接的表达方法。我们认为,这符合交际语用学上的礼貌原则。一般来说,形容词“坏”在我们日常生活中使用总带有一些贬义的色彩,试比较“坏散文”和“不好的散文”,很明显,后者符合礼貌原则中的得体原则和赞誉原则①。

前面分析过,形容词“好”和“坏”在词典中的义项都是量级义项,一般都具有对称性,而且也可以受不同程度副词的修饰。但是它们对称性的表现形式有些特殊的地方。我们再来细分它们的义项,形容词“好”的第一个义项是指“优点多的;使人满意的”;“坏”的第一个义项是指“缺点多的;使人不满意的”。看这些义项,我们发现:“好”的义项中包含着人的一种主观看法,也就是说,判断一个事物或一件事好坏的标准就是人的满意程度,“使人满意的”就是好的,“使人不满意的”就是坏的。这种人的满意程度是一个连续的过程,可以是不满意、有点儿满意、很满意、非常满意、最满意等。可见,形容词“好/坏”体现了人的主观价值判断。形容词“好”所修饰的名词小类是非常多的(共150例),即它可以自由地充当定语,它的意义范畴相当宽泛,只要是跟人的主观判断有关的事物,都可以用“好”来修饰。从广义的角度来看,形容词“好”的第一个义项可以囊括另外两个义项,即“友爱”和“健康”。但是同样是表示价值的形容词“坏”,它修饰的名词小类相对少多了(共20例),这跟收集语料的范围和言语交际中的礼貌原则有关。可见,同一语义范畴的性质形容词在充当定语的句法功能上是存在较大差异的。

第二组 A_1:受形容词“快”的量级义项修饰的名词小类主要有:

个体名词(共4例)

1.实物类:锅、刀子(2例)

2.动物类:马、牛(2例)

抽象名词(共1例)

节奏

物质名词(共1例)

光声电色彩类:火

形容词“快”的量级义项修饰的名词很少,在三百万字的分词语料中我们仅找到6例,而且有的组合如“快牛”,一般我们是不太说的,要在一定的语境下才可以说,例如:

(4)七月天的鞭杆子雨,只不过是鞭打快牛,他那辆永久牌装甲自行车,风雨中更像一道闪电。

① 得体原则是指在交际过程中应尽量减少有损于他人的观点,少让别人吃亏,多使别人受益。赞誉原则是指在交际过程中减少表达对他人的贬损,尽量少贬损别人,多赞誉别人。详见范开泰、张亚军(2000)。

可见,形容词"快"虽然是一个高频形容词,但是它的高频不是体现在它无标记地充当定语这一句法功能上,而是体现在它有标记地充当谓语的句法功能上。

第二组 A_2:受形容词"快"的非量级义项修饰的名词小类主要有:

个体名词(共1例)

行为事件类:事

我们在语料中仅找到1例,先看例句:

(5)珠江钢琴集团公司的董事长、总经理、党委书记,是不是?你的大名和相貌,我在报纸杂志、电视荧屏上不知看过多少遍了,难怪这么面熟呢!今日能在此与你相逢相识,乃我老朽之快事乐事也!

上句中的"快"是属于形容词的非量级义项,其意义是"愉快、高兴",在原句中其后面还紧跟着"乐事",更说明这里的"快事"不具有对称性。

第二组 B:受形容词"慢"的量级义项修饰的名词小类主要有:

个体名词(共2例)

1.实物类:镜头(1例)

2.称谓类:郎中(1例)

抽象名词(共2例)

1.疾病类:病(1例)

2.余类:步(1例)

从三百万字的语料中,我们仅找到4个形容词"慢"直接充当定语的例子,而且有的组合是要在一定的语境下才可以说的,例如:

(6)中国工程院院士、中国中医药学会急诊医学分会主任委员王永炎教授指出,分会将以内科急症协作组的工作为基础,全面扩大到其他各个学科领域,提高中医急诊医学地位,摒弃"慢郎中"的形象,发展学术,崇尚科技,提高疗效,积极促进科技成果的转化,不断开发新产品,造福人类,带动整个中医学术水平的提高。

(7)各医疗单位通过居委会、企业、郊区村组开展健康普查、健康教育,选派高年资、高职称医生进驻社区、企业坐诊,以"慢病管理"为重点,提供适宜技术,降低医药费用。

(8)我每晚都要从家里出去散步1英里,然后又轻脚慢步回家,站在那能望见家的地方小憩片刻,深深吸一口夜里清凉的空气,总在提醒自己:不要疏忽了自己生活中最神圣的那一部分。

可见,跟形容词"快"一样,形容词"慢"的高频也主要体现在它有标记地充当谓语的句法功能上,而不在它无标记地充当定语的句法功能上。

第三组 A：受形容词“热”的量级义项修饰的名词小类主要有：

个体名词（共 5 例）

1.实物类：毛巾（1 例）

2.身体器官类：心肠、心肠儿（2 例）

3.场所山川类：炕、炕头（2 例）

抽象名词（共 1 例）

性状类：现象（1 例）

物质名词（共 15 例）

无机物类：酒、茶、菜、饭、泪、汗、油、气、土、铁、饮料、奶茶、牛奶、咖啡、汉堡包（15 例）

形容词“热”的量级义项修饰的名词不太多（共 21 例），有的组合需要在特定的语境中才能出现，如“热铁”，先看例句：

（9）这时已近傍晚，太阳垂在两山之间，江面上便金子一般滚动，岸边石头也如热铁般红起来。

根据语料，“热”的量级义项修饰身体器官类名词“心肠儿”属于“热”的引申义用法，是指“情意深厚”的意思。另外，“热”修饰的物质名词相对多一点，尤其是可以食用的物质名词。可见，就食品类名词而言，其“热/冷”的温度属性是人们关注的主要属性，一般人们在饮用某种液态物质时，往往主要关注的是其温度属性。

第三组 B_1：受形容词“冷”的量级义项修饰的名词小类主要有：

个体名词（共 2 例）

1.实物类：灶（1 例）

2.场所山川类：屋（1 例）

物质名词（共 6 例）

1.无机物类：水、血、汗、灰、饮料（5 例）

2.风雨类：风（1 例）

根据语料，形容词“冷”的量级义项修饰的名词很少（共 8 例），我们没有找到一个用形容词“冷”修饰抽象名词的例子。和前面“快/慢”类形容词一样，它的高频性主要体现在充当谓语上，而不是充当定语，有的形名组合要在一定的语境中才可以说，例如：

（10）说到这儿，一向沉着机敏，铁心冷血的汉子眼睛有点湿润了，他拥着妻子，上了床。

（11）十年八年前的那些事儿，原以为早就封存在死灰里了，谁知来了一股风儿，旋着旋着，那冷灰似乎又有了几分热气儿。

上例中,“冷血”中的“冷”用的是引申义,“冷灰”一例用法比较特殊,一般不太说,在文本中有与之相对应的句法成分“热气儿”。

第三组 B_2:受形容词“冷”的非量级义项修饰的名词小类主要有:

个体名词(共1例)

实物类:月(1例)

物质名词(共3例)

1. 无机物类:氦(1例)
2. 风雨类:雪、雾(2例)

根据语料,形容词“冷”的非量级义项所修饰的名词小类很少(共4例),而且不具有对称性。先看下面例句:

(12)火箭三级液氧箱采用冷氦增压技术,全世界真正靠自己力量研制的只有美国一家,其中一项试验的危险性无异于把一颗定时炸弹放进火药库。

(13)冷雾由港湾上穿过树林正升起来呐。

上例中,“冷氦”中的“氦”本来就指一种常用作冷却剂的气体元素,所以一般不说“热氦”。风雨类物质名词如“雪、雾”,在人们的日常认知模式中一般都是感觉温度低的,形容词“冷”在这里起到描写的作用。此外,形容词“冷”具有主观化色彩,这时的形容词“冷”并不是指“物体表面温度低;感觉温度低”,而是人的一种主观感觉,像实物类个体名词“月”,一般不说“热月”,而是说“冷月”,往往体现出说话者一种悲凉的心境,例如:

(14)对于金钱腐蚀爱情,老爸借用林黛玉的诗句痛切批判:“这叫作‘冷月葬诗魂’!”

第四组 A_1:受形容词“白”的量级义项修饰的名词小类主要有:

个体名词(共44例)

1. 实物类:纸、墙、床、板、旗、帆、纱、丝、线、裤、床单、瓷碗、花布、纱巾、毛巾、头巾、手套、手绢、围裙、大褂、帽子、绒毛、疵点、桌子、刀子、孩子、窗户棱(27例)
2. 植物类:花、萝卜、玫瑰、蘑菇(4例)
3. 动物类:鸟、老鼠、骆驼、虎崽(4例)
4. 身体器官类:牙、脸、皮肤(3例)
5. 场所山川类:角、底、山、房间、房子、冰山(6例)

物质名词(共9例)

1. 无机物类:铜、水、浆、泡、挂面、漆皮(6例)
2. 风雨类:雾(1例)

3.光声电色彩类:光、烟(2例)

根据语料,形容词“白”的量级义项修饰的名词比较多(共53例),其基本意思是表示“像霜或雪的颜色”,但是我们没有找到一个修饰抽象名词、集合名词和专有名词的例子,而且有的形名组合要在特定的语境中才可以说,例如:

(15)再说其他,做买卖的昧尽天良,大斗进小斗出,挂着羊头卖狗肉;当匠人的漫天要价偷工减料变着法儿糊弄人;教书先生貌似清高满腹经纶实则才疏学浅鼓噪簧舌误人子弟;杀猪杀羊的整日白刀子进红刀子出收足了工钱还留下杂碎下酒全无一丝恻隐。

(16)我记得有一次托马斯开玩笑说,我们恐怕只能有一个白孩子和一个黑孩子了。

(17)北京设计师陈小牧的作品《黑山白水》夺得第六届全国服装设计金剪奖大赛金奖。

(18)今天的比赛,王磊猜先执黑先行。黑1、白2分别占领左上和右下,黑3立即挂白角,这是寻求布局变化的表现。至黑9演变成“中国流”布局。

(19)《白骆驼》,这部九七岁末出世的新片,为1997年中国电影创作的整体形象抹上了异彩生辉的一笔。

从上面这些例句看,有的例子在文本中有相应的句法成分与之对应,如“白刀子”有“红刀子”相对,“白孩子”有“黑孩子”相对,“白水”有“黑山”相对;有的例子则出现在特殊场合,像“白角”是围棋比赛术语,“白骆驼”则是书名。需要注意的是,形容词“白”的量级义项的对称性不一定只体现在与形容词“黑”的对称上,还可以相对于其他的颜色形容词,例如跟“白玫瑰”相对的可以有“红玫瑰、黄玫瑰”,但是没有“黑玫瑰”;又如跟“白萝卜”相对的可以有“红萝卜”,但也没有“黑萝卜”。这种情况主要出现在“白+植物类(个体名词)”上。可见,“白玫瑰、白萝卜”中的“白”起到了分类的作用。

第四组A_2:受形容词“白”的非量级义项修饰的名词小类主要有:

个体名词(共4例)

1.植物类:藕(1例)

2.动物类:鲨鱼(1例)

3.符形类:字(1例)

4.视听艺术类:戏(1例)

物质名词(共2例)

风雨类:霜、雪(2例)

根据语料,形容词“白”的非量级义项修饰的名词,相对于它的量级义项而言就比较少(共6例)。有的名词受到形容词“白”的非量级义项的修饰,不具有对称性,像一些风雨类物质名词,如“霜、雪”,还有部分动植物类个体名词,如“藕、鲨鱼”等,一般我们只说“白霜、白雪、白藕、白鲨鱼”,很少再用别的颜色形容词来修饰,即“白”这一颜色属性是该事物的唯一属性,在现实世界中我们很难再找出与之相对称的颜色属性,这里的“白”起到描写的作用。再看下例:

(20)所以,我在此奉劝看白戏、拿灯泡的同志,不要把共产党的纪律当儿戏。

这里的“看白戏”实际上就是“白看戏”的意思,不具有对称性。我们也可以说“吃白饭”,用的是“没有加上什么东西”的意思,也就是“白吃饭,(不干活)”的意思。

第四组B:受形容词“黑”的量级义项修饰的名词小类主要有:

个体名词(共16例)

1.实物类:布、绒球、毛衣、衣服、丝带、礼帽、孩子、男人(8例)

2.动物类:兔子、怪兽(2例)

3.身体器官类:皮肤、头发、眼睛(3例)

4.场所山川类:屋(1例)

5.符形类:字(1例)

6.称谓类:宝宝(1例)

物质名词(共1例)

光声电色彩类:烟(1例)

根据语料,形容词“黑”的量级义项修饰的名词性成分较少(共17例),有的例子需要在一定的语境中才可以说,先看例句:

(21)有些人明明是白人,却偏偏姓黑(Black),而黑得发亮的人却姓白(White),不少碧眼金发的“白雪公主”,别人却叫她黑男人(Blackman)、蛋头(Egghead)小姐、秃头(Bald)小姐,阴差阳错。

(22)洗澡时,自己瞧着都乐,一身黑亮再配上一对烟熏火烤而成的红眼睛,活像一只“黑兔子”。

跟形容词“白”一样,形容词“黑”所修饰的部分名词的对称性关系不一定体现在与形容词“白”相对,例如可以说“黑眼睛”,不说“白眼睛”,但可以说“蓝眼睛”。可见,通过对“黑/白”这对颜色形容词的分析,我们认为这两个颜色形容词的对称性并不是仅仅体现在相互的对应关系上,有时也体现在与其他颜色形容词的对应关系上。根据上面的定量分析,我们归纳为下表:

表 9

数量义项 \ 形容词	好	坏	快	慢	热	冷	白	黑
所有义项	共 150 例	共 20 例	共 7 例	共 4 例	共 21 例	共 12 例	共 59 例	共 17 例
量级义项	150 例	20 例	6 例	4 例	21 例	8 例	53 例	17 例
非量级义项			1 例		0 例	4 例	6 例	0 例

可见，上述形容词的量级义项充当定语的情况比较复杂，不同语义范畴的形容词做定语的频度差别比较大，如形容词“快/慢(表速度)、热/冷(表温度)”，它们在一般情况下不能大量地不加标记“的”直接做定语，而且同一语义范畴的形容词做定语的频度分布也有不同的情况：如形容词“好/坏”(表价值)的频度分布差别比较大，是 150∶20；形容词“白/黑”(表颜色)、“热/冷”(表温度)、“快/慢”(表速度)的频度分布比较小，分别是 54∶17、21∶8 和 6∶4。而上述形容词的非量级义项充当定语的情况比较少，但是在句法功能上具有唯定性，而且这些非量级义项大多是形容词性语素，其与后现名词组合后往往有词汇化的倾向。

四　结论

朱德熙(1956)认为，单音节形容词是典型的性质形容词，双音节形容词则带有状态形容词的性质。沈家煊(1997)认为，从形容词句法功能的标记模式看，性质形容词做定语是无标记的，尤其是表示大小、颜色、好坏等这样一些概念的单音节形容词，它们的数量不大，但是能十分频繁地不加任何标记充当定语。根据考察，我们认为，相对于双音节性质形容词或状态形容词而言，单音节性质形容词一般是不加标记“的”直接做定语。但是就单音节性质形容词内部来说，像形容词“坏、快/慢、热/冷、黑”，它们在一般情况下不能大量地不加标记“的”直接做定语，所以这些单音节形容词是非典型的单音节性质形容词。为此有必要在单音节形容词内部区分典型性和非典型性，判断标准是该形容词能否自由地、大量地直接充当定语。我们在做频度统计数据分析时，一方面考虑同一语义范畴的一对形容词之间的频度分布差别，另一方面也考虑不同语义范畴的单个形容词的频度统计数量。所以像“好、白”这些形容词，相对于“坏、快/慢、热/冷、黑”而言，其充当定语的句法功能的典型性要强得多，即其高频体现在无标记地充当定语的句法功能上。因此，分析单音节形容词做定语的句法功能，一方面要细化单音节性质形容词内部的不同分类，包括不同语义范畴和同一语义范畴；另一方面还要细化同一个单音节性质形容词义项的级差，包括量级义项和非量级义项。

参考文献

北京语言学院语言教学研究所（1986）《现代汉语频率词典》，北京语言学院出版社。
范开泰、张亚军（2000）《现代汉语语法分析》，华东师范大学出版社。
范　晓（1985）词语组合的选择性，《汉语学习》第3期。
郭　锐（2002）《现代汉语词类研究》，商务印书馆。
胡明扬（1995）现代汉语词类问题考察，《中国语文》第5期。
黎锦熙（1924）《新著国语文法》，商务印书馆。
铃木庆夏（2000）形名组合不带"的"语义规则初探，《语法研究和探索》（九），商务印书馆。
吕叔湘（1965）形容词使用情况的一个考察，《中国语文》第6期。
———（1966）单音形容词用法研究，《中国语文》第2期。
彭　睿（1996）名词和名词的再分类，《词类问题考察》，北京语言文化大学出版社。
沈家煊（1997）形容词句法功能的标记模式，《中国语文》第4期。
孙茂松、黄昌宁、方捷（1997）汉语搭配定量分析初探，《中国语文》第1期。
王　珏（2001）《现代汉语名词研究》，华东师范大学出版社。
王　力（1957）《中国语法理论》，中华书局。
文　炼（1982）词语之间的搭配关系，《中国语文》第1期。
吴　颖（2002）《现代汉语单音节形容词语义结构研究》，上海师范大学博士论文。
俞士汶等（1998）《现代汉语语法信息词典详解》，清华大学出版社，广西科技出版社。
赵春利（2006）《形名组合的静态与动态研究》，暨南大学博士论文。
赵元任（1968）《汉语口语语法》，吕叔湘译（1979），商务印书馆。
张伯江、方梅（1996）《汉语功能语法研究》，江西教育出版社。
张国宪（1993）《现代汉语形容词的选择性研究》，上海师范大学博士论文。
———（2006）《现代汉语形容词功能与认知研究》，商务印书馆。
张　敏（1998）《认知语言学与汉语名词短语》，中国社会科学出版社。
中国社会科学院语言研究所词典编辑室（2005）《现代汉语词典》（第5版），商务印书馆。
朱德熙（1956）现代汉语形容词研究，《语言研究》第1期。
———（1982）《语法讲义》，商务印书馆。

（200433　上海，复旦大学中文系；
200031　上海，上海音乐学院）

现代汉语"就"的标量功能*

姚占龙

摘　要:现代汉语中的"就"可分属不同的词类,其基本意义主要有三个:一个表示时间,一个表示范围,还有一个表示逻辑事理。本文主要对"就"的标量功能进行了考察,并试图在句法语义上做出统一的解释。

关键词:就;标量功能;信息焦点

自从 Fauconnier(1975)首次提出语用标量(pragmatic scale)以来,人们对语言中具有标量语义特征的语言形式,特别是副词性结构进行了细致的研究。现代汉语中的"就、才、都"等副词都具有较强的标量功能,周小兵(1991)、陈小荷(1994)等人也都对此类问题做过较具体的研究。我们认为现代汉语中具有标量功能的"就",基本意义有三个:一个是时间上的"短暂",我们记作"$就_1$";一个是范围上的"大小",记作"$就_2$";还有一个是逻辑事理上的"轻易致果",记作"$就_3$"。"就"的主要作用是突出句中的某一特定成分,也就是句子的"焦点成分",同时引入说话人的主观期待中的对应成分,并在语用标量上反映出焦点成分和说话人主观期待之间的关系。三个不同的"就"的语用标量功能是相同的。"就"的语用标量功能与其本身所具有的内在预设有非常密切的联系,这一内在预设就是"它预设某一命题的真值条件发生了变化,并预设这一变化发生的那一刻不在说话者所预期的范围内"①。

本文希望能够在共时平面上对"就"的不同用法通过"标量功能"做出统一的解释。

一　"$就_1$"的标量功能

"$就_1$"主要用于表达时间的早晚。根据"$就_1$"所在句子表达的事件实现与否可以将

---

* 本文得到上海市普通高校人文社会科学重点研究基地基金资助,基地编号:SJ0705;为上海师范大学原创与前瞻性预研项目成果的一部分。

① Lai,H. L,1995,转引自杨小璐《现代汉语"才"与"就"的母语习得》,《现代外语》2000 年第 4 期。

“就$_1$”分成两个：当“就$_1$”用于表达尚未实现的事件时，“就$_1$”表示“即将、马上”发生，记作“就$_{11}$”；当“就$_1$”用于表达已然发生的事件时，“就$_1$”表示“事件早已发生”，记作“就$_{12}$”。从标量功能上看，“就$_{11}$”表达的是“小量”，而“就$_{12}$”表达的是“大量”。

1.1 “就$_{11}$”的时间表达

“就$_{11}$”的时间表达有多种形式，下面我们逐一进行分析。

1.1.1 就＋VP①

(1)他就来。

(2)天就亮了。

(3)他马上就回来。

(4)我这头疼病很快就好。

以上例句均表示短时内即将发生某一动作或出现某一状态，这一动作的发生或状态的出现是不以其他时间因素为条件的，或者说因为这一时间因素非常短暂，可以忽略不计，可记作“短时”。我们认为“就”表示短时义（小量）是“就”本身所具有的意义，如例(1)(2)。因此白梅丽(1987)认为“‘就’直接位于动词之前，起着体标记的作用”是有道理的。例(3)(4)中出现的时间副词是句子所要强调的信息焦点，是新信息，表明时间的短暂，在“就”的作用下可以省略。在这类句子中，说话人的心理期待值与真实情况值是一致的（二者重合），或者说至少是实际情况在说话人的心理期待范围之内。因此，“就＋VP”可以图示为：

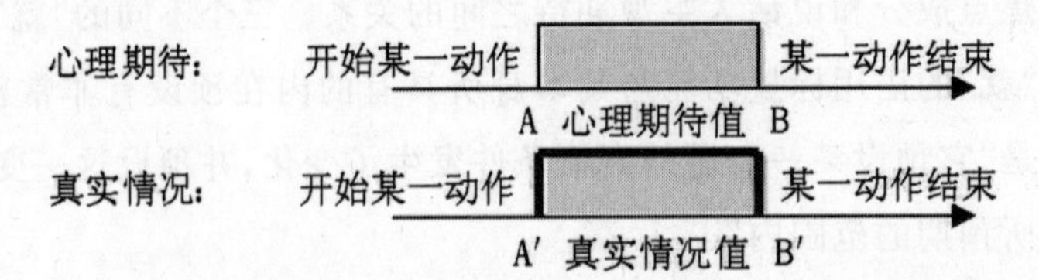

从语音角度看，“就”单独表示时间短暂（小量）意义时，重读，强调时间的短暂；而当有时间副词时“就”则轻读，时间副词重读。这主要是因为随着时间副词的出现，时间短暂的意义由“就”凸显转移到由时间副词凸显，在“就”表时间短暂意义转移的同时，“就”的重音也随之转移到了副词上。这主要与副词的出现往往跟焦点的突出有关。因为在这类句子中，时间副词和“就”都可以独立承担焦点，而在一个句子中又不可能同时存在

① 这里的VP笼统地代表所有能充当谓语的谓词性成分。

两个焦点。

1.1.2 TM(时间名词)+就+VP

(5)我明天就去北京。

(6)考察团三点就到了,赶紧准备吧!

句中的时间名词"明天"和"三点"可重读,此时它们是句子的焦点信息,也就是说话人强调动作发生的时间,我们可以将这个时间称作"焦点值"。"焦点值"与人们的心理期待值之间往往有一个"差",正是这一个"差"导致了人们在"就"时间表达上产生了不同的理解。例(5)(6)都表示某一动作的发生,比人们心理预期的时间要早或快,从"就"的标量功能上看就是表示"小量"。以例(6)为例,可以图示如下:

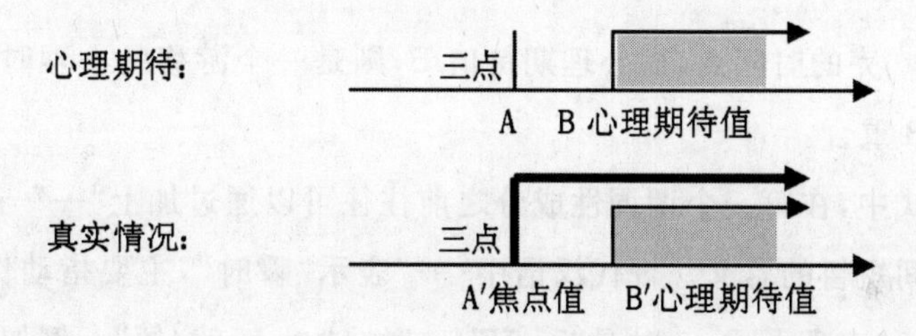

在心理期待部分,对听话人来说心理期待的"考察团到"的时间是晚于焦点值(三点)的任何一个时间;而在真实情况中,从"考察团没到"到"考察团到",这一事件发生在三点,是一个早于听话人心理期待的时间。相对于心理期待时间,"就"就带有了"快"或"早(事件发生得早)"的含义。"就"的这一标量语义特点决定了它只能和"早""快"等词语搭配。例如:

(7)A:考察团三点钟就到了,赶紧准备吧!

B:考察团那么早/快就到?

*考察团那么晚就到?

我们认为,"就"在这一形式中表现出的事件发生得"早""快"义,是"就"与其他成分(如时间名词)配合共同表达的,是结构意义,而非"就"本身的意义,不宜作为"就"的意义写进词典里。

1.1.3 VP_1+就+VP_2

(8)我吃完饭就去。

(9)他下班就回家去了。

(10)看见你就烦。

这类形式的句子,"就"前的 VP 往往是一个述结式或者是一个带有完成体体标记的谓词短语，其主要作用是标明进行下一动作开始的时间，当 VP_1 重读时，它是句子的焦点信息，也就是焦点值。在这些句子里，我们还可以清楚地看出“就”表示短暂或小量的时间意义是由“前后相继”这一基本义派生出来的。从时间性上看，这类句式中后一动作的进行是以前一动作的完成作为其前提的，也就是说前一个动作的结束是后一个动作的开始，前一动作作为焦点值是确定不变的，而后一动作的开始时间是无限接近前一动作结束时间的。这种时间上的无限接近，反映在人的主观性上，就是人们心理期待值无限接近“吃晚饭”的时间点。从“就”的标量功能上看，我们认为是时间上的“极小量”，本文记作“瞬时量”。以例(8)为例，可以图示为：

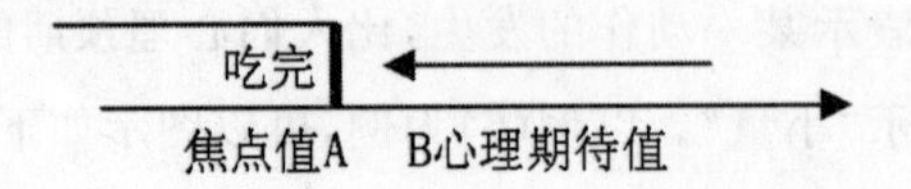

焦点值 A 是饭吃完的时间点，而心理期待值 B，则是一个游移的心理时间，它无限趋近于 A，直至 A、B 重合。

在这一句式中，在第一个谓词性成分之前往往可以通过加上“一”与“就”配合使用，以达到表示时间短暂的意义。现代汉语中“一”表示“瞬时”，主要指动作、行为、性状的瞬时实现，有两种表现形式：一种是“一 V”；一种是“一 V 就/便”。例如：

(11)听到这话，老王不由得心头一震。

(12)我一看就知道。

“一”的这一用法很早就为学者们所关注。雅洪托夫(1957)将“一”看作“瞬间过去时的标志”，詹开第(1987)认为“一 + 动词”是汉语表示“动相(aspect)”的一种手段，殷志平(1999)将“一”看作是“始点体”标记，李宇明(2000)认为是“最近完成”的体标记，陈光(2003)将其看作“准形态词”。这些研究基本的观点都认为“一”在动词前已经成为一个语法标记。仔细观察可以发现第一种形式“一 V”在独自表现瞬时意义的同时，还含有一定的动量在其中，并不是一个彻底的语法标记，因为这类句子中的“一”一般都可以作为动量补语出现，如例(11)还可以说成“听到这话，老王不由得心头震了一下”。因此，“一 V”式中的“一”还不能看作是完全的瞬时体标记，看作正处于这一演变过程比较合适。

有时“一 V”并不能独自表达瞬时义，需要借助后续事件共同表达，后续事件中经常可以加上“就、便”等词语与“一”配合使用，也就是第二种形式，是一种结构意义。第二种形式中的“一”与第一种形式中的“一”不同，在很多句子中它不能作为动量补语出现，即使有一些可以作为动量补语出现，但句子的意义已发生了变化。例如：

(13)时间过得真快，那么小的孩子一晃就大姑娘了。

*时间过得真快,那么小的孩子晃(了)一下就大姑娘了。

(14)他这人一喝酒就醉。

≠他这人喝一下酒就醉。

例(14)第一句中的"一喝",既可以表示这一动作的开始,也可以表示惯常的情况,但从标量功能上看,都是表示"小量"。这里我们主要讨论前一种情况。说话人可以根据表达的需要,通过对动词的选择强调不同的时间,说话人强调某一事件刚刚开始时,"V"一般是光杆动词或者是一个述宾结构(而且宾语常常可以省略);说话人强调某一事件刚刚结束时,"V"往往是一个带结果补语的述补结构或瞬间动词。例如:

(15)他这人一喝(酒)就醉。

(16)他这人一喝完酒就醉。

(17)老爷子一死,孩子们就分家了。

"一"在表现出"瞬时"义的同时,还强调了与后续事件时间上的紧密相连,从语义上看,后一事件往往是前一动作产生的结果或状态;从语用上看,就是表达先后事件逻辑、事理关系的紧密相关,语用标量问题我们将在后面再进行讨论。

"一 V"的瞬时义由句法平面延伸至语用平面,与"一"的功能从动作行为的瞬间完成、动量的小到前后事件在时间上的紧密相连,再到逻辑事理上的紧密相关有密切的联系。这一过程既表现了其功能的不断虚化,也表现了人们主观性的不断加强。应将其看作一个完全的体标记。

1.2 "就$_{12}$"的时间表达

"就$_{12}$"主要表达事件结束得早,相对于说话时或心理期待值而言,是事件结束后经历的时间或持续的时间长。例如:

(18)他十五岁就参加革命了。

(19)今天早晨雨就停了。

(20)这个问题早就研究过了。

这一形式中的时间副词或时间名词重读,它们作为句子的焦点,强调某一动作结束或某一持续动作开始的时间,即焦点值。在"时间名词+就+VP"的形式中参照时间往往有两个:一个是说话的时间,即"现在";还有一个是社会规约的时间(社会规约值),因此,这一形式都可以有两解。如例(18)的参照时间可以是说话时的时间,即"现在"(时点),也可以是社会规约的一个时间,这一时间往往是类似事件在正常情况下发生的时间(一般是一个模糊的"时段"),如参军一般在十几岁到二十几岁之间。这两种形式都强调焦点值与"现在"和社会规约值之间在时间上的差距大。从标量功能上看都表现为

“大量”。以例(15)为例,可以图示为:

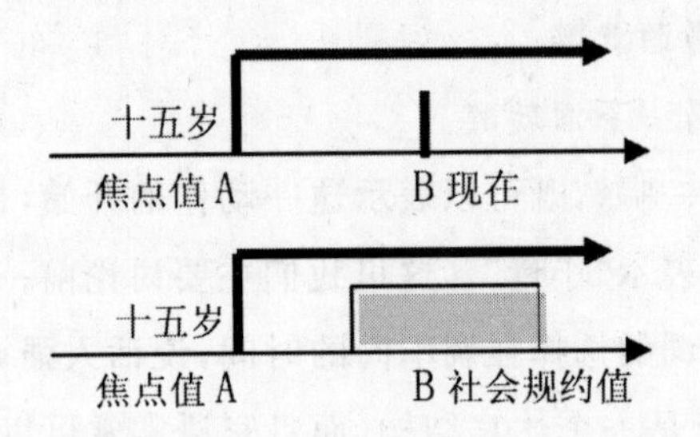

通过以上讨论我们发现,“就$_{11}$”和“就$_{12}$”在标量功能上呈现出一个相反的过程,“就$_{11}$”表示主观小量,“就$_{12}$”表示主观大量。造成这一对立的主要原因是二者的参照时间不同,前者的参照时间是“心理期待值”,而后者既可以是说话时间,即“现在”,也可以是“社会规约值”。从句法和语义功能上看,“就$_1$”只能和“早”“快”联系,而不能和“晚、慢”联系。

二 “就$_2$”的标量功能

“就$_2$”表示范围“大小”,本文主要指两种情况,一种是数量的“多少”,记作“就$_{21}$”,一种是强调范围的“大小”,记作“就$_{22}$”。二者有时还会出现交叉现象。例如:

(21)三个人就喝了五瓶矿泉水。

(22)就老王没来。

大部分用“就”表示“数量”的用例都是由句中的相应成分(焦点值)和人们的“心理期待值”之间的“差”造成的,但也有极个别的是由焦点值和“社会规约值”之间构成的“差”造成的。“就$_2$”的标量功能与句子重音的所在关系非常密切,因此句子重音也是一个重要的参考项。

2.1 “就$_{21}$”的数量表达

“就$_{21}$”的数量表达主要有三种形式:一种是NUM+就+VP;一种是就(+VP)+NUM(+VP),还有一种是NUM_1+就+VP+NUM_2。

2.1.1 NUM+就+VP形式

(23)两本就可以了。

(24)买这件衣服,几十块钱就够了。

(25)这个任务,三个人就能完成。

这一形式中的数量词语总是在“就”之前，句子的重音如果落在数量词语上，“就”的语义同时也指向该数量词语，那么该数量词语是句子的焦点信息，也就是焦点值。NUM+就+VP基本上都是作为表示应答的后续句或句子谓语出现的，焦点值是说话人认为完成某一动作行为或解决某一问题所需要的“基本量”，因此是一个“小量”。小量是说话人主观认定的，并不依赖于焦点值与“心理期待值”之间构成的差，而且我们也很难确定句中的“心理期待值”是多少。但这种形式还可以通过焦点值与“社会规约值”之间构成的“差”，来表现主观小量，但这并不是说“社会规约值”一定是正确的，它只代表普遍的、一般的情况，有时“社会规约值”可以与真实情况有出入。例如：

(26)两个人就可以管理整个车间。

(27)四十岁就退休了。

例(27)“四十岁”尚未到退休的年龄，与社会规约的55岁和60岁退休还有一段时间，二者之间构成的年龄差，使人们认为“四十岁”对于退休来说太年轻了，年轻从数量上看，也是一种“小量”。因此，这类句子经常用来表示“出乎意外、惊讶”的意思。例如：

(28)三块钱就能吃顿饭?!

(29)四十岁就退休了?!

2.1.2 就(+VP)+NUM(+VP)形式

(30)就(有)三个人。

(31)就一个班在坚守阵地。

(32)他就要了两张票。

这一形式可以分成两种情况进行讨论，一种是“就”前没有别的成分，一种是“就”前有别的成分(不能是数量词语)。当“就”前没有别的成分时，不管重音在“就”上，还是在数量词语上，句子都表示“焦点值”小于“心理期待值”，因此是“小量”。而当“就”前有别的成分时，如果“就”重读，不管“就”后有没有VP，数量词语都表示“小量”；如果“就”不重读，数量词语重读，则表示“焦点值”超出“心理期待值”，是主观“大量”。而且这一形式中的VP有时可以省略，特别是表示领有的动词“有”，但根据上下文基本上都可以将省略的动词补出。如：

(33)他们俩就(有)一个孩子。

(34)我也就(考了)四分，考得并不理想。

通过对“就”直接修饰数量词语的考察，我们发现几乎在所有的“就”与数量词语之间都可以根据语境加上一个相应的动词。我们认为这主要是由于“就”在语义上指向数量词语，二者在语义上是紧密相连的，这种语义上的紧密相连表现在句法层面上就是线性上的直接组合，句法形式是语义内容最直接的表达方式，因此省略动词也就更能体现出二者之间的语义联系。从认知的角度看也就是“距离象似动因”在起作用。

2.1.3 NUM_1＋就(＋VP)＋NUM_2形式

(35)两个人就喝了三瓶白酒。

(36)一个生产队就两千人。

马真(1981)认为在这一形式中，如果“就”前的成分是重音所在，而“就”之后无重音，那一定是言多，如果“就”前的成分是重音所在，而“就”之后另有重音(不管是在“就”上，还是在数词上)，则是言少。陈小荷(1994)认为这并不是主观量，因为它没有句重音。我们认为这种形式表现出的“量”，既可以由“就”表现，也可以不用“就”，直接由数量词语通过对比表现出来，有没有“就”的主要区别有两个：一个是说话人主观性的强弱不同，带“就”主观性更强，不带“就”主观性相对较弱；一个是凸显 NUM_1 的“小量”。

上面两个例句中的“就”都可以省略，而前后的数量词语在重音的作用下依然能够表现出“量”上的差异，李临定(1986)称之为“数量对应句”：

(35)′两个人喝了三瓶白酒。

(36)′一个生产队两千人。

当重音在 NUM_1 上时，我们认为句子中的数量词语是客观叙述，无所谓“大量”和“小量”，不带有说话人的主观看法；当重音在 NUM_2 上时，我们认为是人们的主观性表达，依然是主观量，NUM_1 表示主观“小量”，而 NUM_2 则表示主观“大量”，这与使用“就”具有同样的表达功能。

而在(35)(36)两例中，当重音在 NUM_1 上时，NUM_1 表示主观“小量”，NUM_2 表现为主观“大量”；当重音在 NUM_2 上时，NUM_1 也表示主观“小量”，NUM_2 也表现为主观“大量”。可见，不管重音在 NUM_1 上，还是在 NUM_2 上，对“量”的表达是同样的。但是当重音在“就”上时，我们认为 NUM_1 是客观叙述，而 NUM_2 则表示主观“小量”。

2.2 “$就_{22}$”的范围表达

“$就_{22}$”的作用主要是强调“就”前后的成分范围小，排除除此之外的其他情况。当“就”强调其前面的成分范围小时，重音在前面的成分上，当“就”强调后面的成分范围小时，重音在“就”上。

2.2.1 “$就_{22}$”强调前面的成分范围小

(37)他们就十个人。

(38)今年我们学校就扩招新生三千人。

在例(37)中,重音在"他们"上,表明除了"他们"之外肯定还有"其他人",相对于"其他人"而言,"他们"是一个很小的范围。这一信息在句子中往往是隐含的。这类句子都具有这一特征。因此,这类句子都可以在这些词语的前面加上表示限定性的成分"仅、只、光"等,以表达范围小的含义。例如:

(37)′**光**他们就十个人。

(38)′今年**仅**我们学校就扩招新生三千人。

范围和数量并不是截然对立的,二者是相通的,范围小从数量的角度看就是数量少,数量少从范围的角度看就是范围小。经考察发现,"就"前的数量词语,如果是重音所在,而且在数量词语前面可以加上"仅、只、光"等限定性词语,这一数量词语既能够表示范围小,也能够表示数量少。因此上一节中的(35)(36)两个例句在表示数量少的同时还兼有表示范围小的含义。类似的例句还有:

(39)我们一个小组就十个人。

光我们(**只**/**仅**)一个小组就十个人。

(40)一天就跑了两趟车。

(**只**/**仅**)一天就跑了两趟车。

有时,在强调范围的同时还可以通过加上数量词语的方法强调数量。例如:

(41)我们小组就十个人。(范围)

我们**一个**小组就十个人。(范围/数量)

(42)昆士兰地区就修筑了一万三千公里长的防兔栏。(范围)

昆士兰**一个**地区就修筑了一万三千公里长的防兔栏。(范围/数量)

如果"就"前是谓词性成分,也可以表示范围小,也可以在前面加上限定性的词语加以凸显,这时句子往往含有除此之外还有其他事件,只不过它们往往是隐含的。例如:

(43)(**光**)去北京就需要一千块。

(44)(**仅**)买化肥一项就花掉了他数年的积蓄。

2.2.2 "就$_{22}$"强调后面的成分范围小

(45)以前就老王知道,现在大家都知道了。

(46)这些功课里我就喜欢物理和化学两门课。

以上两个例句,一般情况下句中隐含的成分都出现了,如"大家""这些功课",所以看起来非常明显,"就"后的"老王"和"物理和化学"相对于隐含成分而言,都是其中的一小部分。两个例子也可以通过添加数量词语借以表示数量的多少,如例(46)中的"两门课”,(45)也可以在“老王”后加上“一个人”。不过这两个数量成分也都可以不出现。也就是说,在表示范围的用法中,这两个数量词语都不是必需的,都可以省略,而且省略后,表示范围的意义更加显豁。如果数量词语出现,则在表示范围的同时还可以表示数量。

这一用法中的“就”都可以直接用限定性词语“只、光、仅”替换,句子的意义不发生变化。如:

(45)′以前**光**老王知道,现在大家都知道了。

(46)′这些功课里我**只**喜欢物理和化学两门课。

有时,隐含的成分在句中并不出现,但通过句意或上下文都可以感知得到。例如:

(47)我就学英语。(不学别的语言)

通过以上分析我们发现,范围的大小和数量多少在某种程度上是相通的,因此很多情况下二者交织在一起。总体而言,“就$_2$”主要表示数量少,范围小。因此从句法和语义功能上看,“就$_2$”只能和“少”“小”联系,而不能和“多”“大”联系。

三　“就$_3$”的标量功能

现代汉语的关联副词“就”来自动词“就”在句中与另一个动作行为所表示的先后关系,这种先后关系在语用推理的作用下,“就”逐渐由概念功能演变出篇章功能,从逻辑上看就是两个动作行为之间的“逻辑事理关系”:前一动作行为是后一动作行为的原因或条件,而后一动作行为则往往是前一动作行为的结果。因此本节所讨论的是“就”的“语用量”。

在这一小节中,我们主要讨论在假设条件复句中“就”的标量功能。由“就”构成的假设条件复句主要有两种形式,一种是与“只要、如果”构成的条件句,“就”位于结果分句;一种是“就是/连”与“也/都”构成的“就是/连……,也/都……”,“就”位于条件分句中。

3.1 “只要/如果……就……”的标量功能

“只要/如果……就……”构成的条件复句从结果产生的条件看,属于充分条件复句,即只要具备了某种条件,就会产生某种结果,前提是不能是“虚假的”[①](对过去的假设,结果是不会出现的;或者是对不可能成立的一种假设,是对客观事实的反面的假设)。由于“就”表示前后动作行为在时间上紧密相连意义的残留,在条件复句中体现为

① 张斌《新编现代汉语》,第487页,复旦大学出版社,2002。

条件结果的紧密相连——轻易致果。之所以说“轻易致果”，是因为表示条件的分句，从逻辑意义上看，都是实现某一结果所要求的最基本的条件，因此从“量”上看，就是实现某一结果所需要的“基本量”。例如：

(48)只要明天不下雨，我们就去旅游。

(49)如果你去，我就去。

“明天不下雨”是我们去旅游的底线，“你去”是我去的基本条件。这主要是由于说话人在认知上有一个条件量级模型，“只要、如果”引导的条件处于这个量级模型的底层，因此是“小量”。而且结果分句中的“就”是不可以省略的，表示说话人对前一条件的看法，而引导条件的“只要、如果”经常可以省略。根据语言的“适量准则”，如果我们在为获得某结果而提出条件时，往往是从最低条件着眼，而不可能与之相反或从较高条件开始。总而言之，在这类条件句中，“就”前的条件分句表示的是实现某一结果的基本条件，是一种“小量。”

当然在条件复句内部“只要……就……”和“如果……就……”对条件高低的要求也是不同的。徐阳春(2003)对此已有论述，这里不再赘述。

3.2 “就是/连……，也/都……”的标量功能

也有人将由它们构成的复句称作假设让步复句[1]，前一分句表示假设性的让步。例如：

(50)就是遇到天大的困难，我们也要想办法克服。

(51)不要说鸟笼子，就连笼子里的小瓷食罐，小瓷水池，以及清除粪的小竹铲，都是那么考究，谁也不敢说它们不是艺术品。

通过例句可以看出，在表示假设让步的分句中，“就是/连”后的成分都是实现后一分句某种结果的“最不可能的条件”，因此“假设甚至是不可能的情况，多有夸张比喻的意味”[2]，说话人以此强调自己对后一分句所要表达的结果的肯定。从认知上看，在说话人的认知条件量级模型中，“就是/连”引导的条件不是处于这个量级模型的最高层就是处于最低层，因此是“大量”。

参考文献

李临定（1986）《现代汉语句型》，商务印书馆。

---

① 《现代汉语八百词》《现代汉语虚词词典》等。

② 侯学超《现代汉语虚词词典》，第351页，北京大学出版社，1998。

李宇明 (1999) 数量词语与主观量,《华中师范大学学报》第 6 期。
龙果夫 (1958)《现代汉语语法研究》,科学出版社。
陆俭明、马　真 (1999)《现代汉语虚词散论》,语文出版社。
马　真 (1982) 说“也”,《中国语文》第 4 期。
——— (1981) 修饰数量词的副词,《语言教学与研究》第 1 期。
齐沪扬等 (2002)《现代汉语虚词研究综述》,安徽教育出版社。
施关淦 (1985) 用“一……就(便)……”关联的句子,《汉语学习》第 5 期。
——— (1988) 试论时间副词“就”,《语法研究和探索》(四),商务印书馆。
王　还 (1989) “只有……才……”和“只要……就……”,《语言教学与研究》第 3 期。
王弘宇 (1996) “仅……,就……”格式的形式、意义和功能,《语言教学与研究》第 3 期。
邢福义 (2001)《汉语复句研究》,商务印书馆。
徐阳春 (2003) “只要 p,就 q”表示最低条件,《浙江树人大学学报》第 3 期。
雅洪托夫 (1958)《汉语的动词范畴》(陈孔伦译),中华书局。
杨小璐 (2000) 现代汉语“才”与“就”的母语习得,《现代外语》第 4 期。
殷志平 (1999) 动词前成分“一”的探讨,《中国语文》第 2 期。
张　斌 (2002)《新编现代汉语》,复旦大学出版社。
周小兵 (1991) 限定副词“只”和“就”,《烟台大学学报》第 3 期。

(200234　上海,上海师范大学对外汉语学院)

指称、陈述理论与汉语语法研究

唐依力

摘　要：指称和陈述原本是重要的哲学范畴，最早由朱德熙将这一对概念引入汉语法研究，因其具有较强的解释力而获得普遍的运用。对指称和陈述的理解可以从语义、形态、语用等层面来进行；鉴别指称和陈述的方法，还有进一步研究的必要；指称和陈述在一定的条件下可以相互转化；指称和陈述内部可以进行变换；“指称”和“陈述”的对立问题、指称义的范畴问题是指称和陈述理论研究上尚待解决的问题。目前的研究虽然取得一定的成绩，但也存在明显的不足，有待进一步的研究。

关键词：指称；陈述；汉语语法研究

一　引言

指称和陈述原本是重要的哲学范畴，最早由朱德熙(1983)将其注入语法学内涵，将指称和陈述作为一种相互对立的形态引入汉语语法研究，因其具有较强的解释力而获得普遍的运用。关于什么是指称，张斌先生(2003)曾指出，“人类认识客观事物，从感觉开始，逐步形成概念，然后加以命名，这就是指称(refer to)。被命名的事物也叫指称(reference)。”语法分析上所说的指称实际上指的是词语在句法结构所起到的类似命名的作用。陈述则是对于动作、行为、性质、状态的叙述(statement)。语言中所说的“有定”(definite)表示该词语跟听说双方都能确定的对象相联系，而“无定”(indefinite)则表示该词语跟不能确定或至少听话人不能确定的对象相联系。“有定”、“无定”等就是词语不同种类的指称义。指称义是人类语言交际中必然存在的现象。语言单位的指称问题是现代哲学家、逻辑学家和语言学家都非常感兴趣的问题。指称通常是就体词性短语而言的，陈述通常是就谓词短语而言的。简言之，指称就是所指，陈述就是所谓。在汉语中，指称和陈述是可以互相转化的。

二 指称和陈述在不同层面上的理解

2.1 语义层面

朱德熙(1982:101)把谓词性主、宾语分为指称性和陈述性两类。比如:

A. 干净最重要	B. 干干净净的舒服
喜欢干净	喜欢干干净净的

A中的"干净"分别是指称性主语和宾语,B中的"干干净净的"分别是陈述性主语和宾语。虽然"干净"和"干干净净"这两个词都表示性质、状态等语法意义,但A中的"干净"所表示的性质、状态已经事物化了,即变成了可以指称的对象。B中的"干干净净"却是对性质、状态的陈述。不过,这不是绝对的。朱先生认为,在一定句法位置上,谓词性成分可以用于指称,体词性成分也可以用于陈述。朱景松(1997)在评论"动词、形容词名物化主张"时提到,"指称属于由语境确定的语义范畴。"可见他是主张将指称和陈述归入语义层面的。另外,他还将指称和陈述与谓词性成分的内涵和外延联系起来。

2.2 形态层面

陆俭明(1990)在朱先生理论的基础上对指称和陈述做了进一步的论述,认为:指称和陈述是语言表达的两种基本形态。指称形态是体词性成分,主要做主语、宾语,反映在意义上是个名称;陈述形态是谓词性成分,主要做谓语、述语、补语,反映在意义上是个命题,或者说断言。

彭可君(1992)进一步丰富了陆俭明的观点。他把指称和陈述又分了两个层面。在词性层面上,把指称形态分为名词及定中短语、名词性联合短语三类体词性词语,陈述形态有动词、形容词及述宾、述补、状中、复谓、动词或形容词联合、主谓短语等九类谓词性词语。句法层面上,指称、陈述形态分别增加了带定语的中心语成分和带状语的中心语成分。

2.3 语用层面

马庆株(1995)认为,"指称和陈述属于语用功能,涉及语言符号和使用符号的人的关系。"张斌(2003)则明确指出,指称和陈述是属于语用平面的范畴,不属于句法结构的分析。他认为指称和陈述是语言单位进行信息传达时所具备的两种基本交际功能:有指称，不一定有陈述；有陈述，必有指称。并据此区分了具体句子和抽象句子。张先生认为，有所指是具体句子的一个特点。在具体的句子中，存在三种情况：

1)只有指称：(售货员交给顾客)钱！

2)有陈述，没有显性指称：下雨了！

3)既有指称，又有陈述：好香的茶。

其中，他将指称分为了显性指称和隐性指称。比如说："下雨了！"这个句子，有陈述，但是也是有指称的。人们听到这句话，不会认为任何时间、任何地点下雨了，必定认定所指的对象是当时当地。故可将此视为隐性指称。

事实上，虽然朱先生没有明确语用层面，但他在论述谓性成分做主语时认为，是指称性的还是陈述性的，这是跟谓语联系起来看的。这么看，其实朱先生是考虑到了语用的因素。而朱景松(1997)也提到"离开语境看词语，无法确定它是指称的还是陈述的。说到底，词语之为指称的、陈述的，都是使用中的分类，都是'用于指称'或'用于陈述'"。他还提到，"词语只有用于指称和用于陈述的分别，没有孤立的、离开语境的指称形式和陈述形式。"这其实也说明他也是将语用因素考虑在内的。

三　指称和陈述的鉴别

朱德熙(1982)在提出"指称"和"陈述"这两个概念时，还指出了一个验证的方法，即用"什么"和"怎么样"来鉴别。朱先生认为，可以用"什么"来指代的主语是指称性主语，用"怎么样"来指代的是陈述性主语。前者如："他母亲病了是真的"，可以针对主语提问："什么是真的？"后者如："先别告诉他比较好"，可以针对主语提问"怎么样比较好？"。

对于这种鉴别方法，常见的评价通常认为这种判断方式可操作性不强(朱景松，1997；郭锐，2002)，实际运用时不一定能得到正确的结果。

这种判断方式的依据是"什么"和"怎么样"的对立。"什么"只能针对名词性成分提问，"怎么样"只能针对谓词性成分提问，照理应该可以用来判断动词性主宾语的句法地位，但事实上并非如此。石定栩(2005)举了两个例子：

(1)警方正在研究最近发生的几宗自杀。

(2)突击队正在研究如何在迫不得已的情况下自杀。

这两句的宾语都可以用"什么"来提问，但两个宾语却有着明显的差别。前句中的"自杀"受"的"的修饰，应该是名词性的，或者说是指称性的；后句中的"自杀"受介词结构的修饰，应该是动词性的，或者说是陈述性的。可是这两句的宾语都只能用"什么"来提问，以此证明朱先生的提问方式不能作为检验手段。

马庆株(1995)指出,陈述与指称构成了一个连续统,典型的体词和典型的谓词分别与指称义、陈述义相联系,连续统的中间部分或者说过渡部分比较大,包括非典型的体词和非典型的谓词,主要是陈述义的名词和指称义的动词。而在这个连续统中,我们很难明确区分哪些可以用“什么”提问,哪些可以用“怎么样”提问。

朱景松(1997)认为,可以通过辨认词语显现的是外延还是内涵来确定是指称还是陈述。一般来说,显现外延,这个词语实现的就是指称功能;显现内涵,这个词语实现的就是陈述功能。如:“一张口,你猜怎么着?比毛阿敏$_1$还毛阿敏$_2$”句中,“毛阿敏$_1$”指的是一位歌唱家,显现的是外延,因而是指称;毛阿敏$_2$指的是毛阿敏这个人所具有的特征、品性等方面的内容,显现的是内涵,因而是陈述。

王莉莉(2000)以朱德熙的提问方式作为标准,对所搜集的谓词性主语句中的主语逐一进行提问,结果发现除了只能用“什么”和“怎么样”提问外,还存在两种情况,即用“什么”和“怎么样”都可以以及用“什么”和“怎么样”都不可以。她认为,用哪个代词对谓词性逐一提问与指称、陈述之间没有必然的联系。这一结论是有一定道理的。

四　指称和陈述之间的相互转化

朱德熙(1983)认为,“的”可加在单独的谓词后头,也可加在谓词组成的各类谓词性结构(包括主谓结构)后头。如果我们把这些统称为谓词性成分,并且用VP来表示,那么当我们在VP后头加上“的”的时候,原来表示陈述的VP就转化为表示指称的“VP的”了。这一论述给了我们有益的启示。事实上,指称和陈述是可以互相转化的,只不过,转化时需要一定的条件。

4.1 陈述转化为指称

4.1.1 显性转化①

A.词汇层面上,在表陈述的词后加名词性后缀。如:

傻→傻子　　苦→苦头　　盖→盖儿　　读→读者

B.句法平面上,加结构助词“的、所”。

结构助词“的”是实现陈述向指称转化的主要手段。如:

正在看→正在看的　　　　吃苹果→吃苹果的

① 指的是添加成分的转化。

在上海买→在上海所买的　　　　我想→我所想的

凡是由陈述转化来的指称，又可细分为两种情况：一是转指（transferred-designation），一是自指（self-designation）。如：

(3)教书的来了。

(4)教书的时候要认真。

以上两句中的“教书的”都表示指称，而且都是由陈述“教书”加“的”转化而来。但是二者不同。前句的“教书的”不是指教书这种行为本身，而是指教书的人，即施事；后句的“教书的”则是指教书这种行为本身。前句“教书的”是转指，后句“教书的”是自指。可见，自指和转指的区别在于，自指单纯是词性的转化——由谓词性转化为体词性，语义则保持不变；转指则不仅是词性转化，语义也发生了变化，由指行为动作或性质本身转化为指与行为动作或性质相关的事物。

4.1.2 隐性转化①

A. 由谓词性成分做主语或宾语。如：

开着窗户睡觉容易着凉。　　　　千净最重要。

他很爱干净。　　　　他爱看打篮球。

这些处在主语或宾语位置上的谓词性成分，虽然词性没有变化，但由于句法成分的改变，它们已经事物化了。

B. 在谓词性成分前加上定语。如：

他的健康让我们担忧。　　　　战争的到来扰乱了我们平静的生活。

4.2 指称转化为陈述

4.2.1 显性转化

A. 词汇平面上，表指称的词后加谓词性后缀。如：

钙→ 钙化　　　　产业→产业化

现代→现代化　　　　大众→大众化

B. 句法平面上，加语气词“了、啦、呢”等。如：

大姑娘→大姑娘啦　　　　北京→北京了

小王→ 小王呢　　　　爸爸→爸爸呢

---

① 指的是句法成分的变化造成的转化。

4.2.2. 隐性转化

A.由体词性成分充当谓语。如：

那张桌子三条腿。　　　　他黄头发。

明天星期二。　　　　　　鲁迅浙江人。

B.体词性成分加副词后充当谓语或主语。如：

他才二十岁。　　　　　　光教授不行。

五　指称和陈述内部的变换

指称和陈述除了外部的相互转化以外，内部之间也能进行不同方式的变换，这就有助于对很多形式或结构相似的句式进行分解，说明它们之间的内部差异，同时有效地分化了歧义。这也是指称和陈述理论的一大贡献。

5.1 同类变换

即从一个陈述变换为另一个陈述，或者从一个指称变换为另一个指称。

1.他谁都认识。→

a.谁都认识他。　　　　b.谁他都认识。

2.他学习的本领→

a.他所学习的本领。　　b.他进行学习的本领。

通过变换，分化了这两句有歧义的格式。

5.2 异类变换

即从一个陈述变换为一种指称，或者从一个指称变换为一种陈述。

喝茶 → 喝的茶　　　　吃苹果 → 吃的苹果

给他 → *给的他　　　　送学校 → *送的学校

通过以上变换说明了述宾结构内部存在着差异。

木头的桌子　→　桌子木头的

大大的眼睛　→　眼睛大大的

干净的衣服　→　*衣服干净的

通过以上变换说明偏正结构内部存在着差异。

六 指称和陈述理论研究上的分歧

虽然指称和陈述理论能够帮助我们解决很多汉语现象，但是关于这一理论本身，仍然有一些研究上的分歧。集中起来，主要体现在以下两个方面。

6.1 “指称”和“陈述”的对立问题

汉语谓词性成分可以直接充当主语或宾语，而且一般不需要任何额外的形态标记，这已经是公认的事实了。但谓词性主语或宾语的句法地位，却一直是个极具争议性的问题。早期的分析倾向于“名词化”或“名物化”理论，主张凡是充当主语或宾语的谓词性成分都经历了同样的句法过程，因而都取得了名词或者是相当于名词的句法地位。这样做的好处是简单明了，但简单化也带来了一些不好解决的问题。正如朱德熙(1961)所指出的那样，动词性成分在充当主语或宾语时并非铁板一块，全部都当成“名词化”必然会以偏赅全。

朱德熙(1982)于是引进两分法，将这种动词性成分划分为两类：一类已经失去谓词的特点，已经事物化了，即变成了可以指称的对象；另一类还保留着谓词的句法地位，充任此类主语的谓词性成分不是指称的对象，而是对于动作、行为、性质、状态的陈述。

“指称”和“陈述”是作为一组对立的概念提出的，有学者就曾提出“陈述和指称的对立是语言中最基本的对立”(郭锐，2002)，但实际上，这二者不一定具有理论上的可比性，在实际的语言分析中也不是完全的对立。“指称”是语义学中常用的概念，说的是名词与所指对象之间的关系；而“陈述”则是句法学的常用概念，常表示的是谓语对主语的陈述。

后来不少学者把“指称”和“陈述”放在语境中去分析，即“用于指称”和“用于陈述”，但实际并未解决“指称”和“陈述”的对立问题。

郭锐(2002)将“指称”和“陈述”都定义为表述功能，从而可以将二者放在同一语法层面上进行分析，这的确是理论上的一大创新。同时，“指称”的范围不再囿于“事物”，而是扩大到“对象”，可以用来描述动词与动作之间的关系以及形容词和事物性质之间的关系，从而避免了将“指称”和事物挂钩所带来的困难。郭锐认为，表述功能一共有四种，“指称”、“陈述”、“修饰”和“辅助”。“指称”属于“语义内向”，其功能是“表示一个对象”，即表示词语同外部世界的关系。后三者属于“语义外向”，功能都是“指向另一个成分或几个成分”，即表示处在同一层次的各个成分之间的关系。可是这样一来，“指称”和“陈述”在本质上仍然不属于同一个层次。是否具有可比性，有待我们进一步思考。

6.2 指称义的范畴

关于名词的指称问题，形式语法和功能语法有不同的分类标准。形式语法主要以徐烈炯(1995)的分类为代表。他把指称分为类指的和非类指的。非类指成分分为有定的和无定的。无定成分分为有指的和无指的。功能语法的指称分类最具代表性的有两家：陈平(1987)和张伯江(1997)。王红旗(2004)对二人的分类进行了概括，并且指出二人分类的差别主要表现在两个方面：

6.2.1 无指成分的范围

陈平的无指成分包括：1)表语名词(他曾是一名教师)，2)定中复合词中的构词成分(鸡蛋糕、桃子树)，3)动宾式复合词中的构词成分(读书、吵架)，4)否定结构中在否定管界内的成分(这些天来没买书、口袋里没钱)，5)比喻句中喻词后面的词语(他像一根木头棒子楔在原地)。张伯江的无指成分除了表语名词外，还包括表示属性的定语名词(木头桌子、雷锋精神)、某些动名组合中的名词(他的篮球打得好、喝酒喝醉了)、主谓谓语句中的小主语(老王胳膊伤了、他身体不好)。陈平认为，表现对象是话语中某个实体的成分是有指成分，否则是无指成分。王红旗则认为，这种用否定来给无指成分下定义的方法是不能揭示出对象的本质属性的。像2)、5)等都不指称实体，而表示抽象的属性。张伯江也采用了陈平的有指成分和无指成分的定义，但又认为有指成分侧重表现实体性事物，无指成分侧重表现抽象的属性。张对无指的理解更贴切一些，但他对无指成分性质的界定也不完全一致。如某些动名组合中的名词并不表示属性，主谓谓语句中的小主语是否是无指成分也值得研究。

6.2.2 "实指"和"虚指"的位置

王红旗认为，在张的分类中，有指成分是指称实体的，指称实体的有指成分分为指称特定实体的实指成分和指称任何可能实体的虚指成分是合乎逻辑的。

王红旗认为，理想的分类应该遵守两条原则：说明更多的事实、合乎逻辑。并据此对以上两种指称分类做了几方面的修正、补充，对指称性名词性成分给出了新的分类：

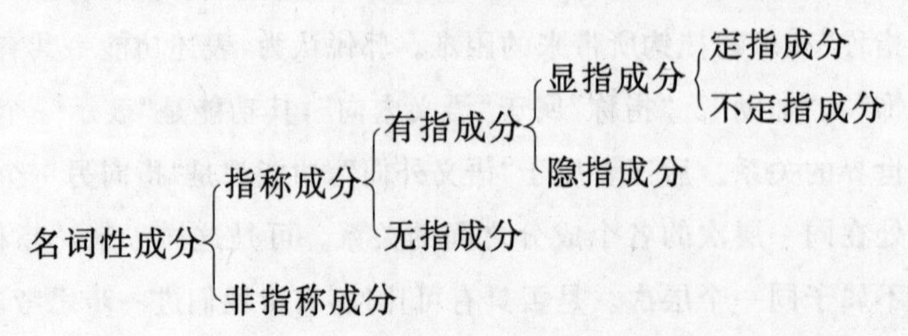

王红旗把话语中用于指称实体的名词性成分叫作指称成分，把话语中不指称实体的名词性成分叫作非指称成分。非指称成分包括表示名称的和属性的两类。前者如：山里人都叫她巧姑娘、"妞妞"是她的乳名。后者如：塑料盆、苍蝇拍子、围棋高手、鲁迅浙江人、这个人黄头发、他是干部（注意："他是我丈夫"却是指称成分。归属性的名词性成分是非指称成分，识别性的名词性成分是指称成分）、当警卫员、做佣人、看成英雄。另外，他还根据话语中的前景信息和背景信息分出了显指成分和隐指成分。他认为对汉语来说，连动结构的第一个动词的宾语和介词结构状语中的介词宾语是次要的句法位置，这样的位置才可以出现隐指成分。

我们认为，王红旗站在功能语法的角度上，与话语信息相结合，对名词指称问题的界定更具合理性，避免了过去一些混淆不清的概念。

七 结语

建立"指称"和"陈述"的概念可以使我们对语言的交际功能有更深刻的认识。人们在运用语言进行思维和交际时，就是重复交替地运用"指称"和"陈述"这两种表达形态，以达到进行思维和交流思想的目的。并且，两个概念的建立，可以对某些语法现象做出更好的说明：

1.根据指称和陈述理论可以区分具体的句子和抽象的句子。

2.用指称和陈述理论可以解释谓词性主宾语的句法地位。

3.此理论还能解决一些歧义结构的分化问题以及说明一些同型结构所具有的内部差异现象。

4.此理论可用于词的分类问题上。有人认为，可以根据词是否具有指称、陈述和修饰作用来判断它是实词还是虚词。但是否准确，还有待验证。

虽然指称和陈述理论对汉语的研究和分析起到了至关重要的作用，但是，对于这一理论，仍然有不少问题尚待解决：

首先，指称和陈述理论究竟属于哪个平面？我们认为将它们放在语用平面上去考虑可能更合适些。

其次，各家对于有定、无定、有指、无指等概念的确立，由于视角和分析层面的不同，并没有给出一个统一的标准，造成了分类上的混乱。

再次，指称和陈述从提出之初一直到现在都是作为一组对立的概念存在的。实际上，二者并不一定非要完全对立，作为语法系统中的一组概念，它们也可以相互联系和补充。如，在"他是个书生"中，"书生"是对主语"他"的指称，而非陈述。而在"他很书生气”中,“书生气”是对主语的陈述。

最后,目前对指称的研究比较多,对陈述的研究还不够。是否能用指称和陈述理论发现和解释新的语法现象,还不能确定。并且,用什么方法来鉴别指称和陈述,也有待进一步的研究。

参考文献

陈　平(1987)释汉语中与名词性成分相关的四组概念,《中国语文》第2期。
郭　锐(2002)《现代汉语词类研究》,商务印书馆。
陆俭明(1990)变换分析在汉语语法研究中的运用,《湖北大学学报》第3期。
马庆株(1995)指称义动词和陈述义名词,《语法研究和探索》(七),商务印书馆。
彭可君(1992)关于陈述和指称,《汉语学习》第2期。
石定栩(2005)动词的“指称”功能和“陈述”功能,《汉语学习》第4期。
王红旗(2004)功能语法指称分类之我见,《世界汉语教学》第2期。
王莉莉(2000)“指称性主语、陈述性主语”分类质疑,《山西大学学报》第1期。
徐烈炯(1995)《语义学》,语文出版社。
张　斌(2003)《汉语语法学》,上海教育出版社。
张伯江(1997)汉语名词怎么表现无指成分,《庆祝中国社会科学院语言研究所建所45周年学术论文集》,商务印书馆。
朱德熙(1961)说“的”,《中国语文》第1期。
———(1982)《语法讲义》,商务印书馆。
———(1983)自指和转指——汉语名词化标记“的、者、所、之”的语法功能和语义功能,《方言》第1期。
朱景松(1997)陈述、指称与汉语词类理论,《语法研究和探索》(八),商务印书馆。

(200083　上海,上海外国语大学国际文化交流学院)

汉语动结式研究综述*

石慧敏

摘　要：动结式的研究已成为汉语学界关注的一个热点，经过国内外众多研究者的耕耘，已经取得了显著的成果。共时研究层面主要集中在动结式的结构、语义、配价以及动结式的整合等问题上；历时研究层面主要集中在动结式的界定及分类、产生时间与判定标准、动结式的形成演变与语法化机制、虚化补语的个案研究以及专书研究等方面。当然，汉语动结式内部是不同质的，不同类型的动结式有着不同的句法语义特征，而共时平面表现出来的种种差异往往是历史发展使然，它们之间有着内在的联系。如何更好地将共时与历时研究有机结合起来，以便更好地考察、分析和认识动结式这一复杂的语法形式，仍是摆在我们面前的重要课题。

关键词：动结式；历时；共时；研究综述

零　引言

汉语区别于其他语言的重要特点之一，就是它有复杂的补语系统。汉语动结式中补语的出现及发展是汉语语法史上一个值得深入研究的课题。补语的存在，历史已久。但直到20世纪40年代初，一些语法专著中对这一语言现象才有所涉及。

最早注意到动结式这一事实的，是吕叔湘(1942)的《中国文法要略》。他在"繁句"的"致使句"中谈到文言里的"致使"时指出，表达"致动"义时，白话里有一种类似的句法，就是应用"把"字，例如：

他昨天又来过，我把他回走了。[＝回他走]

就这样一句话，把他吓退了。[＝吓他退]

表达使有所变化时，白话里常常应用"把"字把动词提前。如：

* 本文是教育部人文社会科学研究项目(09YJA740078)及上海师范大学原创与前瞻性预研项目(A-3138—11-020001)成果的一部分。本文还得到上海市普通高校人文社会科学重点研究基地基金资助，基地编号：SJ0705。

把河开深；把石版磨光；把馒头蒸熟；把茶叶烘干；把木头斫小。[比较“把他吓退”]

或者把后面的形容词提在止词之前，和动词合组成一复词，如：

推广教育；扩充事业；抬高物价；关紧大门。[比较“吓退追兵”]

在以上阐述中，虽然没有直接出现“结果补语”之类的说法，但可以看到吕叔湘已经敏感地意识到了这种语言事实。

最早对汉语动结式给以界定并进行专题研究的是王力(1943)。他在《中国现代语法》指出：“凡一种行为，总有它的结果。咱们叙述某一行为的时候，可以把它的结果同时说了出来。例如说‘弄坏’，弄是因，坏是果，因为不弄就不会坏，所以‘坏’乃是‘弄’所使成的。”他称之为“使成式”，明确定义为“凡叙述词和它的末品补语成为因果关系者，叫做使成式”。从王力提出“使成式”(causative)的定义后，动结式结构的研究，已有半个多世纪的历史。但对这种语言现象的界定甚至指称并不完全一致。余健萍(1957)、祝敏彻(1963)采用王力的“使成式”这一术语；日本汉学家太田辰夫(1958)称为“使成复合动词”和“结果复合动词”，志村良治(1984)沿用“使成复合动词”；周迟明(1958)称之为“使动性复式动词”。

吕叔湘(1980)最早提出“动结式”这一术语。他在《现代汉语八百词》中提到：“有两种短语式动词需要特别提一下：一类是主要动词加表示趋向的动词，可以叫作动趋式；一类是主要动词加表示结果的形容词或动词，可以叫作动结式。”

根据补语所表示的意义，朱德熙(1982)将补语分为结果补语、趋向补语、可能补语、状态补语和程度补语五类。从构成形式上又把现代汉语述补结构分为两大类：黏合式述补结构和组合式述补结构。“黏合式述补结构指补语直接黏附在述语后头的格式，例如：抓紧、写完、煮熟、写上、走回去。组合式述补结构指带‘得’的述补结构，例如：走得快……”。其中黏合式述补结构就是动结式。

目前，多数学者一般采用“动补结构(动结式)”或“述补结构”这一术语来指称这种语法现象，而在语义或语用层面使用“使成”的概念(蒋绍愚、曹广顺，2005)。

一 动结式的共时研究现状

1.1 关于动结式的结构问题

在句法平面上，动结式究竟是一种怎样的结构，主要有两种相反的观点。张志公(1952)、吕叔湘、朱德熙(1952)、丁声树(1961)等学者持有大致相同的看法，把动结式看作是一种主从的向心结构，即认为前项“动”是结构中心，后项“补”是从属成分。李临定(1984)、马希文(1987)、詹人凤(1989)的观点基本一致，把动结式的“补”看作结构中心，把中心语“动”看作从属成分。范晓(1985)认为，按李临定的办法，只能证明汉语动补结构有的是动词为核心语，有的是补语为核心语，有的是双核心，有的没有核心。总之，按照“向心结构”的理论进行检测，实际上并不能检测出动补结构的结构核心。任鹰(2001)通过考察主宾语可以交换位置的动补结构，认为动补结构有的是动词为核心，有的是补语为核心。袁毓林(2000)从述结式的论元选择、结构扩展两个方面考察了述结式，指出结构类型是向心结构；又从述结式的历时来源和表达功能的角度入手，认为述结式的结构中心是述语动词，而语义中心倒像是补语动词或形容词。

动补结构究竟是“主从”结构还是“从主”结构，其实从类型学角度考察，涉及现代汉语究竟属于哪种类型的语言的问题。沈家煊(2003)指出：根据构架事件是由附加语还是核心语来表达，世界上的语言可以分为两种类型：一种是附加语构架语言(satellite-framed languages)，构架事件由附加语表达；一种是核心语构架语言(core-framed languages)，构架事件由核心语表达。核心语和附加语的区分主要在于核心语是开放类，附加语是封闭类，沈家煊借助了Talmy“开放类”和“封闭类”的理论以及其他检测法，证明动补结构中应把动词看作结构核心，认为汉语的动补结构基本上属于“附加语构架语言”类型，且在某些方面较强地表现出这种类型特征。沈家煊的观点基本上倾向动结式是一种“主从结构”，不过他同时又强调汉语核心语和附加语的区分不明显，因此汉语不是典型的“附加语构架语言”。

宋文辉(2004a)指出：过去对动结式句法核心的研究主要强调了核心的语义组合性特征这个因素，而对形式——形态或句法特征有所忽视，因此产生了种种问题。

1.2 关于动结式的语义研究

1.2.1 对动结式语义的不同分类

学术界按补语的语义，把述补结构分成动结式、动趋式、程度式等若干种，认为动结式中的补语表示动作或变化引起的结果。对这一类补语语义的这种解释，不少学者持不同看法。范晓(1985)认为，一般所说的结果补语，实际上表示三种意义：(1)动作的结果，如“冻坏、喂肥、逗笑”等；(2)动作的程度，如“吃多、穿少、来晚”等；(3)动作的态(情貌)，这种意义是词的引申或虚化的意义，做补语的有“到、着(zháo)、住、上、完、好、掉”等。

王红旗(1996)认为范晓的这种分类大体上是正确的，他在范晓研究的基础上，对一般所说的“结果补语”的语义重新进行解释。他指出“结果补语”可表示以下三种语义。(1)状态补语:表示动作或变化所造成的相关的人或物出现的新状态或动作本身出现的新状态。这一类补语所构成的述补结构就是范晓的“动结式”。(2)评价补语:表示对动作或动作受事、结果的评价,这一类补语所构成的述补结构就是范晓的“动度式”。(3)结果补语:表示动作有结果,这一类补语只有“见、住、着、到”几个意义很虚的词充当。

范晓、王红旗都看到了一般所说的结果补语在语义上表现出来的差异,并分别进行了分类和重新解释。这对动结式的语义研究起到了推动作用。

1.2.2 关于动结式语义指向的研究

自上世纪80年代以来,语义指向分析法在我国出现并开始引起学者们的关注。吕叔湘(1986)从分析语义指向入手研究了动补结构,认为补语跟主语或宾语有语义关系。张国宪(1988)从配价角度对结果补语的语义指向进行了探讨,着重讨论结果补语语义指向的形式标志。王红旗(1995)、宋文辉(2004b)是从语义指向的角度来研究配价问题。陆俭明(1990)文章中讨论“V+A+了”述结结构中的形容词补语的语义指向规律。后来,马真、陆俭明(1997)借助语义指向分析手段将结果补语的语义指向具体归纳为10种。吴福祥(1999)根据补语的语义指向来给现代汉语动补结构分类:甲类的指动补语;乙类的指受补语;丙类的指施补语。石毓智、李讷(2001)将述补结构补语的语义指向概括为句子的三个基本成分——主语(S)、中心谓语(V)、宾语(O),认为:补语的语义可以指向S,描写主语所代表的事物的性质;可以指向V,表示行为动作进行的状况或阶段、发展的结果、实现的可能性;也可以指向O,此时情况比较复杂,可根据动词与补语的特点再细分。从以上研究中可以看到,动结式的语义指向研究已成为一个研究热点,为众多学者所重视。

1.2.3 关于动结式致使义的研究

“致使范畴”不仅受到学界一些学者的关注,近年来更有许多硕、博论文涉及致使方面的研究,如贺晓玲(2001)、熊仲儒(2003)、周红(2004)、宛新政(2004)等。关于动结式的致使研究,熊仲儒(2004)认为动结式是一种致使表达,反映使因事件与致果事件,使因事件是一种活动。他专文探讨了在认知语言学的背景下决定汉语动结式致事选择的因素。

施春宏(2007)指出:在归纳动结式的语义结构类型时,学界的处理虽有宽有窄,但对比较典型的动结式认识基本趋于一致,都是指由于述语动词所表示的动作的发生而导致补语动词所表示的状态的出现或变化。关于动结式的语法意义,自王力(1943)提出“使成式”(causative)这一概念起,一般都认为典型的动结式表示致使关系,而目前逐步认识到动结式只是表达致使范畴的句法形式的一种类型。他进一步提出:在构造致使关系的各种语义因素中,致事起着关键作用。

1.2.4 从认知角度的动结式语义研究

沈家煊(2004)则从一个较新的角度对动结式的语法语义进行了研究。他以“追累”这样的动结式构成的句子为切入点,论证仅仅从动词和补语的论元结构和题元结构出发是无法对其语法和语义做出充分解释的,原因有两个,一是动结式的意义不能完全靠动词和补语的意义推导出来,二是动词和补语各自的词汇选择限制起重要作用。

沈家煊认为用 Talmy(2000)“认知语义学”的理论框架却可以对“追累”这类语法现象做出解释:表层句子的底层是概念结构,它建立在人对世界认识的基础上,具有来自语言之外的理据,因此基于概念结构的解释可以避免循环论证和内部矛盾。

以上这些研究,不仅拓展了动结式语义研究的视角,对整个动结式研究都有重要的启示。

1.3 关于动结式的配价问题

语法学界关于配价语法的研究和讨论始于上世纪 70 年代,而朱德熙则被公认为是最早引进配价概念的。自那时起,配价语法逐渐为我国语法学界所重视,并成为语法研究的热点之一。动结式的研究也引进了配价理论,在笔者所查阅的文献中,最早论及动结式配价的是范晓。他在《略论 V－R》(1985)一文中谈到:“动词性的 V－R 从总体功能来看,也有单向、双向和三向的分别,区别的方法是看他在句中的‘必有的’名词性成分的数量而定。”

黄锦章(1993)、郭锐(1995)、王红旗(1995)、袁毓林(2001)等都对动结式述补结构的配价进行了探讨,并致力于把确定动结式配价的方法规则化、公式化。

黄锦章认为,动结式的配价与述语(V)和补语(R)的论元数相关。据此,他给出了动结式配价的计算规则和公式:如果 V 和 R 的论元经过并的(union)计算后,论元数小于或等于 2,那么,动结式的配价等于并后的论元数;如果大于 2,动结式的配价则为 2。

郭锐指出,“黄锦章的研究很有创见,但还不完善。”有些动结式的配价,按其规则和公式计算,结果与实际情况不相一致。规则和公式之所以有问题,是因为“没有区分论元的角色,因而没有看到并非任何角色的论元在述结式的配价结构中都起作用。”郭锐认为,论元角色的性质不同,直接影响着动结式的配价。他将一般所说的施事、当事、客事、结果、系事等语义角色归并为主论元、宾论元、辅论元三种类型。他还进一步给出了动结式配价的公式(这里从略)。陆俭明(1995)认为郭锐的论述对研究各类词组的配价结构都有参考价值。

王红旗把简单的主谓句和“把”字句作为考察动结式配价的句式框架。并从删除、添加、隐含三个方面说明了考察动结式配价的具体操作方法,还运用了语义指向分析法具体考察了各类动结式的配价。在此基础上,进一步分析了决定动结式配价的控制因素,指出了整个动结式配价由述语谓词的施事或主体和补语的语义指向所控制着。述语谓词的施事或主体,一定提升为动结式的组配语,即论元。因而应看作常数项(用1表示)。补语的语义指向数量可以变化,应看作变项(用X表示),由此,给出了动结式配价计算公式:动结式配价=1+X。

在王红旗的文章中有一个很重要的发现,就是他明确指出了补语的语义指向为动词的动结式内部并不同质。

郭锐的规则对“住久、吃惯、抓紧、瞄准、念快”等现象都无法做出解释,因为按照他的规则,动结式动词的宾论元不参与动结式的配价计算,所以会构成例外。袁毓林(2001)对这个问题有不同的看法。他从述结式如何对其构成成分的论元进行选择、述语动词和补语动词的论元如何提升为整个述结式的论元两个角度,来分析述结式的配价结构。首先通过实例分析,指出述结式的配价跟其构成成分的配价之间没有直接的对应和折算关系;接着分析造成上述不对应现象的原因,着重讨论了述结式论元整合的三种类型:并价、消价、共价;然后考察述结式论元整合的三种结果:等价、减价、增价,指出述结式的价不等于其述语动词和补语动词的价之和减去共价和消价数,以此说明自底向上的还原分析法的不足;通过引入述结式表示的使动关系的层级(内部使动关系和外部使动关系)、述结式的论元指称(施受同指和施受异指)等概念,来建立一套自顶向下的述结式的论元准入规则,以概括述结式怎样对其述语动词和补语动词原有的论元做出选择;最后根据这套论元准入规则,对各种类型的述结式的配价构成进行分析,以检验这套规则的解释能力。结果是:绝大多数述结式能够用论元准入规则来预测其价数和价质,只有“学好、学坏”、“玩忘、卖赔”、“教好、教笨”等成员不多的三小类的VR的价数无法用论元准入规则来预测,只有“教会、讲明白”这个成员不多的小类的价质无法用论元准入规则来预测。

宋文辉(2004a)在郭锐、王红旗、袁毓林的基础上,对补语语义指向为动词的动结式进行了更为深入的研究。他指出,以往归为补语指向动词的动结式并不是一个同质的类,其补语的语义指向往往不是单一的,宋文认为“补语多语义指向”是影响其配价的决定因素。

我们认为,宋文辉的“补语多语义指向”的观点确实可以解释“登空”、“站住”等削价的原因，把动结式的配价研究又向前推进了一步。

1.4 关于动结式的整合问题

近年来，认知语言学日益为语言学界所重视，学者们开始尝试从认知语言的理论来解释汉语的语法现象。对动结式的研究也不例外，有些学者开始尝试用整合理论来研究和解释动补结构。如袁毓林(2001)、施春宏(2005)、吴为善、吴怀成(2008)等。

袁毓林在述结式配价研究的文章中，运用了“整合”这个概念，讨论了述结式论元整合的三种类型，考察了述结式论元整合的三种结果。施春宏根据动结式的语义关系对动结式论元结构整合的影响，提出了动结式论元结构整合过程中所遵循的界限原则。在此基础上系统地对各种提升类型分别进行描写，归纳了动结式的整合类型。吴为善、吴怀成以双音述宾结果补语“动结式”为切入点，分析了这种格式的句法语义特征，并认为这是韵律运作、词语整合的结果。在此基础上进一步探讨了动结式的形成机制。

以上学者的尝试拓宽了动结式研究的视野，为解释动结式提供了一个新的支撑点，同时为我们运用认知语言学理论研究汉语语法现象提供了有益的参考。

二 动结式的历时研究现状

2.1 动结式的界定及其分类

2.1.1 *动结式的界定*

所谓“动结式”的界定，就是有关“什么是动结式”的问题。关于这一点，学界仍有不同的看法。这个时期给动补结构做出明确界定的首先是梅祖麟(1991)。他指出：(1)动补结构是由两个成分组成的复合动词。前一成分是他动词，后一成分是自动词或形容词。(2)动补结构出现于主动句：施事者+动补结构+受事者。(3)动补结构的意义是在上列句型中，施事者用他动词表示的动作使受事者得到自动词或形容词表示的结果。(4)唐代以后第一条的限制可以取消。

蒋绍愚(1999)在《汉语动结式产生的时代》一文中提出：“判断是否动结式，要重视语义，但不能仅凭语义。……(V1+V2)只有当‘V2’自动词化或虚化，或者自动词不再用作使动，和后面的宾语不能构成述宾关系，这才是动结式。”

吴福祥(1999)接受梅祖麟的意见，认为唐代以前的“他动词(Vt)+自动词(Vi)”通常要带上宾语(O)才可以认定为动补结构。刘子瑜(2004)进一步指出：“唐代以后……

带宾语与否就不再是验证动结式的必要条件了。”

刘承惠(1999)认为,使成结构与动补结构的起源及发展不同,动补结构的特征是两成分有依附关系,而使成结构的特征是两个成分的因果语义分工,并称“中古晚期因果复合的使成动词已经发展成熟,而当时动补结构才刚萌芽”。杜纯梓(2003)对梅祖麟的界定进行了剖析,认为他将动补结构与复合动词混而为一,并认定动结式是词组的范畴,而述补式复合词则属于词的范畴。梁银峰(2003)认为“使成式动补结构是复合动词而不是词组,应该把它限制在词法的层面。”

2.1.2 动结式的分类

关于动结式的分类,学者们亦持有不同的观点,他们从不同的角度对动结式进行了分类。柳士镇(1992)根据补语的构成成分将之分为五种句式:不及物动词+不及物动词;及物动词+不及物动词;不及物动词+形容词;及物动词+形容词;及物动词+及物动词。

吴福祥(1999)根据补语的语义指向,把现代汉语的动补结构分成三类:甲类的指动补语,语义上是对谓语动词的陈述,说明该动作的结果或状态;乙类的指受补语是对受事的陈述,说明该受事由于某一动作而产生补语所表示的状态。丙类的指施补语是对施事的陈述,说明该施事由于自身的某一行为而具有补语表示的某种状态。

刘子瑜(2004)将之分为三类:结成述补结构;结态述补结构;结度述补结构。

2.2 动结式的产生时间

动结式产生于哪个时代?如何判定?这是动结式研究中的难点问题,但也是关键所在。

“动补结构的产生与发展,是汉语语法史上的一件大事,它使汉语的表达更加精密了。”(蒋绍愚,1994)那么述补结构(动结式)究竟产生于什么时代?关于这个问题,历来学者们的意见并不一致,可谓大家讨论最多而至今尚未有定论的热点问题。对动结式形成时间的判定,目前各家说法不一,意见分歧比较大,概括起来主要有以下几种观点。

(1)周迟明等的“先秦说”

周迟明(1958)将动补结构称为“使动性复式动词”。他认为使动性复式动词在古代汉语里有可分可合的现象,“合用式是由词法上的关系发展而成的,大概起源于殷代;分用式是由句法上的关系发展而成的,大概起源于先秦”。前者如“扑灭、击杀”等,后者如“搏而杀之、射而中之”等。因此他认为动结式产生于先秦的殷商时代。余建萍(1957)、杨建国(1959)、周法高(1961)、陈克炯(1979)、潘允中(1980)、管燮初(1981)等人也有类似看法。当然目前这种观点已经受到很多学者的质疑。

(2)王力等的“汉代说”

王力(1980)指出,使成式产生于汉代,逐渐扩展于南北朝,普遍应用于唐代。王力不赞成使成式产生于先秦,他认为先秦时期存在许多似是而非的情况。如“扰乱我同盟”中的“扰乱”,王力认为是同义的词素构成的双音词。使成式应该产生于汉代,他举的例子是“推堕孝惠、激怒张仪、射伤郤克”等等。另外,持汉代说的还有祝敏彻(1958、1963)、何乐士(1984)、宋绍年(1994)和曹广顺(2000)。他们列举《史记》、《汉书》、《论衡》中的很多例子,来说明西汉就出现了动结式。

(3)志村良治等的“六朝说”

日本汉学家志村良治(1984)认为,汉代只是具备了使成式的雏形,使成复合动词出现于中古初期,一部分在中古初期使成复合动词化,大多数从唐代开始成为普遍现象。李平(1987)、梅祖麟(1991)、蒋绍愚(1994、1999)也认为动补结构产生于六朝。李平通过对《世说新语》和《百喻经》的研究,认为动补结构形成于南北朝,因为“$V_1 + O + V_2$”出现在这个时期。梅祖麟认为“压杀”和“压死”在汉代同时并存,还不是使成式。“压杀”、“诛杀”后面可以带宾语,而“压死”后面不能带宾语。因此一般说来,“V杀”和“V死”在汉代的关系是:施事者 + V杀 + 受事者⟷受事者 + V死。梅祖麟进一步指出“施事者 + V死 + 受事者”句型出现在刘宋时代,“打死之”的出现,即“打死”后面可以带宾语“之”了,使成式才产生了。

(4)太田辰夫等的“唐代说”

日本学者太田辰夫(1958)把动补结构的形成时间确定为唐代。他试图找到一种在古今汉语中都是纯粹的不及物动词作为形式标志,认为只有在“及物动词 + 纯粹的不及物动词”格式出现的时候,才可以确定动补结构的产生。他考察得出结论说,在唐代产生了“及物动词 + 死”的格式,所以他认为使成复合动词至迟是在唐代产生的。

纵观以上各家之说,我们认为之所以在动补结构的产生年代上存在较大分歧,关键在于对动补结构的判定标准不一致,缺乏统一的认识。

蒋绍愚(1994)指出:“除了各家所掌握的语料不同外,更主要的是由于对同样的语料有不同的分析。”

主张先秦或汉代已产生动补结构的学者,尽管没有明确地提出他们的判定标准,但从其具体做法来看,主要依据的是语义。

关于动补结构的产生,吴福祥(1999)认为这“不仅是句法层次上的问题,同时也是语义层面上的问题”。我们认为,动补结构的形成应该是句法变化和语义变化共同作用的结果,因此判定动结式的产生,应该从语义、句法结构、韵律等因素来综合考虑。

2.3 动结式的判定标准

相对于凭现代人的主观语感来判定动结式，形式标志具有一定的客观性，这已经成为许多学者的共识。早在上个世纪50年代太田辰夫(1958)就提出以“杀、死”为形式标志来判定动结式的产生时间，此后志村良治(1984)、梅祖麟(1991)、蒋绍愚(2004)、胡敕瑞(2005)等学者对此进行了更为深入的研究。

志村良治用“愁杀”作为形式标志来判定动结式的产生时间。他认为六朝时期出现“使成复合动词”。梅祖麟提出的形式标志也是“V死O”，不过，他认为动结式在刘宋时代已经出现，理由是同期文献中已出现“愁杀O”、“笑杀O”的用例。

蒋绍愚认为，“‘尽’放在动词前还是放在动词后，是有很清楚的时代区分的。……到魏晋南北朝才有‘V尽’。”“显然，‘V尽’是动结式，……这说明动结式在魏晋南北朝时已经产生。”

胡敕瑞通过语料分析，把“破”类词语“性状”语义的凸显当作动结式形成的判定标准，认为“动结式在东汉业已产生，魏晋南北朝得到发展”。这个结论与蒋绍愚得出的结论有所不同。

形式标志在动结式判定中确实具有不可或缺的地位，不过从以上学者的研究中我们感到，“那种试图以一种形式标志来判定所有类型动结式产生时代的方法显然有其局限性”。(赵长才，2000)因为不管是近代汉语还是现代汉语，动结式的类型纷繁复杂，因此有必要根据动结式的不同类型确立不同的形式标志。

2.4 动结式的形成机制

到底是什么因素促使了动结式的产生和发展？近二十多年来对动结式的形成机制进行过研究的学者有不少，较早的有潘允中(1980)、志村良治(1984)、李平(1987)、梅祖麟(1991)，近年则有蒋绍愚(1999)、赵长才(2000)等。

志村良治(1984)比较详细地探讨了使成复合动词的形成过程。他提出使成复合动词发展的三个阶段是：(1)词义并列性的消失；(2)复合词的单词化；(3)第二音节的助词化。用公式表示为：分用→简缩(等定性连用)→惯用化(定型化)→第二音节动词的自动词化→等定性消失→使成复合动词化。志村良治的观点引起了学界的关注，对此后讨论动结式的发展和形成起了积极的推动作用。

梅祖麟(1991)认为，动结式复合动词有两个来源。一个是源于(甲)型句“施事者+他动词+他动词+受事者”；另一个来源是(乙)型句“受事者+他动词+自动词”里的复合动词。(甲)、(乙)两型合流以后，就形成后代的动补结构：(甲)他动词+他动词+受事者→他动词＋自动词＋受事者；(乙)他动词＋自动词＋O→他动词＋自动词＋受事者。

引起“他动词＋他动词”并列结构向动补结构转换的因素很多，梅祖麟总结了四个主要因素。(1)清浊别义的衰落；(2)使成式的衰落；(3)隔开式动补结构的产生；(4)“动＋形”式复合词的产生。

蒋绍愚(1999)归纳出动结式形成的三种途径：(1)使动用法的减少，使“很多‘Vt＋Vi’或‘Vt＋A’的形式都可以看作动结式。”(2)通过“Vt＋Vt＋O”转变而来。(3)还有一部分动结式最初是以“V＋O＋C”的形式出现的，这也是动结式产生的重要途径。

赵长才(2000)分别从“杀”的自动词化、词汇替换、“得”的语法化、“取”的语法化、“见”的语法化几种角度探讨了“V杀O”、“V死O”、“V得O”、“V取O”、“V见O”动结式的产生机制，又以“击败”、“射伤”、“攻破”动结式的形成为例，从甲类状态动词(表示人或物非自主的状态，如“败、坏、绝、折、破、中”等)自动词化的角度讨论了由甲类状态动词做补语的“VCO”动结式的产生机制。赵长才的论著较之以往的研究，无论是在讨论的范围，还是在研究的深度上都有一定的突破，是近年来动结式研究领域中较有深度之作。

近年来，不少学者正在突破传统的研究范畴，尝试从双音化趋势(石毓智，2002)、韵律句法、核心转移(冯胜利，2002)、语法化(石毓智，2001；吴福祥，2002；洪波，2003)等不同的角度对动结式的形成过程做出解释。

蒋绍愚(2003)把认知的“像似原则”和语言结构内部的演变结合起来，对补语前移(“动＋宾＋补”→“动＋补＋宾”)的原因做了解释。施春宏(2004)从论元选择的角度来推测动结式形成过程中配位方式的演变。

以上这些成果的研究视角不断拓宽，这些尝试有助于加深对动结式形成机制的认识，对动结式的整体研究也是很有意义的。

2.5 虚化补语的个案研究

关于虚化结果补语，有的学者称之为“后项虚化的动补格”(薛红，1985)，有的称之为“引申意义的补语”(朱景松，1987)，有的则提出了“唯补词”(刘丹青，1994)的概念。

近年来，随着汉语语法化研究的不断深入，许多学者专家，尤其是硕士、博士的学位论文，通过个案研究，分析、描写了虚化结果补语的句法语义特征，揭示了其语法化的过程及虚化机制，取得了不少的成果。诸如“V掉、V成、V住”(曹晋，2005；范丽芳，2008)、“V掉(朴奎容，2000；邢贺，2005；刘焱，2007；陈洪磊，2009)”、“V成(邵敬敏，1988；玄玥，2006；)”、“V着(赵伟，2006；陈宝勤，2006)”、“V死(梅祖麟)1991；吴福祥，

1999;候瑞芬,2005;李宗江,2007;石慧敏,2009)”、“V好(陈梅,2008)”、“V透(范雨静,2009)”等。

曹晋(2005)从汉语历时变化的角度考察了“V掉”、“V成”、“V住”三个述结式的语法化过程,并对这类述结式演变的机制及原因进行了解释。

关于“V掉”,朴奎容(2000)概括“V掉”中述语动词的语法、语义特点,然后根据述语动词的语义特点说明“掉”的“消失”义是如何产生的。邢贺(2005)是一篇硕士论文,论文从语义入手,分析现代汉语中“掉”的各种用法,描写动词“掉”的基本语义特征,归纳出谓语“掉”的基本句模,并分析了“掉”的隐喻扩展用法。分析了“V”的不同词性对“V掉”结构的语义类型以及对“掉”的语义影响;进而分析了非谓“掉”的虚化。描写了“V掉”的历时用法。得出“V掉”的虚化原因:“掉”由独用及与其他动词连用到出现在动词之后,为其虚化为体标记提供了合适的句法位置;“掉”自身的“脱离”义为“$V_{及物}$掉”表示“致使去除”提供了意义基础;主观化又使得“掉”由表“事物去除”的“$V_{及物}$掉”虚化为表动作、状态完成的“$V_{不及}$掉”和“A掉”。刘焱(2007)认为“(V)掉”的共时语法意义,大致可以归纳为三种:客体脱离、客体消失、行为的结束或状态的实现。这三种语法意义之间历时上亦经历了具体而抽象的虚化、发展过程。认为导致“(V)掉”虚化的机制是转喻和隐喻。

关于“V成”,邵敬敏早就对其结构的性质、句式语义进行过分析。玄玥则进一步指出“V成”述补结构可以分为表示事物完成的“$V成_1$”式、表示事件完成的“$V成_2$”式和表示“成为”的“$V成_3$”式。“$V成_1$”式及“$V成_2$”式是典型的结果补语小句结构,“$V成_3$”式是含有致使者的结果补语小句结构,这两类也就是以往研究所区分的“成功”类和“成为”类“V成”述补结构。这两种结构在补语小句理论的基础上可以得到统一解释。

“V着”是现代汉语中常用的一种结构,动结式“V着”数量虽然不多,但是其语义特征非常独特。赵伟(2006)首先从“着”作为结果补语的语法意义内部的差异,以及对动词选择的影响制约情况入手,把“V着”中的“着”的语法意义分成三类:接触到——达到目的——结果状态的持续;并分析了每类动词的语义特征;尽可能详细地列举了不同语法意义对动词的选择,并指出随着“着”表现出的虚化程度的不同,动词呈现出由具体到抽象变化的连续统。同时对“着”的演化历程及虚化机制进行分析。

2.6 针对专书的动结式研究

近年来,也有一些学者针对专书的结果补语进行了研究。如陈丽(2001)的《〈朱子语类〉中的结果补语式和趋向补语式》、刘子瑜(2002)的《〈朱子语类〉动补句式研究》、岳利民(2004)的《〈儿女英雄传〉中的动结式研究》、郭浩瑜(2005)的《红楼梦》述补结构研究、朱明来(2006)的《宋人话本动补结构研究》、朴元基(2007)的《〈水浒传〉述补结构研究》等。另外,还有刘利(1992)、刘丽川(1984)、李平(1987)、吴建伟(2001)、宋惠曼、张和友(2002)分别对《祖堂集》、《搜神记》、《世说新语》、《百喻经》以及《金瓶梅》等书中的结果补语或动补结构进行了专题研究。这些成果对动结式的历时研究无疑提供了有价值的资料和依据。

三 结语

从以上研究现状中我们可以看到:汉语动结式的研究历经几十年,经过国内外众多研究者的耕耘,已经取得了显著的成果。尽管如此,有待进一步研究的问题还是不少。除了宏观的角度需要进一步完善以外,作为一种构式,动结式研究中许多具体的现象还需要从新的角度进行不同层面的、深入细致的研究,从而做出合理的解释。

汉语动结式的内部是不同质的,不同类型的动结式在共时平面上会表现出不同的句法语义特征,而共时平面表现出来的种种差异往往是历史发展使然,它们之间有着内在的联系。如何更好地将共时与历时研究有机结合起来,以便更好地考察、分析和认识动结式这一复杂的语法形式,仍是摆在我们面前的重要课题。

参考文献

曹广顺 (2000) 试论汉语动态助词的形成过程,《汉语史集刊》(第二辑),巴蜀出版社。
曹　晋 (2005) V成、V掉、V住三个汉语述结式的语法化,北京师范大学硕士论文。
陈宝勤 (2006) 试论“着”的语法化过程,《语文研究》第1期。
陈洪磊 (2009) “V掉”的句法语义分析及“掉”的虚化探索,上海师范大学硕士学位论文。
陈　丽 (2001)《朱子语类》中的结果补语式和趋向补语式,《语言学论丛》第二十三辑,商务印书馆。
陈　梅 (2008) “V+好”的句法语义属性及“好”的语法化探索,上海师范大学硕士学位论文。
董秀芳 (1998) 述补带宾句式中的韵律制约,《语言研究》第1期。
杜纯梓 (2003) 对动补结构产生于六朝说之献疑,《语文研究》第4期。
范　晓 (1985) 略论V-R,《语法研究和探索》(三),北京大学出版社。
——— (1987) V-R及其所构成的句式,《语言研究集》,复旦大学出版社。
范丽芳 (2008) “V/A住”及相关问题研究,上海师范大学硕士学位论文。
范雨静 (2009) 现代汉语“X+透”结构研究,上海师范大学硕士学位论文。
方　梅 (2000) 从“V着”看汉语不完全体的功能特征,《语法研究和探索》(九),商务印书馆。
冯胜利 (2002) 汉语动补结构来源的句法分析,《语言学论丛》第二十六辑,商务印书馆。
龚千炎 (1984) 动结式复合动词及其构成的动词谓语句式,《安徽师范大学学报》第3期。
郭浩瑜 (2005)《红楼梦》述补结构研究,华南师范大学硕士学位论文。

郭继懋、王红旗 (2001) 黏合补语和组合补语表达差异的认知分析,《世界汉语教学》第2期。
郭 锐 (1995) 述结式配价结构与成分整合,沈阳、郑定欧主编《现代汉语配价语法研究》,北京大学出版社。
何乐士 (1984)《史记》语法研究,程湘清主编《两汉汉语研究》,山东教育出版社。
洪 波 (2003) 使成形态的消亡和动结式的语法化,《语法化与语法研究》,商务印书馆。
侯瑞芬 (2005) “动(形)+死+……”的结构语义分析,《北京教育学院学报》第2期。
胡敕瑞 (2005) 动结式的早期形式及其判定标准,《中国语文》第3期。
黄锦章 (1993) 行为类可能式 V- R 谓语句逻辑结构与表层句法现象,《语文研究》第2期。
姜 红 (2007) 动结式中补语语义歧指现象分析,《安徽大学学报》(哲学社会科学版)第1期。
蒋 鲤 (2006) 复杂动结式的语义和句法分析,《华中科技大学学报》(社会科学版)第4期。
蒋绍愚 (2003) 魏晋南北朝的“述宾补”式述补结构,《国学研究》第12卷,北京大学出版社。
——— (1999) 汉语动结式产生的时代,《国学研究》第6卷,北京大学出版社。
蒋绍愚、曹广顺 (2005)《近代汉语语法史研究综述》,商务印书馆。
金立鑫 (2009) 解决汉语补语问题的一个可行性方案,《中国语文》第5期。
李临定 (1980) 动补格句式,《中国语文》第2期。
——— (1984) 究竟哪个“补”哪个——“动补格”关系再议,《汉语学习》第2期。
李 平 (1987)《世说新语》和《百喻经》中的动补结构,《语言学论丛》,第十四辑。
李小荣 (1994) 对动结式带宾语功能的考察,《汉语学习》第5期。
李馨郁 (2005) 动结式句法语义及部分相关句式研究,东北师范大学硕士学位论文。
李子云 (1990) 补语的表述对象问题,《中国语文》第5期。
李宗江 (2007) 几个含“死”义动词的虚化轨迹,《古汉语研究》第1期。
梁银峰 (2006)《汉语动补结构的产生与演变》,学林出版社。
蔺 璜 (1998) 八十年代以来动结式研究综述,《山西大学学报》(哲学社会科学版)第2期。
刘 利 (1992)《祖堂集》动词补语管窥,《徐州师院学报》,第3期。
刘 焱 (2007) “V掉”的语义类型与“掉”的虚化,《中国语文》第2期。
刘承惠 (1999) 试论使成式的来源及其成因,《国学研究》第6卷,北京大学出版社。
——— (2002)《汉语动补结构历史发展》,翰芦图书出版有限公司(中国台湾)。
刘丹青 (1994) “唯补词”初探,《汉语学习》第3期。
——— (2005) 从所谓“补语”谈古代汉语语法体系的参照系,《汉语史学报》第5辑。
刘海燕 (2006) 结果补语是非问句的回答方式,《语言文字应用》第2期。
刘街生 (2006) 动结式组构的成分及其关系探讨,《语言研究》第2期。
刘丽川 (1984) 试论《搜神记》中的结果补语,《语文研究》第4期。
刘子瑜 (2002)《朱子语类》动补句式研究,北京大学博士学位论文。
——— (2004) 汉语动结式述补结构的历史发展,《语言学论丛》第30辑。
柳士镇 (1992)《魏晋南北朝历时语法》,南京大学出版社。
卢英顺 (1995) 语义指向研究漫谈,《世界汉语教学》第3期。
陆俭明 (1990) “VA了”述补结构的语义分析,《汉语学习》第1期。
吕叔湘 (1942)《中国文法要略》,商务印书馆。
——— (1986a) 动补结构的多义性,《中国语文》第1期。
——— (1986b) 含动补结构的句子的语义分析,《第一届国际汉语教学讨论会论文集》,北京语言学院出版社。

吕文华（2001）关于述补结构系统的思考，《世界汉语教学》第3期。
马　真、陆俭明（1997）形容词作结果补语情况考察（一），《汉语学习》第1期。
———（1997）形容词作结果补语情况考察（二），《汉语学习》第4期。
———（1997）形容词作结果补语情况考察（三），《汉语学习》第6期。
马希文（1987）与动结式动词有关的某些句式，《中国语文》第6期。
梅立崇（1994）也谈补语的表述对象问题，《语言教学与研究》第2期。
梅祖麟（1991）从汉代的"动、杀"、"动、死"来看动补结构的发展——兼论中古时期起词的施受关系的中立化，《语言学论丛》（第十六辑），商务印书馆。
潘允中（1980）汉语动补结构的发展，《中国语文》第1期。
朴奎容（2000）谈"V掉"中"掉"的意义，《汉语学习》第5期。
朴元基（2007）《〈水浒传〉述补结构研究》，复旦大学博士学位论文。
任　鹰（2001）主宾可换位动结式述补结构分析，《中国语文》第6期。
任玉华（2001）"动、补、宾"句式分析，《汉语学习》，第4期。
邵敬敏（1988）说"V成"结构的性质，《汉语学习》第1期。
———（1990）"V成"句式语义分析，《逻辑与语言学习》第5期。
沈家煊（2003）现代汉语"动补结构"的类型学考察，《世界汉语教学》第3期。
———（2004）动结式"追累"的语法和语义，《语言科学》第3卷第6期。
施春宏（2005）动结式论元结构的整合过程及相关问题，《世界汉语教学》第1期。
———（2007）动结式致事的类型、语义性质及其句法表现，《世界汉语教学》第2期。
———（2008）《汉语动结式的句法语义研究》，北京语言大学出版社。
石慧敏（2009）动结式"V死"的产生、演变及其虚化轨迹，《语文论丛》第九辑，上海教育出版社。
石毓智（2002）汉语发展史上双音化趋势和动补结构的诞生，《语言研究》第1期。
———（2003）《现代汉语语法系统的建立——动补结构的产生及其影响》，北京语言大学出版社。
石毓智、李讷（2004）《汉语语法化的历程》，北京大学出版社。
宋惠曼、张和友（2002）《金瓶梅》中述补带宾句式考察，《四川大学学报》（哲学社会科学版）第3期。
宋绍年（1994）"汉语结果补语式的起源再探讨"，《缀玉二集》，北京大学出版社。
宋文辉（2004a）补语的语义指向为动词的动结式的配价，《河北师范大学学报》第3期。
———（2004b）再论现代汉语动结式的句法核心，《现代外语》第2期。
———（2007）《现代汉语动结式的认知研究》，北京大学出版社。
太田辰夫（1958）《中国语历史文法》（蒋绍愚、徐昌华译）（2003年修订译本），北京大学出版社。
王　还（1979）汉语结果补语的一些特点，《语言教学与研究》第2期。
王　力（1958）《汉语史稿》，中华书局，1980。
王红旗（1994）谓语充当结果补语的语义限制，《汉语学习》第5期。
———（1995）动结式述补结构配价研究，沈阳、郑定欧主编《现代汉语配价语法研究》，北京大学出版社。
———（1996）动结式述补结构的语义是什么，《汉语学习》第1期。
魏培泉（2000）说中古汉语的使成结构，《史语所集刊》（71本），中研院史语所。
吴福祥（1999）试论现代汉语动补结构的来源，《汉语现状与历史的研究——首届汉语语言学国际讨论会文集》，中国社会科学出版社。
———（2000）关于动补结构"V死O"的来源，《古汉语研究》第3期。
吴建伟（2001）从《金瓶梅》看补语演变的向心趋势，《山东师范大学学报》（人文社会科学版）第1期。

吴茂刚 (2007) 魏晋六朝动结式研究，南京师范大学硕士论文。
吴为善 (2003) 双音化、语法化和韵律词的再分析，《汉语学习》第2期。
吴为善、吴怀成 (2008) 双音述宾结果补语"动结式"初探——简论韵律运作、词语整合与动结式的生成，《中国语文》第6期。
邢 贺 (2005) 现代汉语"掉"的语义认知分析，上海大学硕士学位论文。
熊仲儒 (2004) 动结式的致事选择，《安徽师范大学学报》(人文社会科学版)第4期。
熊仲儒、刘丽萍 (2005) 汉语动结式的核心，《暨南大学华文学院学报》第4期。
徐 丹 (2000) 动补结构中的上字与下字，《语法研究和探索》(十)，商务印书馆。
徐时仪 (2007) "掉"的词义衍变递嬗探微，《语言研究》第4期。
玄 玥 (2006) "V成"述补结构的句法形式，华中科技大学学报(社会科学版)第4期。
薛 红 (1985) 后项虚化的动补格，《汉语学习》第4期。
——— (1987) 动补结构研究概述，《现代汉语研究的现状和回顾》，语文出版社。
延俊荣 (2001) 动结式"V+Rv"带宾语的标记模式，《语文研究》第4期。
——— (2002) V+Rv带宾语的语义框架，《山西大学学报》第12期。
杨石泉 (1986) 动、补、宾的层次，《中国语文》第4期。
叶 南 (1999) "V+着(zhao)"和"V+到"语义语用比较，《四川教育学院学报》第4期。
易 丹 (2006) 元代述补结构研究，华中科技大学硕士论文。
余健萍 (1957) 使成式的起源和发展，《语法论集》第2集，中华书局。
袁毓林 (2000) 述结式的结构和意义的不平衡性——从表达功能和历史来源的角度看，日本《现代中国语研究》第1期(创刊号)。
——— (2001) 述结式配价的控制——还原分析，《中国语文》第5期。
岳利民 (2004)《〈儿女英雄传〉中的动结式研究》，《长沙电力学院学报》(社会科学版)第1期。
詹人凤 (1989) 动结式短语的表述问题，《中国语文》第2期。
张国宪 (1988) 结果补语语义指向分析，《汉语学习》第4期。
赵 伟 (2006) 现代汉语"V着(zhao)"结构研究，上海师范大学硕士学位论文。
赵长才 (2000) 汉语述补结构的历时研究，中国社会科学院语言研究所博士学位论文。
志村良治 (1984)《中国中世语法史研究》(江蓝生、白维国译)，中华书局。
周迟明 (1958) 汉语的使动性复合动词，《文史哲》第4期。
周 红 (2006) 论致使的语义核心——致使力的传递，《玉林师范学院学报》(哲学社会科学版)第1期。
朱景松 (1987) 补语意义的引申和虚化，《安徽师范大学学报》第4期。
朱明来 (2006) 宋人话本动补结构研究，山东大学博士论文。
祝敏彻 (1958) 先秦两汉时期的动词补语，《语言学论丛》第二辑，商务印书馆。
祝敏彻 (1963) 使成式的起源和发展，《兰州大学学报》第2期。

(200234 上海，上海师范大学对外汉语学院)

《对外汉语研究》征稿启事

《对外汉语研究》由上海师范大学对外汉语学院主办，由商务印书馆出版，向国内外发行。本刊以“促进国内外对外汉语教学与研究为目标，及时反映汉语教学与研究领域的最新成果和学术动态，全面提升对外汉语教学界的教学和科研队伍，为学术讨论、研究和理论创新提供平台”为宗旨。竭诚欢迎世界各地从事汉语研究和教学的学者、专家、教师、研究生围绕以下栏目及相关内容给《对外汉语研究》赐稿！

栏目设置：

作为第二语言的汉语本体研究；语言测试研究；语言学习理论；汉语作为第二语言的习得与认知；中外汉语教学的历史与现状；语言文化教学；对外汉语学科教学论；教材建设；对外汉语教育技术；学术评论和学术动态等。本刊特别欢迎论证充分、材料翔实，联系实际的新观点、新成果。

来稿注意事项：

1. 字数：论文以8000字左右为宜，重要文章可做适当调整。

2. 题目、摘要和关键词：文章的题目、摘要和关键词均要求附英文翻译。摘要一般不超过200字。关键词一般不超过5个。

3. 例句：

例句全部用小五号宋体，用(1)(2)(3)……统一编号，按顺序排列，并在例句后面用小括号注明出处。

4. 注文：注文一律采用脚注，用①②③……编号。

5. 参考文献：

例如：马箭飞(2001)《以“交际任务”为基础的汉语短期强化教学教材设计》，《对外汉语教学与教材研究论文集》，华语教学出版社。

沈家煊(1994)《“语法化”研究综观》，《外语教学与研究》第4期。

朱德熙(1982)《语法讲义》，商务印书馆。

Wilkins, D. A. (1976) *National Syllabuses*, Oxford University Press.

6. 投稿要求：来稿请寄打印本和电子本各一份。打印本一律要用A4纸，正文用五号宋体字，例句用小五号宋体。稿件也可以WORD.DOC格式用E-mail通过附件的方式发送至本刊编辑部。

7. 来稿时写明：作者姓名、工作单位、通信地址（含邮政编码）、联系电话、E-mail 地址和主要研究方向等内容。

8. 来稿审读时间一般为 6 个月，6 个月内未接到用稿通知，可自行处理。

《对外汉语研究》编辑部

邮政编码：200234

地址：上海市桂林路 100 号上海师范大学对外汉语学院

电话：021－64328691；电子信箱：dwhyyj@shnu.edu.cn

联系人：姚占龙

图书在版编目(CIP)数据

对外汉语研究. 第七期/上海师范大学《对外汉语研究》编委会编. —北京:商务印书馆,2011
ISBN 978-7-100-08307-2

Ⅰ. ①对… Ⅱ. ①上… Ⅲ. ①对外汉语教学—教学研究—文集 Ⅳ. ①H195-53

中国版本图书馆 CIP 数据核字(2011)第 065318 号

DUÌWÀI HÀNYǓ YÁNJIŪ
对外汉语研究
(第七期)
上海师范大学《对外汉语研究》编委会 编

商务印书馆出版
(北京王府井大街36号 邮政编码100710)
商务印书馆发行
北京市白帆印务有限公司印刷
ISBN 978-7-100-08307-2

2011年7月第1版 开本787×1092 1/16
2011年7月北京第1次印刷 印张10¾
定价: 22.00元